マルコ・ピエール・ホワイト／ジェームズ・スティーン

キッチンの悪魔

三つ星を越えた男

千葉敏生訳

みすず書房

THE DEVIL IN THE KITCHEN

Sex, Pain, Madness, and the Making of a Great Chef

by

Marco Pierre White and James Steen

First published by Orion Books, 2006

レティシア・ローザ、ルチアーノ、マルコ、ミラベル
そして4人を見ぬまま亡くなった私の母に捧ぐ

キッチンの悪魔

目次

序章　一日一味

勘弁してくれ。飛行機だけは。

そもそも、どうして飛行機が空を飛べるのかがちっとも理解できないし、実際に落ちるのもあると知っているから。海外で商談をするつもりだったのに、どうしても飛行機に乗る気がしなくて、キャンセルしたことも数知れない。だから、２００7年5月、アメリカでの出版宣伝ツアーに参加する気になったのは、私自身でもびっくりだった。それも、住み慣れたロンドンからニューヨークへの単なる往復旅行とはワケがちがう。18ページにおよぶ旅程表には、西海岸のサンフランシスコから、東海岸のマイアミまで、飛行機で各地を回る予定がびっしりとつまっていた。17日がかりのツアーの最初の3日間、私は合計9時間しか眠れず、時差ぼけでへとへとになった。毎日のように大量のお酒をふるまわれた私は、サイン会からラジオ番組、空港へと、千鳥足で移動するありさまだった。

間抜けなイギリス人の愚痴だとは思われたくない。最高級のホテルに泊まり、これでもかというくらいの料理とお酒の接待を受けることよりも、はるかに悪い出来事なんていくらでもある。私が言いたいのは別のことだ。アメリカという国に一目惚れしてしまったのだ。こんなにすばらしい場所はない。この国の食事やグルメは、私が料理の世界で働きはじめた1970年代から1980年代初頭のイギリスを思い起こさせる。当時はミシュランガイドの全盛期で、シェフたちは有名人になることよりも、一流の料理人になって賞を獲得することに燃えていた。アメリカのグルメ業界はイギリスよりも興奮に満ちている。ミシュランの星を獲得した店がお客を見下し、予約が取れただけでも幸運ですよといわんばかりに正しい食べ方を指図してくるイギリスとはちがって、アメリカではそんな経験はいちどもなかった。アメリカの食事体験は、イギリスよりもずっと民主的だ。

シカゴでは、〈アリニア〉で10品コース料理をふるまってくれたグラン・アケッツのすばらしい料理の腕に感動すると同時に、20分並んで入店した〈ホット・ダグズ〉では人生最高のホットドッグを楽しんだ。

ニューヨークでは、旧友のマリオ・バターリと再会を果たした。80年代半ばにロンドンのチェルシーにある店〈シックス・ベルズ〉で一緒に働いていた有名シェフだ。彼と会ったのは、熱々のリゾットが入った鍋を彼に向かって放り投げたとき以来だ。どうやら、許してもらえたらしい。

マリオは私の滞在先のホテルにやってくると、彼のレストランで昼食をとる前に、簡単な市内観光に連れていってあげると言った。ホテルを出るなり、彼はバイクのヘルメットを私に手渡した。見ると、バイザーもストラップもついていない。

「かぶってくれ。さあ行こう」

マリオはそう言うと、駐めてあるベスパを指差した。

「マリオ、久しぶりに会えたのはうれしいけど、いくらなんでも、あれにふたり乗りはムリだろう」

彼はかなりの巨漢だが、私だってそう小柄なほうじゃない。

「いいから、とにかくかぶれよ」

私たちは小さな座席になんとか身を寄せあい、発車した。

ニューヨーク滞在中、私は気づけば多くの時間をベスパの後部座席の上で過ごしていた。途中、マリオの伝説的なレストラン〈バッボ〉で、トリッパ料理やカラスミ・スパゲッティに舌鼓を打ち、中華街では生きたカエル、ウナギ、魚を見て驚き、ブルックリン側から見たニューヨークのスカイラインにうっとりした（ひとつだけアドバイス。ニューヨークの景色を見るなら、時差ぼけで、満腹で、酔っぱらっていて、低体温になりかけているときは避けたほうがいい）。旅の締めくくりは、私が「ハウス・カクテル」と呼んでいるお酒の飲み方を善良なニューヨーク市民に教えるイベントだった。大きなグラスにサンブーカをつぎ、火をつけ、グラスの縁に手のひらを叩きつける。手のひらをグラスにぴったりと密着させたまま、口元まで持ってきて、一気にグラスのなかの煙とサンブーカを吸いこむのだ。ところが、説明の途中、誰かが火のついたグラスを私のほうへ倒した。おかげでグラスが粉々に割れ、私の手が破片の山に埋もれてしまった。1日でこんなにいろいろな経験をするとはね。

思えば、怒濤の1年だった。アメリカを〝発見〟しただけじゃなく、1999年以来、およそ8年ぶりに厨房に立つという大きな決断を下したわけだから。本書のハードカバー版が刊行された数週間後、私はふたつの仕事のオファーをもらった。もし引き受ければ、再びエプロンを着け、厨房に立つことになる。

私はそのオファーを両方とも引き受けた。

ひとつ目の仕事は単純で、私の経験を考えれば朝飯前に思えた。フランスのリヨン郊外にあるサー・ロッコ・フォルテのホテル〈シャトー・ド・バニョール〉に行き、15人のご婦人たちの前で料理の実演を行なうという仕事だ。婦人たちは全員ホテルの宿泊客で、夫たちがモンラッシェのブドウ園でワインのテイスティングをしているあいだ、私が厨房で実演を行なう予定だった。ホテルに着くと、小綺麗な格好をした男が駆け寄ってきて、私に握手を求めた。

「ハロー、ダルコ」

私は名前をまちがえられて、少しムッとした。

「いや、マルコだ」と私は言った。

「ハロー、ダルコ」と男は繰り返した。

「ちがう、マルコだよ。DじゃなくM。マ・ル・コ」

「いえ、ダルコは私の名前です、マルコさん。今夜のホストを務めさせていただきます」

顔から火が出る思いだった（もちろん、それ以降は失礼がないよう細心の注意を払ったが……）。だが、そんな失敗も、翌日の実演の最中に起きた事件に比べれば、かわいいものだった。

計画では、1時間で3つの料理をつくることになっていた。というよりも、20分でできる料理を3つ手早くつくる予定だった。料理は家庭でもパパッとつくれる簡単なものでなければならなかった。そこで、私は次の3つの料理を考えた。オマール海老のグリル、パセリとチャービル風味、ベアルネーズ・ムースリーヌ・ソース。ヒラメの柑橘系果物添え、コリアンダーとフェンネル風味。スズキのニース風。私がとんでもないヘマをやらかしたのは、最後のスズキ料理をつくっていたときだった。

スズキのニース風はシンプルな料理だ。トマトをグリルして水分を飛ばし、さっと酸味を取り除き、甘味を引き出す。そうしたら、あとはそのトマトをオリーブオイル、レモン汁、コリアンダー、バジルの入ったフライパンに加えるだけ。ところが、グリルの最中、私はついご婦人たちとのおしゃべりに夢中になり、時間の感覚を失ってしまった。冗談を言いながら笑いあっているとき、ふとトマトの皿をグリルしていたことを思い出した。慌てて皿をつかむと、手に今まで感じたことのないような激痛が走った。あまりの高熱で、親指の皮が皿にひっついてしまったのだ。そのとき、私は全身をびくんとさせたにちがいない。でも、楽しげに談笑している私の生徒たちは、目の前の料理教師が料理されていることに気づいていないようだ。

選択肢はふたつ。今まで体験したことがない激痛をこらえて、プロらしく平静を装うのか。それとも、痛みに屈して皿を床に落とし、ロッコのお城の土台がぐらつくぐらいの絶叫をあげるのか。

私はひとつ目の選択肢を選んだ。そして、頭のなかで「痛いの、痛いの、飛んでいけ!」と呪文を唱えた。たぶん、あれ以上の速さでグリルから取り出された皿は、あとにも先にもないだろう。ふだんなら、スプーンを使って皿からトマトを丁寧にはがし取り、フライパンに入れるのだが、激痛を我慢していたのでスプーンなんて使っている余裕がなかった。気がつくと、薄切りのトマトを熱々の皿から空中へと放り投げていた。すると運よく、香草、オリーブオイル、レモン汁の入ったフライパンのなかにストンと着地した。まるでサーカスの曲芸みたいに。あとでシェフが私のところへやってきて言った。

「いやあ、見事な手際ですね」

「溶岩みたいに熱々の皿を使えば、誰だってできるさ」

私はそう言いかけたが、やめておいた。

親指をやけどしたまま、どうにかこうにかロンドンで生活をしている最中、私は再び厨房に立つことになるふたつ目のオファーを引き受けた。それはイギリスのテレビ番組『ヘルズ・キッチン――地獄の厨房』への出演依頼だった。私は今回の回顧録で、厨房よりもカメラの前にばかり立ちたがるシェフたちに辛辣な意見を述べている。お客は大金を支払ってレストランで食事をするわけだから、シェフが厨房に立つのは当然の義務だと私は思う。私が〈ル・ガヴローシュ〉で修業していたころ、オーナー・シェフのアルベール・ルーが厨房に立っていなければ、客は味のちがいに気づいただろう。だとすれば、私が『ヘルズ・キッチン』

に出演するのは偽善だろうか？　いや、そうは思わない。引退して以来、私はいちども自分のレストランでシェフをしていないから、私の店にやってくる客は、初めから私が料理をつくっているとは期待していない。わかってくれたかい？　よろしい。

テレビの出演依頼を受けたのは、これが初めてではない。そのたび、あまりよさそうな番組ではないから、タイミングが合わないからという理由で、いくつものテレビ制作会社の依頼を断ってきた。でも、今回は条件がぴったりとはまった。もういちど料理の世界に戻るのもそう悪くない、と思いはじめたのだ。厨房に立つ興奮やおいしい料理をふるまう喜びを、もういちど味わいたい。人生には、自分自身に対して何かを証明しなくちゃならない時ってものがある。私は、自分がまだピークを過ぎたわけではないこと、料理界に何か貢献できることを自分自身に証明したかった。だから、私はオファーを引き受け、2週間がかりで10人の有名人に料理のイロハを教えた（イギリスの『ヘルズ・キッチン』のフォーマットはアメリカと少し異なる）。

子どもたちに、記憶に残る父親の仕事姿を見せられたのは、よかったと思う。くだらない方法ながらも、私の住む世界を垣間見せることができた。それに、〈ハーヴェイズ〉や〈ザ・キャンティーン〉時代の仲間と再会できたこともうれしかった。ただのテレビ番組だったけれど、私はレストランを開店するような覚悟で収録に臨んだ。視聴者を感心させることよりも、むしろ出演者に刺激を与えることを目指して。正直なところ、本書が存在しなければ、『ヘルズ・キッチン』のオファーは引き受けなかったと思う。本書を執筆する過程で、私は心の重荷を置き、人生を前に進めることができた。人としてひと回り成長できたと思う。

じゃあ、飛行機嫌いは治ったのかって？　そのとおり。

1
乱心

私がそいつを見つけたのは、ちょうどチーズワゴンが食堂に運ばれようとしているときだった。1990年代半ばのある晩、ディナーの営業が始まる少し前。ロンドンの〈ハイド・パーク・ホテル〉にある私の店〈レストラン・マルコ・ピエール・ホワイト〉の厨房で、私はデシャップ台（ウェイターが料理を受け取る配膳カウンターのこと）の前に立っていた。6つか8つのチーズを乗せたワゴンが、食堂へと向かおうとしていた。チーズ自体に問題はなかった。どれもふっくらとしていて、見事なくらいにとろりと熟成していた。だが、私の厨房にはひとつのルールがあった。ワゴンが横を通り過ぎるとき、私はそのルールが破られていることに気づいた。

ルールはいたってシンプルだ。チーズは一定の大きさ以上であること。午後、ランチの営業が終わると、ワゴンの上のチーズを確かめて、取り替えが必要かどうかを判断する。チーズがもともと大きく、たとえば大皿くらいあれば、ランチで半分が食べられたとしても、まだワゴンに残しておくくらいの分量はある。そのときは、ディナーの前に形を整え、提供する。

しかし、チーズがもともと小さく、小皿くらいの大きさだったら、話は変わってくる。ランチで半分が食べられたら、ワゴンから取り除くのがルールだ。だから、常に予備のチーズを用意し、ランチとディナーの営業のあいだに冷蔵庫から取り出して、熟成させておかないといけない。伝統的に、チーズの準備は接客係の責任なので、ランチで大きく減ったチーズを取り替えるのはメートル・ドテル（給仕長）の仕事だ。

要するに、豪華なチーズワゴンに見せたかったのだ。見栄えが悪いと、ケチくさく見える。そんなものをお客様の前に持っていってはいけない。特に、私のレストランではそれが重要だ。私はイギリス屈指の高級ホテルでイギリス屈指の高級レストランを運営しているイギリス一高給取りのシェフなのだから。

それなのに、その夜、デシャップ台の前を通りかかったワゴンの上のチーズは、あまりにも貧相だった。メートル・ドテルのニコラスが、バカでもわかるルールを破ったのだ。あるチーズは3分の2もなくなっていた。それを見た瞬間、私はキレた。

私はニコラスを呼び止め、ワゴンを指した。

「そいつをどこへ持っていく？」

ニコラスは次に厳しい言葉が飛んでくると悟ったのだろう。やつの目がそれを物語っていた。

「客席のほうへ……」

「冗談だろう、ニコラス。ダメだ、ダメだ、ダメだ、ダメだ、ダメだ、ダメだ。ふざけるな！」

「すみません」

「ふざけるな、ニコラス。ありえない。こんなチーズは使い物にならん！」

「すみません」

私はひとつ目のチーズを手に取った。

「ダメだ！」

私はそれを思いきり壁に投げつけた。壁のタイルにべったりとこびりつく。続けてふたつ目のチーズを手に取った。

「ダメだ！」

またしても壁に投げつけた。ひとつ目と同じように、完璧に熟成したチーズはタイルに飛び散り、壁にこびりついた。私は残りのチーズを次々と壁に投げつけた。ベチャッ！　ベチャッ！　ベチャッ！　6回、いや、8回だったかもしれない。ワゴンの上はチーズナイフを残して何もなくなった。

ほとんどのシェフは下を向いたまま、何事もなかったように仕事を続けた。ニコラスとふたりの料理人が、つーんと鼻をつくチーズを拭き取ろうと壁に駆け寄った。

「そのままにしておけ。一晩じゅう、ずっと。いいか、誰も触るなよ」

一晩じゅう、チーズは壁にこびりついたままだった。おかげで、ニコラスはキッチンに入るたび、白いタイルにこびりつくチーズを目にするはめになった（床まで伝い落ちたカマンベールチーズだけは別だったが）。これでもう、同じミスは繰り返さないはずだ。

やりすぎだったことは認める。ただ、私は彼に重要なことを伝えたかった。もし差し支えなければ、この事件の背景を説明させてほしい。ハイド・パーク・ホテルにある私のレストランは、たぶんイギリス一の高級レストランと言っても過言ではない。フォアグラのシュルプリーズに、オマール海老のトリュフ添え、締めのデザートからなる3品料理のディナーなら、85ポンドは下らない。これにスズキのキャビア添えをつければ、もう50ポンドはかかる。これがどれだけ重大なことか、わかるだろうか？

それまで、私は20年間をかけて名声を築いてきた。そして、人々（つまりお客）は私の知識に対してお金を払っている。私はミシュランの三つ星を獲得した唯一のイギリス人シェフとして、何よりも一貫性を大事にしていた。三つ星レストランにミスは許されない。そうでなければ、三つ星レストランをやる意味なんてない。せっかく夕食に出かけ、前菜とデザートは最高だったのに、メイン料理がいまいちでがっかりするなんて経験は、どれだけ多いことだろう?

ハイド・パーク・ホテルでは、絶対にそんな経験をさせるわけにはいかない。パンからアミューズグールまで、前菜から魚料理まで、メイン料理からデザートまで、コーヒーからプチフールまで、チョコレートからチーズまで、一貫して高い基準を保つことが必要なのだ。

すべてが完璧でないといけない。スープの味や温度までチェックする。スープは熱々でなければならない。当たり前のようだけど、スープを頼んだら生ぬるいのが出てきた経験のある人は、どれだけいるだろう?私はそんなスープなんて飲みたくないし、きっとあなたも同じだと思う。一貫性がなければ、一つ星から二つ星、二つ星から三つ星には決してなれない。

壁にこびりついたチーズは、料理を運んだりパンを提供したりする新入りから、注文を伝えるメートル・ドテルまで、その夜に働いていた全員にメッセージを届けた。厨房スタッフの全員が、デシャップ台の前を通りかかるたび、熟成して壁にべっとりとこびりついたチーズをいやがおうでも目にした。18歳のコミ(アシスタント・シェフ)は、キッチンに入ってトレイを受け取るたび、その横を通り過ぎ、チーズを目にして、その光景を永久に記憶に刻みつける。絶対に手抜きは許されないというメッセージを伝えなければならない。「おいおい、ちゃんとしてくれよ」と言うだけでは、絶対に伝わらない。極端な方法で教えてやらないかぎり、人はいつかまた手抜きをする。常に恐怖心を抱いていないとね。レストランの厨房というタフで目まぐるしくて混沌とした環境のなかで、毎日毎日、毎食毎食、とても高い基準を保つというのは、極限中の極限の状況だ。

振り返ってみると、ああするよりほかに方法はなかったと思う。私のシェフとしての向上心は、食への情熱よりもずっと強烈だった。私はどうしても最高のシェフになりたかったし、そのためには是が非でもミシュランの三つ星を獲得しなければ、という強迫観念に取り憑かれていた。知らない人のために説明しておくと、ミシュランガイドは１９００年にフランスでアンドレ・ミシュランが初めて刊行した小型の赤い本で、毎年1月に更新される。ミシュランガイドは、ヨーロッパ、そして２００６年からはニューヨーク市のシェフたちにとって〝バイブル〟的な存在として知られており、その評価がシェフのキャリアやレストランはおろか、町全体の命運まで握っている。最高評価の三つ星を獲得したレストランは、「そのために旅行する価値がある卓越した料理」を提供していると認められたことになる。これでもかなり控えめな表現だ。三つ星を獲得したレストランは、世界最高の料理技術を象徴する存在となる。本書の執筆時点で、ヨーロッパ全土に三つ星レストランは54軒しかない。私は三つ星を獲得したイギリス人初、そして世界最年少のシェフとなった。

三つ星を獲得することは、昔からの夢だった。でも、私は壁にチーズを投げつけたおかげでそこまでたどり着いたわけではないし、多くの三つ星シェフのように、フランスのパリで修業を積んだわけでもない。私の物語は、ロンドンから３００キロメートルほど北にある街・リーズから始まる。私はそこで１９６１年12月11日に生まれた。本名マルコ・ピエール・ホワイト。だが、最初のふたつの名前にだまされてはいけない。私はイタリア出身でもなければフランス出身でもない。生まれも育ちもイギリスのヨークシャーなのだ。

2 リーズの青空

私の父もまたシェフで、シェフの息子だった。父がレストランの厨房で料理をつくる姿を見たことはないので、シェフとしての能力はわからないけれど、家でつくってくれる料理は、いつだって天下一品だった。ステーキ、キドニーパイ、シェパーズパイ、ボイルドビーフ、ダンプリング。なぜかほっとするイギリスの伝統料理だ。金曜日の晩のティータイムには、子どもたちにポークチョップをふるまい、自分はご褒美のステーキを楽しんだ。うちには缶詰はほとんどなかった。当時の缶詰は高価で、中流階級の食べ物だったからね。ベイクドビーンズ、スープ、マッシーピーズのような、ふつう缶詰で売られているものは、なんでも自分たちでつくったものだった。ルバーブ・クランブルは自家栽培の果物から。ミント・ソースのミントもやっぱり、店ではなく自家栽培のもの。50年代まで続いた戦時の食糧配給を経験した父は、子どもにだけはひもじい思いをさせまいと誓ったのだろう。家の１００メートル先にいても、目をつぶったまま料理の匂いをたどって家まで帰り着けたと思う。家は貧乏だったけれど、食べ物だけはいつもふんだんにあった。

父はプロの料理人として、リーズにある〈グリフィン・ホテル〉で一流の見習い修業を受け、そこで50年代に母と出会った。父はリーズ駅のランドマークともいえる〈クイーンズ・ホテル〉でも働いたことがある。

父はよく、同じキッチンで働いていたポール・ラ・バルブという優秀なフランス人シェフの話を聞かせてくれた。パリの高級レストランで修業経験のあるポールは、器用で手際のよい有能なシェフだったらしい。ポールの料理の腕前について、細かい話は覚えていないけれど、父の話を聞いていて、料理は情熱を生むものなのだと感じた。ほかの子どもたちが父親からアメリカのスーパーヒーローの面白話を聞かされているあいだ、私はフランスのスーパーシェフの楽しい話ばかりを聞いて育った。

父の料理人としての腕前はどれほどだったのだろう？　日常生活の父は、まめで几帳面だった。料理は人間性の延長だから、たぶん昔は優秀でしっかりとした料理人だったのだろう。クリエイティブではなかったかもしれない。昔は、シェフに創造力は求められなかったから。シェフがビュッフェスタイルの料理からは み出すことはまずなかった。プロの厨房には、オードブルからペイストリーまで、６０００種類もの簡潔なレシピを掲載した本『フランス料理総覧』が必ず置いてあった。盛りつけ方を解説する写真やイラストこそないが、そのレシピは貴重だ。偉大なフランス人シェフ、オーギュスト・エスコフィエに刺激を受け、ルイ・ソルニエが記した『フランス料理総覧』を読めば、たとえば、イモ類の数十種類の調理方法がわかる。アルジェリア風（裏ごししたサツマイモを、栗のピュレと混ぜあわせ、卵黄で粘りをつけ、輪っかの形に整え、卵とパン粉にひたし、澄ましバターで揚げる）から、ジャガイモのヴォワザン風（薄切りのジャガイモを層状に並べ、少量の澄ましバターをかけ、オーブンに入れ、色がついたらオーブンから取り出し、すりおろしたチーズをまぶす）まで、あらゆるレシピが載っているのだ。シェフがレシピを逸脱して冒険するなんてことはめったになかった。父の時代には、ほとんどのレストランがまったく同じ料理を提供していた。仔羊のカツレツと腎臓、マスタード・ソースのような、レシピ集に載っている料理ばかりだった。

クイーンズ・ホテルを出ると、父はリーズにある〈ジョナス・ウッドヘッズ〉で食堂を取り仕切った。私は兄のクライヴと一緒によく職場の父に会いに行った。父の部下の料理人やウェイターたちは毎日数百人の客たちに料理をふるまうため、黙々と働いていた。店内はいつも汚れひとつなくピカピカで、テーブルは整然と並べられ、椅子はどれひとつとしてずれていなかった。お店は厳格に管理されていた。そういう意味では、父は完璧主義者だったのだろう。

私は、父、母、ふたりの兄弟とともに、リーズ中心部から8キロメートルほど郊外へ行ったムーア・アラートンの住宅街で、寝室がふたつある二軒長屋に暮らしていた。住民はほとんどがユダヤ人や労働者階級で、近所のつながりが強かった。女性たちが店の外で、イギリスの人気連続テレビドラマ『コロネーション・ストリート』の最新エピソードについて立ち話をするようなところ、といえばわかりやすいだろうか。街路はほとんどがリングフィールド○○という名前で、道路沿いには数百軒の小さな家が並んでいる。私の家を出て左に曲がると、ムーア・アラートン・ゴルフコース、さらにその先にはヘアウッドの森がある。家を出て右に曲がり、突き当たりまで歩くと、リングフィールド・ドライブ沿いの商店街へと出る。大戦で夫を亡くしたふたりの女性が切り盛りする日用品店。ユダヤ人の店主が営むパン屋。トム・アトキンスという男が経営する八百屋。魚屋。面白いのが肉屋の主人だ。午後になると決まっておがくずを掃き取り、床を掃除してから、店の外の歩道で飼い犬に骨をしゃぶらせる。酒屋はハリー・ベーカーという男が経営していた。当時、近所の子どもたちのあいだで流行っているいたずらがあってね。まず、店の裏に忍びこみ、木箱から空き瓶をくすねる。そうしたら、その空き瓶を持って正面の入り口から店に入り、空き瓶を買い取ってもらうのだ。今ではすっかり寂れてしまったけれど、当時はその地区の中心街だった。

休みになると、家族でブリドリントンというヨークシャーの海浜リゾート地までよく旅行に出かけた。風が強くてじめじめしていたが、海外旅行に行く余裕のない家族で大賑わいだった。

母はイタリア人だった。長身で、美しく、上品。趣味は料理と、愛用のシンガー・ミシンでつくるパッチワーク・キルト。母はいつ見てもきれいな女性だった。切りっぱなしのジーンズに、底の平たい靴をはいていても、シックに見えた。着飾るときには、襟にカメオのブローチをよく着けた。

イングランドにやってきて、グリフィン・ホテルのバーでフランク・ホワイトという若いシェフに口説かれる前、母はイタリアのジェノバで生まれ育った。私はよく母と一緒に、母の家族が暮らすジェノバに帰省した。イタリアでの休暇には楽しい想い出がたくさんある。木から果物を摘んだり、小川で釣りをしたり、早朝に近くの牧場まで歩いていって、ヤギの乳を搾ったり。ムーア・アラートンの自宅の台所に座って、母がシンプルでおいしいパスタ料理をつくるのをじっと見ていたのも、よく覚えている。玉ネギをオリーブオイルでじっくり炒め、トマトピュレを加え、もう少しだけオリーブオイルを加える。すると、心地よい香りが部屋に広がった。

昼時になると、母は学校まで私を迎えにやってきて、ジェフリー・スペードという私の親友を一緒に連れて帰り、家で昼食をごちそうした。母は私たちのためにバナナがごろごろ入ったサンドイッチをつくり、砂糖たっぷりのキャンプ・コーヒーで一息つく。たぶん、イギリスでいちばんエスプレッソに近い飲み物だろう。それくらい、優しくていい母親だった。

私の幼少期は平凡だったと思う。近所づきあい、家族、食事、スポーツ、アウトドア。そのままずんなりと行っていたら、私は厨房でバリバリと働くタフな人間には成長しなかったろうし、きっとみなさんがこの本を読むこともなかっただろう。だが、同じ生活は続かなかった。１９６８年2月17日土曜日、私が6歳のとき、すべてが変わった。人生も、何もかも。

その日の午前、父と私はセント・ジェームズ病院にいた。数週間前、家の少し先の日用品店のドアノブに顔をぶつけ、目の近くを切ってしまったのだ。抜糸をしてもらい、家に帰ってきた。居間に座っていると、母が入ってきた。

「具合が悪いの」

10日前、母は4人目のクレイグを生んだばかりで、それまでは元気満々だった。目に見える症状も、病気の兆候もなかった。それなのに、突然、頭が割れるような激痛に襲われ、母は立っていられなくなった。父が救急車を呼ぶ。そのあとの光景は、今でも私の脳裏にはっきりと焼きついている。昨日の出来事なんかよりも、ずっと鮮明に。

……自宅の窓枠の前に立つ私。6歳上の兄のクライヴと一緒に、窓ガラスの奥の舗道を見下ろしている。家の前に停まる救急車。毛布で体をくるみ、車椅子に座っている母。母が救急車へと乗せられる。救急隊員が父のほうを向く。

「赤ちゃんも一緒に」

赤ん坊には母親が必要だ。

小綺麗なグレーのスーツを着て立っている父。腕には末っ子のクレイグを抱いている。生後10日だ。

胸がすくような青空。燦々（さんさん）と輝く太陽。

「赤ちゃんも一緒に」と救急隊員が繰り返す。「母乳がいるでしょう」

クレイグを連れて救急車に乗りこむ父。暖かい毛布に包まれて、気持ちよさそうにしているクレイグ。

バン！　ドアが閉まり、エンジンがかかる。排気管が黒い煙を吹く。救急車は走りだし、坂をあがり、見えなくなった。

それから数日間、毎晩、父は母の見舞いに行く前に夕食をつくってくれた。病院へ出かけると、子どもたちのためにお菓子の袋をいっぱい抱えて、夜遅くに戻ってきた。

「母さんからだよ」

母は脳出血だったが、助からないとわかっていたとしても、父はそんなそぶりをいっさい見せなかった。

2月20日、母が病院に運ばれた翌週の火曜日、医師は生命維持装置を切った。その夜、父は帰宅すると、全員を起こし、階下(した)に集合するよう言った。数日前、具合が悪いと母が言った居間にみんなが集まると、父は椅子に座った。その顔を見ると、頬に涙が伝っていた。

「今夜、母さんが死んだよ」

雷が落ちたような衝撃が走った。お母さんが死んだ。私にイタリア人の名前よりもずっと多くのものを遺してくれた女性、マリア・ローザ・ホワイト（父はマロと呼んでいた）は、まだ38歳の若さだった。

葬儀が終わると、私は家に帰って遊ぶでも、家族と一緒に過ごすでもなく、学校で降ろしてもらい、友だちと校庭に残った。私が誰かにもらったおもちゃの車を持っていくと、クラスメートたちは大喜びした。マッチ箱でつくった車じゃない。本格的なおもちゃの車だ。私にとってはまるでトロフィーみたいなものだった。校庭に10分くらいいると、知らないおじさんが迎えに来て、知らない家に連れていかれた。それから2日間、いや、3日間くらいはその家にいたと思う。あれはいったいどこだったのだろう……。そこは知らない人たちが住む知らない家で、私と同い年くらいの子どもが何人かいた。たぶん、父からしばらく預かってくれと頼まれたのだろう。まるで、異世界にでも連れていかれた気分だった。

3 Gは○○○のG

母の葬儀の数日後、私は家に帰った。今までとはがらりと生活の変わった家に。父は夜遅くまで起き、シャーリー・バッシーのレコードを聞きながらお酒を飲んでいた。父は母の死についてめったに話さなかったが、なんとか前に進もうとしていた。自分自身の苦しみを忘れて、心に傷を負った子どもたちと向きあおうとしていた。それでも、父の苦しみは癒えなかった。父が子どものころ、父の両親は離婚し、4人の子どもたちを別々に引き取った。そのせいか、父は絶対に自分の子どもたちには同じ思いをさせまいと誓ったようだ。あとで知ったのだが、父は私たちを養護施設に預けず、自分で育てると母に約束したらしい。60年代後半では、母親を失った子どもを養護施設に預けたとしても、白い目で見られることはなかったし、むしろそうするほうがふつうだった。でも、父にとっては絶対にありえない選択肢だった。後ろ指を差されて、「かわいそうに。ホワイトさん、奥さんを亡くして、子どもを養護施設に預けるよりなかったんですって」と言われるのだけは、どうしても耐えられなかった。

父は絵に描いたような堅物だった。20世紀に生まれたというのに、ヴィクトリア時代の規範や価値観を叩きこまれて育った。信仰家ではなかったが、私たちを信心深い人間に育てあげ、何事にも高い基準を求めた。

時間にものすごく厳格だった。毎朝6時45分に家族を叩き起こし、着替えさせ、朝食をつくると、7時半きっかりに家を出て、7時40分発のバスに乗ってリーズの都心へと向かう。しわひとつないスーツに、中折れ帽、軍隊ばりの精度でピカピカに磨かれた靴。それが父のお決まりの通勤スタイルだ。どんなに体調が悪くても、「病欠だけはダメだ」と言って、いつものバス停に向かうのだ。

父についてひとつだけいえるのは、石頭人間だったということだ。そして、石頭人間のほとんどがそうであるように、正確さを何よりも重んじた。私が父の高い要求を満たせないと、父はイライラを爆発させた。

ある日、私が口答えをすると、父がぷつんと切れてこう言った。

「この服を着なさい」

父が指差す先には、服が積んで置いてあった。お出かけ用の服だった。父の言うとおりに着替えた。すると、父はスーツケースに荷物をつめ、私を居間へと連れていき、ソファーを指差した。

「そこに座って待ってろ」

「なんで？」

「タクシーで施設に連れていく」

私は石のように固まったまま、待ちつづけた。次にいなくなるのはボク？　でも、どれだけ待ってもタクシーは来なかった。父流のおしおきだったらしい。父には、そんな欠点を埋めてありあまるくらいの優しさと品格があったけれど、それに気づくまでには長い時間がかかった。男手ひとつで子どもを育てるというのは、それだけたいへんな仕事なのだ。

父は、心の奥底では、自分ほど不運な男はいないと思っていた。そして、母の死がその思いを確信へと変えた。しかし、ふだんの父は、真顔で冗談を言い、ギャンブルについて話しだしたら止まらない、どこにでもいる北部の労働者階級の男だ。筋金入りのギャンブラーだった父にとって、ギャンブルは心の隙間を埋める手段でもあった。犬、馬、サッカー。父はギャンブルが与えてくれるアドレナリンの中毒になった。

当然、馬や犬に対する父の愛情は、私の生活の大きな部分を占めるようにもなった。あるとき、父が休暇の計画を立て、私に教師への手紙を学校に持って行かせた。「このたび、私が年1回の休暇を取ることになりましたので、マルコを1週間だけ欠席させていただきたく存じます」とかなんとか書かれていたと思う。こうしてめでたく、私はファー・ツリー小学校から休みをもらった。休暇から戻ると、先生に感想を訊かれた。

「お休みはどうだった?」

「すごく楽しかったです。ありがとうございます」と私は答えた。

「どこへ行ったの?」

「ヨーク競馬場です。1週間ずっと」

ギャンブラーはたいていそうだが、父はげんかつぎに異様な執着をみせた。たとえば、早朝にコマドリを見かけると、その日は幸運が続くらしい。そういうわけで、土曜日の朝になると、私たちの二軒長屋は、ジュージューと音を立てるベーコンのおいしそうな香りで満たされた。といっても、子どもに食べさせるためじゃない。コマドリをおびき寄せるためだ。こんがりと焼いたベーコンは皿に乗せられ、裏庭へと持っていかれる。父はお腹を空かせたコマドリがリングフィールド・マウント22番地を通りかかり、肉を食べに下りてくるのを期待しながら、窓の外をじっと眺めていた。そして、コマドリを見たかどうかで、賭ける額を決めた。

裏庭は、コマドリの食堂だけでなく、父が大事にしていた3頭のグレイハウンドの住居でもあった。グレイハウンドは父にとって生きがいそのもので、裏庭には3頭にひとつずつ犬小屋があった。週に2晩、父の友人のスタン・ロバーツが愛車のモーリス・マイナーで父を拾い（父は運転できない）、レース場へと連れていく。車内は4人。前が父とスタン、後ろが私とグレイハウンドだ。

レース場に着くと、父が友人たちとバーで酒を飲むあいだ、私はバーの外をうろちょろしていた。しばらくするとドアが開いて、炭酸ジュースとポテトチップスの袋が回ってくる。そのたび、私は煌々と明かりの照らされた室内をちらりとのぞきこんだ（当時は調光スイッチなんてしゃれたものはなかった）。タバコの煙が、まるで白い雲のようにギャンブラーたちの頭上をただよっている（もちろん、空調設備もない）。午後11時に帰宅するころには、私は後部座席ですっかり眠りこけていた。グレイハウンドを枕代わりにして。

ある日、父の外出中、誰かが家のドアをノックした。男が突っ立っている。

「あのグレイハウンド、売り物かね？」

本当はちがったが、私はこう答えた。

「そうです」

私は男を家に招き入れ、裏庭へと通し、犬を見せた。

「こいつはいくらだい？」と男は1頭を指差してたずねた。

「50ペンスです」

それが私にとって最初の商談だった（それからは、もっと商売上手になったけれど）。

男は50ペンスを差し出すと、犬を連れて帰った。私は友だちのデイヴィッド・ジョンソンに駄菓子屋のお菓子をおごり、森で遊んだ。犬を売ったことがばれると、父はカンカンに怒り、紅茶抜きで私を部屋に帰した。それが父のいつもながらのおしおきだった。

「もう寝なさい。紅茶はお預けだ」

父にとっては、オッズをいかにうまく操るかがグレイハウンド・レースのすべてだった。そのためなら、父はどんな手でも使った。たまに、父の卑劣なビジネスを手助けしたこともある。たとえば、２回連続で１着になった犬は、次のレースでオッズが低くなる。だから、それが脚に白い斑点のある黒い犬だとすると、父は斑点を黒く塗り、新しい名前で出走させる。すると、ブックメーカーのオッズがあがるってわけだ。

こんなずる賢い手口もあった。出走の前日、グレイハウンドに餌をやらないでおき、夜遅くになってようやく骨を与える。すると、その犬はずっと起きて骨をしゃぶりつづける。そうしたら翌朝、６キロあまり早歩きで散歩させる。さて、レースの時間になると、その犬はいかにもシュッとしていて速そうに見え、本命になるのだが、くたびれすぎていて負けてしまう。すると、次回のレースでは、前回の調子が悪かったので当然オッズは高くなる。だが、今回は最高の状態に仕上げておく。実際、「ガバナー」という父のグレイハウンドは、ハリファックス、キースリー、ドンカスターで新記録を叩き出した。

父のあとを追っかけ回していないときは、ひとりで森や川で遊び、母とのイタリア帰省中に学んだ自然の壮大さを再発見した。学校の外では、私は一匹狼だった。学校のなかには絶望しかなかった。母を失って心に傷を負っていただけでなく、失読症にも悩んでいた。当時、失読症は、特別支援教育の必要な障害というよりも、バカの印だと考えられていた。理解してくれる教師もひとりかふたりはいたものの、ほとんどの教師にはバカにされた。ずっと長いあいだ、私は自分をバカだと思っていた。おまけに、変人だとも。私以外の生徒には母親がいたし、私と、両親が離婚したクエンティンというやつ以外は、幸せな家庭環境で育っていた。

極めつきは、このマルコとかいうへんてこりんな名前だ（ピエールというミドルネームは、20代までひた隠しにしていた）。ジョン、ピーター、ポール、ティモシーに生まれていたら、どんな人生だっただろう。ほかに何も望まない、私はただ、ふつうになりたかった。

赤ん坊のクレイグは、母が亡くなったとき、生後たったの13日だった。そして、父にとって、仕事をやめてつきっきりで家族の面倒を見るのは、不可能に思えたにちがいない。友人にアドバイスされたのかもしれないし、あるいはひとりきりで座り、シャーリー・バッシーの歌詞にヒントを探していたときに決意したのかもしれない。いずれにしても、母の死から数週間がたち、父は自分が絶体絶命の状況に置かれていると悟った。グレアム、クライヴ、私に加えて、クレイグまで育てることなんてできっこない、と。だが、クレイグが預けられたのは養護施設ではない。

クレイグの養子縁組の書類の準備が整うまでの2カ月間、クレイグは私たちの家からそう遠くないヨーク・ロードの一時的な里親のもとで暮らした。クレイグがリングフィールド・マウント22番地に一時帰宅したときのことは、よく覚えている。その後、3カ月でふたり目の家族が、私たちのもとを去った。ただ、そのときの様子はよく覚えていない。クレイグは私たちと永久に離ればなれになったわけではなかった。大人になってから10年間、必死で生みの親を捜し回るかわいそうなやつになることはなかった。

というのも、私の母方のおじのジャンフランコと、妻のパオラが、クレイグを引き取ってくれることになったからだ。おばのパオラは、医師からもう子どもを産めないと宣告されていたので、ふたりにとって、クレイグは私の母が命懸けで産んでくれた子どもといってもよかった。まるで神様からの贈り物のようだった。父が失ったぶんだけ、ふたりは幸せになる。こうして、クレイグはおじのジャンフランコに引き取られ、ジエノバでふたりと暮らすことになった。

イタリアで暮らすにあたって、ふたつの改名手続きが取られた。ホワイトという姓は（当然ながら）ガッリーナへと変わった。それから、下の名前もイタリア人にとっては発音しにくかった。クレイグのミドルネームはサイモンだったので、ミドルネームを取って下の名前はイタリア語読みのシーモンになった。父はクレイグを完全に手放した。たぶん、それからいちども会ってはいないと思う。

イタリアの親戚たちとの交流はほとんどなかった。向こうからクリスマス・プレゼントが届くと、父はグレアム、クライヴ、私の3人をダイニング・テーブルに座らせ、お礼の手紙を書かせた。父はイタリアの家族にはずいぶんと素っ気なかった。向こうもいい気はしなかっただろうね。

おじとおばの家を最後に訪れたのは、10歳のときだった。私は母に教えてもらったイタリアの田舎を、2週間くらい楽しむ予定で、マンチェスターからミラノへと飛んだ。ところが、見慣れたはずのおじとおばの家に着いた瞬間、不思議な感覚に襲われた。急に場違いな気がしてきたのだ。4歳になったシーモンは、私の言葉なんてひとつもわからない。私もシーモンの言葉がわからない。シーモンは私が兄だということさえ、わかっていなかった。

それから、食事の問題もあった。ヨークシャーでは、タラに衣をつけてじっくりと揚げ、モルトヴィネガーと塩を豪快に振り、フライドポテトと一緒に新聞紙でくるんだ食べ物をよく食べていた。そう、フィッシュ・アンド・チップスというイギリスの伝統料理だ。2週にいちどのごちそうに、目抜き通りのフィッシュ・アンド・チップス店で買ってくるのだ。あまり健康的な食べ物とはいえないけれど、ジョッキサイズの紅茶と一緒に胃袋に流しこめば、至福の気分が味わえる。イタリアのおばは、少量のオリーブオイルでソテーしたスズキ料理をはりきってつくってくれた。それを見たとたん、私は固まった。剝き出しの皮。頭もついている。中味が魚だということを忘れさせるカリカリの衣もない。まちがいなくフィッシュ・アンド・チップスよりはヘルシーで、たぶんおいしかっただろう。しかし、ケチャップつきの魚のフライに慣れきった子どもの味覚にとっては、ゲテモノ以外の何物でもなかった。

「うえっ」

私はそう言って、皿を押しのけた。一口も手をつけずに。

立派なことに、おばはそれを国家への侮辱とはとらえなかった（あとで登場する誇り高きイタリア人コックとはちがって）。金切り声をあげることも、食器を叩き割ることもなかった。それでも、きっとよくは思わなかったのだろう。この魚の一件と、ホームシックでブスッとしている私を見て、ふたりは私に愛想を尽かしはじめた。2週間の予定だった休暇が終わる数日前、ふたりは私の荷物をまとめ、空港まで送り、イギリス行きの飛行機に乗せた。

ふたりの兄のうち、気が合ったのはどちらかというとグレアムのほうだった。兄は釣り、鳩狩り、ウサギ狩り、フェレットを使った動物狩りが趣味で、母の入院当日も、趣味の釣りのおかげで、母が救急車で運ばれるところを見なくてすんだ。そのとき、アデル・ベックの川岸に座っていたからだ。

一方、クライヴはバイク好きだ。しばらく、私はふたりの兄と同じ寝室で寝ていたが、ふたりは私みたいなガキと四六時中、一緒にいるのは嫌だったのだろう。私はふたりと兄弟の絆を感じたことなんていちどもなかった。グレアムが15歳、私が7、8歳のころ、グレアムは学校を卒業して、父の最初の職場である〈グリフィン・ホテル〉に就職した。2年後、クライヴも同じ道をたどった。学校を卒業すると、〈メトロポール・ホテル〉のシェフになった。

世界一不運な男という父の自己像がはっきりと裏づけられたのは、1972年のことだった。「今夜はお父さんの帰りが遅くなるんだって」と先生が言った。「お父さんが迎えに来るまで、校庭で待っていなさい」

10歳の私は、ひとりぼっちで校庭に座り、父の迎えを待った。しばらくして、ようやく外に車が停まった。父は職場の同僚のデイヴィッド・ヒンスが運転するヒルマンの車に乗ってやってきた。800メートルほど走って家に帰ってくるなり、父は愛用の肘掛け椅子に腰を下ろし、恐ろしい知らせを打ち明けた。

「医者のところへ行ってきた」

彼は言葉を選ぶでもなく、無感情でこう言った。

「肺がんらしい」

一瞬、父の言葉が理解できなかった。今なんて？　どういう意味だ？　すぐあと、ハンマーで殴られたような衝撃的な言葉が続いた。

「余命5カ月。あと5カ月で死ぬ」

それから毎晩、ベッドに横たわるたび、押しつぶされるような恐怖が襲ってきた。朝、目を覚まして、死んでいる父を発見するという恐怖だ。私は不眠症になり、どうやっても振り払えなくなった。私は、あとあとシェフになって役立つ能力、つまり少ない睡眠時間で生きていくすべを、そのとき学ばされたのだ。

父が恐ろしい知らせを打ち明けてから数週間後の朝、父が洗面所のシンクに吐血するのを見かけた。ウソじゃない、と私は思った。父はまちがいなく死に向かっていたのだ。

4 牛乳配達

セカンドオピニオンの大切さについて、ひとつ言わせてほしい。肺がんという医師の診断は正しかったが、当時45歳の父が余命5カ月だという予測のほうは完全にはずれていた。5カ月後、父はまだピンピンしていた。5年後も。50代、60代、そして70代になるまで、ゴールラインを迎えることはなかった。父は子どもたちが成長し、孫が生まれるのを見届けた。

しかし、そのあいだ、家族の生活は父がもうすぐいなくなるという前提で続けられた。末期の病ということで、父は仕事を辞めたが、すぐにグレイハウンドは家計の足しにならないことがわかり、骨董品の売買に手を出した。もともと裕福な家庭ではなかったけれど、今や正真正銘の極貧家庭へと落ちぶれ、私は自分が一家の穀潰(ごくつぶ)しなのではないかという恐怖を抱くようになった。そんな私には、いつも祈っていることがあった。お父さんに靴底の穴が見つかりませんように。うちには新しい靴を買う余裕なんてないから。

みるみるうちに、父の体重は95キロから50キロくらいまで激減した。医者の命令でいったんは禁酒と禁煙を始めたが、すぐにギャンブラーの頭脳で状況を分析し直し、どうせもうすぐ死ぬなら失うものなんて何もない、と結論づけた。そうして、また酒とタバコを始めた。

その代わりというべきか、父は家庭菜園で育てた野菜や果物を食べる健康的な生活を始めた。私も台所に駆り出され、父の吐息を耳元で聞きながら、ジャガイモの皮を剝いたり、トマトやマッシュルームを切ったりした。野菜を切りすぎてはいないか、いつもビクビクしながら。ジャム用のブラックベリーやリンゴを摘みに行き、新聞紙で包んで保存する仕事を言いつけられることもあった。まさしくシェフの英才教育だった。体重は少し回復したものの、ついに元どおりにはならず、父は階段をのぼるだけでも息切れするようになった。

父は死の一歩手前にいながらも、ちっともおとなしくならなかった。ある日、私は4軒隣のバリー・ウェルズという友だちの家の庭で、プロレスごっこをしていた。そのうち、ふたりとも熱くなり、殴りあいになった。すると、バリーのがっしりした父親が家のなかからケンカに気づき、庭に飛び出してきて、私の両耳を引っ張って私を空中で振り回しはじめた。このまま空を飛ぶのかと覚悟したよ。

「父さんに言ってやる」

私は耳の激痛をこらえながら叫んだ。

「ああいいとも。オヤジに伝えておけ。誰でも連れてこい。ぶん殴ってやるから」

私は一目散に帰り、家のドアを開け、居間に飛びこんだ。父が座っていた。

「父さん！　ウェルズおじさんに殴られた。父さんも来たらぶん殴ってやるってさ」

私がそう言い終える前に、父は椅子から飛び起き、父のどのグレイハウンドよりも速く道路を駆けていった。そして数分後、ドヤ顔で戻ってきた。

「これで二度と、口出ししてくることはあるまい」

本当だった。

父がくれた人生のアドバイスのうち、ふたつはケンカに関するものだ。ひとつ目を教わったのは、母の死の直後だ。私は父に座らされ、実に父親らしいアドバイスをもらった。

「殴られたってかまわん。やられた以上にやり返せ。そうすれば、それ以上やられることはない」

ふたつ目のアドバイスは、もっとシンプルだ。

「四の五の言わずにぶん殴れ」

父は自分の教えを守った。ある日、父と街に向かって歩いていたとき、ふたりの男がホームレスをからかっているのを見かけた。待ってなさい、と父は言い、ふたりのチンピラに近づいていった。気の毒なホームレスをからかうのはやめるよう注意しに行ったのかと思ったら、父はふたりの顔をいきなりぶん殴り、ゆっくりと戻ってきて、何事もなかったように店まで歩きつづけた。あるとき、父の友人がこんなことを言った。

「誰もいない部屋でケンカをおっぱじめられるやつは、フランクくらいしか知らない」

父はがんの進行がぴたりと止まったことにうすうす気づいていたにちがいないが、自分が死んだあとの私の人生を心配していた。そこで、12歳か13歳のとき、私はいくつかアルバイトを始めた。それどころか、アルバイトに夢中になり、なかなかのお金を稼いだ。朝、学校に行く前、スティーヴン・シャープという牛乳屋と一緒に、牛乳を配達して回る。彼は私をウサギ狩りに連れていってくれる優しい男で、牛乳配達の仕事は楽しかった。冬だけは、牛乳瓶を取るたびに指が瓶にひっついてしまって、たいへんだったけれど。スティーヴンが配達トラックを停めた瞬間、競争開始。どちらが先に空き瓶を回収し、トラックまで戻ってこれるか。おかげで、恐ろしく競争心が強くなった。時には、1時間目の授業に間に合うよう、学校まで送ってくれることもあった。金持ちの子どもがお抱えの運転手にロールスロイスで学校まで送ってもらうという話は聞いたことがあるけど、牛乳配達のトラックで学校まで送ってもらっていたのは、きっと私だけだろうね。

放課後は新聞配達。週に30シリングは稼いだ。土曜日は、ムーア・アラートン・ゴルフコースかアルウッドリーでキャディーのアルバイトをした。アルバイト料は1ラウンドにつき1・5ポンドだ。私はいつの間にかロストボール探しの名人になり、鷹の目（ホーク・アイ）というあだ名までつけられた。ボールを見つけると10ペンスのボーナスがもらえる。私の〝顧客〟のひとりに、サッカークラブ「リーズ・ユナイテッド」の名監督、ドン・レヴィーがいた。初めて彼のキャディーを担当したとき、彼の打ったボールが林に消えた。

「任せてください、レヴィーさん。絶対に見つけてみせますから」

私はそう言い、ボールを探しに走った。案の定、ボールは見つかったのだが、拾いあげてみると、ボールの表面に「ドン・レヴィー」と名前が入っているのに気づいた。彼ほどの大人物になると、名前入りのゴルフボールでプレイするのだ。私はボールをポケットにしまい、走って戻ると、見つからなかったとウソをついた。その後、学校でそのボールを1ポンドで売りさばいた。父のグレイハウンドを50ペンスで売ったのと比べれば、大きな進歩だ。収入の大半は、〝保管〟の名目で父に預けた。

「旅行にでも行ったときに返すからな、マルコ」

父はそう言ったが、ブリドリントンに出かけたとき、全額きちんと返してもらった覚えはない。

アルバイトをしていないときは、暇を見つけては田舎を満喫した。飼い犬のピップと外で遊んでいるときがいちばん楽しかった。釣りに狩猟、野生動物の生け捕り。70年代に教師のストライキがあり、学校が昼間に終わったときには、兄のグレアムが初めて釣りに連れていってくれた。兄は私を橋のたもとに座らせ、釣り糸を垂らすと、友だちと一緒に穴場へと向かい、そこで釣りをしていた。私は400グラムあまりのマスを釣りあげた。人生初の釣果だ。その日から、釣りの虜になった。

グレアムは生け捕りのしかたも教えてくれた。最初はキジだ。木で休んでいるキジに丸太を投げつけ、キジが樹上から地上へとよろよろ下りてきたところを、走っていって手でつかまえる。ヘアウッド・エステートの一部であるエカップまで、初めて狩猟に連れていってくれたのも、グレアムだ。でも、兄は意地悪で、エアライフルには指一本、触らせてくれなかった。4匹の丸々とした野ウサギをしとめると、雨が降るなか、私にそれを持って畑を歩かせた。兄のいちばんの使いっ走りが私だった。ある意味、私の子ども時代はのんびりとしていた。森や畑で時間を過ごし、川辺でマスやザリガニを手でつかまえる日々。食べ物への情熱が芽生えたのはそういう場所だった。これからまちがいなく何十回と繰り返すとおり、一流のシェフは自然に敬意を払う。子どものころ、私は自然に恋した。だからこそ、食べ物に恋することができたのだ。

鮮明に覚えている出来事がある。あるとき、私はグレアム、クライヴとの共用の寝室にこっそりと忍びこみ、グレアムの22口径のペレット弾を探していた。突然、階段をのぼる足音が聞こえてきたので、大慌てでグレアムのベッドの下に隠れた。グレアムは部屋に入ってくるなり、ベルトをはずし、パンツを下げ、マットレスに横たわった。そのあいだ、私は息を潜めてベッドの下で待っていた。父が私の名前を呼びながら階段をあがってくると、兄は行為を中断した。兄が大急ぎでパンツをあげると、父が部屋に入ってくる。

「マルコを見かけなかったか?」

「いいや、見てないけど」と兄は焦った様子で答えた。

私は暇を見つけては、友だちのブリグジーと一緒にオトリー行きのバスに乗り、川でマスの大群をつかまえた。私たちはズボンの裾をまくりあげ、パン切れがつまった餌袋を持って川に踏みこんだ。1日に60尾や70尾のマスをつかまえると、その多くをその場で締め、バス停までの道すがら家々のドアをノックし、1尾10ペンスで売る。それが遊びでお金を儲けた初の体験だ。

私はアルバイトと若き探検家生活の合間を縫って、学校に通った。アラートン中学校での生活は、周囲から浮くほどの落ちこぼれだったという点で、ファー・ツリー小学校時代とたいして変わらなかった。中学校にあがった最初の週、私は体育教師の怒りを買った。そいつにはふたつのニックネームがあった。ひとつはツルピカ（もちろん、面と向かっては言わないけど）。理由ははげているから。もうひとつはトビー。理由はトビー・ジャグの置物と同じくらいハンサムだから（たぶんね）。

最初の授業で、私がふざけていると、トビーがベンチに両手をつくよう言った。すると、スニーカーで数回、私のお尻を思いきり叩いたのだ。まったく衝撃的な経験だった。父に平手打ちされたことはあったけれど、あんなふうに殴られたことはなかった。

叩かれたあと、私は残りのクラスメートと一緒にクロスカントリーへと送り出された。走っている途中、私は短パンをずり下げ、マーク・テイラーという友だちにお尻の腫れ具合を確かめてもらった。

「なんてこった」

マークは泥道を踏みしめながら、私のお尻を調べると、その言葉を繰り返した。

「ひどすぎる」

帰宅するなり、いのいちばんに鏡を持ってきてお尻の状態を確かめた。大部分が土気色になり、紫色のあざが点々とできている。兄のクライヴにも見てもらった。夕食中、父がげんなりしている私の様子に気づいた。

「どうした？」

私が答える前に、クライヴが口をはさんだ。

「学校で叩かれたんだって。見てよ」

父は私にパンツを下げさせると、土気色のお尻を見てゾッとした。次の日の学校。上級生が教室にやってきて、教頭室に行くよう私に言った。ドアをノックし、部屋に入ると、教頭のリチャードソンと、もうひとり、こちらに背を向けた男性が立っていた。机の上に中折れ帽が見えた。父だ。

「教頭先生にお尻を見せてやりなさい」

またしても、私は人前でパンツを下げるという屈辱を味わった。リチャードソン教頭は唖然としていた。

それから3年間、トビーは私に指一本、触れなかった。

トビーとのピリピリした関係はどうあれ、私はクロスカントリーでいつも抜群の成績を収めた。といっても、勝ちたかったからではなく、誰よりも早く更衣室に戻りたかったからだ。私は下の毛がまったく生えていなくて、ふさふさのクラスメートにそれを見られるのが怖かったのだ。ほかのクラスメートが息を切らしてゴールラインを切るずっと前に、シャワーを浴び、体を拭いて、制服に着替えるという、ただそれだけのために、私はクロスカントリーの新記録を打ち立てた。

当時は、卒業試験を受けなくても学校を卒業できた。だから、そうした。1978年3月17日金曜日、私はアラートン中学校を卒業した。ほかの生徒たちが映画『スター・ウォーズ』を観に行き、イースター休暇を楽しむなか、私は就職の準備をしていた。学校最後の日の最後の授業は、トビーの体育だった。全員が短パンとTシャツに着替えたが、私は持ってきていなかった。

「ホワイト、体操服はどうした？」

私はぶっきらぼうに答えた。

「忘れました。休みます」

トビーは予備の体操服を持ってきたが、私はすぐさま着ないと断った。最後に、誰の脅しにも屈しないという意志を見せつけたかった。

「他人に何をしてもらったか、そして何をされたかを絶対に忘れるな」と父はいつも言っていた。

トビーは紙を渡し、体育の授業中、教科書を紙に書き写すよう言った。だが、授業が終わっても、私は単語ひとつ書き写していなかった。あと数分で卒業だ。もう二度と戻ってくることもない。トビーは奥歯をギシギシいわせながら言った。

「ホワイト、お前はきっとロクな人間にならないだろうよ」

父は、私が卒業試験を受けないで卒業することを、なんとも思っていなかった。私が卒業して仕事を探すというのは、父の洗脳教育のとおりだった。何しろ、グレアムとクライヴもまったく同じことをしていたのだから。

「シェフになるといい。いつの世にも食べるものは必要だ」

父は、実家から20キロ弱、ホテルが密集するハロゲイトで仕事を探すよう言いつけた。父の洗脳教育がとうとう大詰めを迎えようとしていた。ある朝、父は私にサンドイッチをつくり、バス代を手渡し、私を送り出した。私はハロゲイトに着くなり、まっすぐ〈ホテル・セント・ジョージ〉に向かい、キッチンのドアを叩いた。

「見習いの仕事を探しているんですが……」

私は父に教えられたとおりの言葉を料理長に言った。それで終わり。料理長は、イースターの前週、1978年3月20日月曜日から来いと言った。私は帰りのバスに乗り、父に朗報を伝えた。当時はまだ、食への興味はなかった。シェフは職業のひとつにすぎなかったのだ。少なくとも、最初は。

ザ・ジョージで働くためには、アルバイトをみんな辞めるしかなかった。シェフの仕事を始める前日、ブラッドリー氏のキャディーを務めた。いつも愛車のベントレーで家まで送ってくれる気前のいいおじさんだ。最終ホールのフェアウェイを歩いているとき、彼がおもむろに言った。

「私のキャディーを務めてもう3年になるね。今まで本当によくやってくれたよ。いちども期待を裏切られたことはない。今日が最後なんだってね。これからどうするつもりだ？　マルコ」

これからどうするって？　明日の朝からシェフになりますなんて、恥ずかしくて言えなかった。きっと賛成してくれないだろうし。

「さあ」と私は答えた。

「先輩のアドバイスを聞きたいかい？」

「ぜひ」

彼は歩を止め、こちらを見て真顔で言った。

「マルコ、君はなかなかの色男だ。マイアミに行ってジゴロを目指すといい」

5 ザ・ジョージ

「このクソガキが」

〈ホテル・セント・ジョージ〉の料理長、スティーヴン・ウィルキンソンが叫んだ。ようこそ、美食の世界へ。ここへやってきて1週間、いろんな料理をつくってきた。こんどは何をつくったのだろう。黒こげのトースト？　スクランブルしすぎのエッグ？

白い山高帽に、靴まで届くエプロンを着けた小男が、こちらをギラッとにらみつけている。その下品な口から、またもや卑しい言葉が飛び出した。グツグツとソースの煮立つ音。ジュージューと肉の焼ける音。銅製のフライパンが鉄製のストーヴに当たる音。ナイフを研ぐ音。そんな雑音のなかで、鬼軍曹が甲高い声をあげる。

「なんなんだ、お前は。ええ？　いったいお前はなんなんだ！」

その嵐のような罵りに、私はすっかり縮こまった。

「クソガキです、シェフ。どうしようもないクソガキです」

どうか、言葉遣いの悪さを勘弁してほしい。ただ、私が働いていた厨房では、「クソ」は「シオ」と同じくらい日常的な単語だった。一般社会では、「クソ」はかなり侮辱的な言葉だ。だが、厨房に立つプロの料理人たちは、よくお互いを「クソ」と呼ぶ。その意味は、言い方によって決まる。「もういちど同じことをやってみろ、このクソ野郎。明日から仕事はないぞ」と言えば辛辣な意味になるし、「また明日な、クソ野郎」と言えばフレンドリーな意味になる。「俺のクソナイフに傷をつけたのは誰だ？」と言えば形容詞になるし、「クソくだらない話なんかしていないで、手を動かせ」と言えば副詞にもなる。スティーヴンに「クソガキ」と呼ばれたときも、引っかかったのは「クソ」ではなく「ガキ」の部分だった。俺よりもよっぽどチビなくせに、どの口が言うんだ？

こうして、私は三つ星を獲得するまでの長い長い旅の第一歩を踏み出した。しごき。仕事中毒。睡眠不足。ニコチン。カフェイン。情熱。熱気。そんなすばらしいものたちに満ちた紆余曲折の道のりを。

今でこそ少しみすぼらしくなってしまったが、１９７８年春当時、ヨークシャーの陽気な温泉街・ハロゲイトの中心部にあるホテル・セント・ジョージは、リポン・ロードに面するエドワード様式の堂々たる建物だった。今のセント・ジョージはまったく別物で、〈スワロー・セント・ジョージ・ホテル〉という「スワロー」チェーンの一部になっている。ホテル・セント・ジョージとスワロー・セント・ジョージ・ホテルでは、まったく響きがちがわないだろうか？　でも、まだ買収される前の70年代後半当時は、ジョン・バーナード・ケント・アベルという男性が個人で所有するものすごく賑やかで荘厳なホテルだった。その料理がホテルの格式の高さを物語っていた。

あと2、3年、働きはじめるのが遅かったら、私の人生はだいぶ変わっていたかもしれない。私が料理の世界に飛びこんだのは、美食の黄金時代が終わりを迎えつつある時期だった。大多数のホテルの厨房がそうだったように、ザ・ジョージの基準やスタイルもまた、エスコフィエの影響を色濃く受けていた。「おいしい食事は真の幸福の基礎である」が彼の哲学だった。

セント・ジョージで食への情熱に目覚めたとは思わないが、私は決して美食の黄金時代のロマンに鈍感だったわけではない。たとえば、ザ・ジョージのボイルドハムは並のボイルドハムではなかった。肉を調理したあと、ショーフロワ・ソースで覆う。澄ましバターと小麦粉をルーにし、牛乳、クリーム、または玉ネギの出汁で溶いてのばしたベシャメル・ソースかヴルーテ・ソースに、ゼラチン（もともとは仔牛の脚のゼリー）を加えてつくったものだ。このソースをハムに何層にも重ねていく。最初の層が固まったら、次の層を加える。そうしたらまた次の層、という具合に、ハムが完全に真っ白に覆われるまで続ける。見栄えがよくなるよう、細かく刻んだトリュフを慎重にちりばめ、最後にアスピック・ゼリーで覆う。それを銀製の大皿に盛りつけ、食堂で切り分ける。それはまさしく圧巻の光景で、原価率や分量が厳密にコントロールされている現代のレストラン業界では、二度とお目にかかれない一品だろう。

ホテルには〈フレンチ・ルーム〉と、もう少しカジュアルな〈ランプライター〉という2種類のレストランがあり、確か14人の厨房スタッフだけで回していたと思う。猛烈に忙しかったが、気にはならなかった。父の洗脳教育のたまものだ。必死で働くことは人生において不可欠であり、店を辞めて別の仕事を見つけようとは思いもしなかった。父も、祖父も、兄たちもみんなシェフ。私にはシェフの血が流れていた。

しかし、まずは、ザ・ジョージの新人シェフなら誰でも経験する通過儀礼をくぐり抜ける必要があった。初日、朝の7時半に着き、真っ白な新品のコック服に着替えると、さっそく最初の仕事を言いつけられた。

「そこに、大きなスープ鍋があるだろう」

スティーヴンはそう言い、ドロドロとした牛の出汁入りの鍋を指差した。

「そいで、こっちにこし器がある」

彼は、その鍋に入っている出汁をこし器に通して、別の大鍋に移すよう言った。私はスープをすくってこし器に移しては、小さなレードルでスープを小さな穴へと押しこんだ。コック服は飛び散ったスープでべちゃべちゃになり、作業が終わるころには、腕の筋肉が悲鳴をあげていた。すると、スープ鍋が火にかけられ、すぐさま液体状に変わった。私はその光景を見ながら思った。なぜ先に煮立たせてから、こし器に通さないんだ？　私はからかわれていることに気づかなかった。

その日の次の仕事は、トマト5箱ぶんを湯むきし、種を取るというものだった。途中、それまでの仕事ですでにクタクタになっていた腕が、これ以上あがらなくなった。私は両腕をだらりと曲げたまま突っ立っていた。まるで蟹みたいに。休憩も食事もとらず、7時間ぶっ通しで働きつづけると、とうとう事切れた。私は爆発し、泣きだした。

見かねたスティーヴンが、ハムサンドイッチをつくってくれた。私は「ガラスの部屋」と呼ばれている料理長室に座り、負け犬のような気持ちでそれにむしゃぶりついた。晩、こんどはウォークイン型の冷蔵庫を掃除するよう言われた。でも、もう9時半だったし、ハムサンドイッチだけで1日を過ごしてきたので、腹ぺこだった。すると、目の前に、チョコレート風の甘そうな食べ物が入った巨大なボウルを見つけた。指をつけて試食してみた。うまい。あまりにおいしくて、いつの間にかボウルが空になっていた。そのあと、ペイストリー・シェフにババロアを見なかったかと訊かれたので、私はぽかんとした顔をして首を横に振った。それから1年くらいして、ようやくチョコレート・ババロアがどういうものかを知った。彼は私が食べたものを探していたのだ。

経験を積むにつれて、私は少し悪知恵を身につけていった。シェフから13袋ぶんのエンドウのさや剝きを頼まれると、私はこう訊いた。

「13袋ぶんのエンドウのさやを剝いたら、どれくらいの量になるでしょうね？」

「さあ」

私は6袋を捨て、残りの7袋だけを剝いた。10箱ぶんのホウレンソウの下ごしらえを頼まれると、4箱は捨てて、残りの6箱だけを下ごしらえした。大量の野菜が捨てられていることを知らないスティーヴンは、私の驚異的な野菜さばきに驚いていた。それから、1パイント瓶のモルトヴィネガーを飲み干せるかどうかを競いあっていた料理人たちにも気に入られた。私はササッと前に出て、その瓶を一口で飲み干した。あとでたいへんな目にあったけれど、とりあえずゲームには勝った。それ以来、仲間のひとりとして認めてもらえるようになった。

週に2日は朝食を担当した。フランスのクルーナー歌手、サッシャ・ディステルがホテルに宿泊すると、私の料理を食べた最初の有名人になった。メニューはベーコンエッグ。料理が彼の部屋まで運ばれると、私はキッチンをこっそりと抜け出し、彼の部屋のドアの前でかがんで、鍵穴から室内(なか)をのぞきこんだ。ディステル氏は確かに、私のつくった英国式朝食を食べていた。

朝、私はガルド・マンジェで仕事をし、ランプライター向けのビュッフェをつくった。私の担当のひとつがサラダだった。ウォルドーフ、バガテル（マッシュルーム添え）、ギリシャ風、ニース風、コールスロー。サラダで少しだけ創造力を発揮しても、誰も大騒ぎしないことに気づいて、やがていろいろな料理で芸術的な盛りつけを試すようになった。牛肉のサーロインを渡されると、薄切りにして、かたまり肉の周囲に扇の形に盛りつけた。別に、新しいことをしたわけではない。まわりのシェフがつくるのを見たのだ。ただ、自分の好きな絵が描けるようになった。たとえば、ハニーベイクド・ハムなら、まだら模様になるようクローブをハムに挿して、彩りを添える。ハムのショーフロワなら、トリュフを挿して花瓶の花々に見立てる。

裏口が開くと、すばらしい食材たちがキッチンへと運ばれてくる。季節によって食材は変わり、それによってメニューも変わる。イチゴ、アスパラガス、肉。巨大な天然のサケ（当時は養殖のサケなんてなかった）が届き、茹でられ、冷まされ、薄切りキュウリの鱗で覆われていくのを、ただただ圧倒された気持ちで見つめていた。当時は、そのまま鍋に入れられるよう、肉があらかじめ同じ分量ずつ切り分けられて届くなんてことはなかった。ラム肉は丸ごと運ばれてきて、キッチンで切り分けられた。牛肉は、サーロインもランプも一緒になったひとかたまりの肉として届けられた。仔牛の脚なんて、腰の部分がまるまるくっついたまま、ランプ肉として届いた。牛乳はプラスチック・ボトルやカートンではなく、巨大な牛乳缶で届いた。当時はまだ、フィッシュ・アンド・チップスを新聞紙にくるんで売っていた一昔前の時代だった。その後、新聞紙に有毒成分が含まれているという懸念が持ちあがり、禁止になったが。

振り返ってみれば、天然の食材に対する理解を与えてくれたのは、ほかならぬ自然愛だった。真の芸術家は母なる自然であり、シェフはただの職人にすぎない。日々、私は自然に心を奪われた。でも、私を駆り立てていたもの、私にシェフという仕事を続けさせてくれたものは、認められたいという欲求だった。仕事ができるようになればなるほど、不安にうまく立ち向かえる気がした。私は何よりもまず、料理が与えてくれるアドレナリンの中毒になった。食への情熱ではなく。

ザ・ジョージの基準は高かった。サンドイッチをつくるなら、パンの耳をきれいに切り、銀製の大皿に乗せて提供しなければならない。夕食にはビーフストロガノフやステーキダイアンがよく出た。食材はひとつもムダにしなかった。熱々のボイルドハムを提供したら、残りの肉はあとでサンドイッチに使われる。ローストラムに、グリンピースのフランス風とジャガイモのドフィネ風を添えて提供したら、残りのラム肉は翌日のビュッフェで冷やして提供される。時には、大迫力のバロン・オブ・ビーフを提供することもあった。

これは2枚のサーロインとリブが切り分けられていない状態のもので、牛全体の半分以上にもなる。当然、大きすぎてふつうのキッチンのオーブンには入らないので、パン部門で使われるオーブンに吊して、ピンク色になるまで焼く。調理が終わると、ストレッチャーのような台に乗せられ、シェフがふたりがかりで食堂まで運んでいって、切り分ける。

私はちょっとしたなんでも屋だった。肉切り係と一緒に過ごすこともあれば、ガルド・マンジェで何時間も働きつづけることもあった。ペイストリー・シェフの手伝いでレモンシラバブをつくったり、トライフルにクリームを絞って飾りつけたりもした。何もかもが勉強だった。1日15時間とか16時間働いた週には、15ポンドの基本給が残業代を入れて60ポンドになった。私は見習いのまま、誕生日に週1ポンドの昇給を得た。

1978年12月11日、17歳になったその日、私は1日休みをもらったが、向かった先は職場だった。そのころからもう、キッチンに居心地のよさを感じていたのだろうか。少し前、メニューにシャトーブリアンのベアルネーズ・ソースというパーティー向けの料理があるのを見て、ベアルネーズ・ソース（オランデーズ・ソースをアレンジしたもの）をつくるところを見せてほしいと頼んだのだ。

ザ・ジョージでは、350人規模のパーティーが開かれることもある。ジャガイモのシャトーは私の担当だった。完璧なオリーブ形になるまで、ジャガイモを延々と面取りしていく。小さなジャガイモを1皿に5個添えるとして、ぜんぶで1750個。ジャガイモのシャトーを一晩で6人前しかつくらないレストランと比べれば、私は60日ぶん近い経験をたったの一晩で積んでいたわけだ。こうして、私はすばやくてきぱきと料理をつくる要領を学んでいった。そして、手に動きをインプットし、超高速でナイフを扱えるようになった。

しかし、どれだけ一生懸命てきぱきと仕事をしようが関係なかった。叱責は仕事の一部だった。料理長からの叱責。先輩シェフからの叱責。北西部のランカシャー出身の男は、訛りがきつすぎて、一言たりとも何を言っているのか理解できなかった。そいつに何かを言われるたび、私は「はい」とだけ返事した。ある日、そいつが意味不明なことを言ったので、いつもどおり「はい」と返事した。

「おいガキ、〝はい〟とはどういう意味だ？　俺の言葉が聞こえなかったのか？」

彼はそう怒鳴った。それは私が理解できた彼の唯一の言葉だった。

見習いの私は、恰好の叱られ役だったが、子ども時代に厳しく育てられていたおかげで、なんてことはなかった。男性中心のいじめ社会から、また別の男性中心のいじめ社会へと飛び移ったにすぎない。叱責されるのは、痛くも痒くもなかった。むしろ、心のなかで楽しんでいたくらいだ。激怒するスティーヴンの姿を。もうひとつ、ザ・ジョージでの生活を少しラクにしてくれた要素があった。スティーヴンは、父と同じでギャンブル好きだった。あるとき、そんな彼を少しだけおとなしくさせる出来事があった。私が働きはじめてから数週間後、スティーヴンがいつもの鬼軍曹のような怒鳴り声をあげた。

「マルコ！　オヤジさんから電話だ」

料理長室に入り、電話を取った。父のうわずった声がすべてを物語っていた。

「マルコ、たった今、ジョニー・シーグローブから連絡が入った。リポン競馬場で3時10分発走のレースがある。手堅いらしい。複勝に1ポンド賭けておけ」

父が馬の名前を言うと、私はその名前を繰り返し、電話を切った。近くで話を聞いていたスティーヴンが興味を持った。

「いったいなんの話だ？」

「オヤジがいろんな調教師や騎手と知りあいなもので、タレコミをもらったんですよ」

スティーヴンはうれしそうに目を広げた。少し感心したどころじゃない。興奮していた。その瞬間、私を見直したようだった。この目の前の10代の小僧、マルコ・ホワイトは、コネを持っている。

父のタレコミが的中すると、私の持っているコネの噂が、あっという間にホテルじゅうに広まった。たったの数日で、私の人気が跳ねあがった。シェフから、ウェイター、バーテンダー、メイドまで、みんなが私を探しに来ては、猫なで声で訊いてきた。

「やあ、マルコ君。オヤジさんとは話したかい？」

私がうなずくと、私に1ポンドや2ポンドを握らせて、その馬の馬券を買ってくるよう頼むのだ。

「よし行け」

スティーヴンがそう言い、ドアを指差すと、私はコック服を着たまま全速力でブックメーカーまで駆けていき、馬券を買う。キッチンよりブックメーカーにいる時間のほうが長かったんじゃないかと思うくらいだよ。

あるとき、今まで受けたしごきの仕返しをするうまい方法を思いついた。「明日、オヤジからタレコミがあるかもしれない」と私が言うと、みんなが群がり、現金を手渡してくる。私は馬券売り場へ行き、自分の好きな馬に全額を賭ける。その馬が勝てば、儲けを懐に収め、「タレコミはなかった」と言って預かったお金をみんなに返す。その馬が負ければ、馬券を購入した証として外れ馬券を見せる。つまり、運のいい週にはスティーヴン以上の稼ぎを得ていた。起業家にでもなった気分だった。

ザ・ジョージでは、シェフとウェイターがいがみあっているということも学んだ。理由はいろいろとあるけれど、煎じつめれば国籍の問題だ。ザ・ジョージのシェフはイギリス人で、ウェイターはほとんどがフランス人かイタリア人だった。ザ・ジョージは雰囲気こそ優雅だが、ひとたびキッチンに入れば、いつも接客係と料理団がしのぎを削っていた。ふつうは口論くらいですむのだが、あるとき、鬼軍曹のスティーヴンとレストラン・マネジャーのジョヴァンニが乱闘騒ぎを起こした。ジョヴァンニがキッチンにいるとき、スティーヴンが彼に悪態をつくと、険悪なムードがただよった。ジョヴァンニは運んでいたバケツ2杯の氷を床に叩きつけ、ふたりは殴りあいのケンカを始めようとした。ところが、床に落ちた氷が小さなアイスリンクとなり、ふたりはつるんと床に倒れこんだ。まるでお笑いコンビのローレル＆ハーディのように、両腕で抱き締めあったまま。

それでも、私はジョヴァンニが嫌いではなかった。同じイタリア系ということもあって、なんとなく絆を感じた。彼は1000ccのハーレーダビッドソンを乗り回すプレイボーイだった。ホテル一、いや、ハロゲイト一の色男で、しかもハーレーを所有していたのは町で彼だけだったにちがいない。ホテル内の最高の部屋を専有していて、休みの日には恋人のジョアンナとベッドに寝そべっていた。私はたまにジョヴァンニと会話したのだが、あるとき、彼が俳優のマーロン・ブランドのような口ぶりで言った。

「いつか、私もこのホテルを去る日が来る。そのときは、マルコ、君にふたつのものを残そう。私の部屋と女を」

やがて、本当にその日が来た。ジョヴァンニは、馬に乗るゲイリー・クーパーよろしくハーレーにまたがり、ヨークシャーの夕日に向かって走り去った。こうして、私は本当に彼の豪華な部屋を手に入れた。これで実家を出られる。でも、恋人を失ったジョアンナは憔悴しきっていた。ジョヴァンニに彼女をくれると約束されたなんて、とうてい打ち明ける勇気もなかった。

実を言うと、私は異性が苦手だった。あるとき、上流階級の大学生の女の子（名前は忘れた）が、休みを利用してザ・ジョージにメイドのアルバイトをしにやってきた。彼女は私にずいぶんと興味を持ってくれたらしく、私は勇気を振り絞って、彼女をハロゲイトでのディナーに誘った。それは人生初のデートで、パーラメント・ドライブ沿いのイタリアン・レストラン〈ヴァンニズ〉をディナーの場所に選んだのだが、その夜はさんざんだった。面白い話をしてその子を笑わせようと、腕を大げさに振ったとき、赤ワインのグラスをその子の白いブラウスへと倒してしまった。ウェイターがすっ飛んできて、ナプキンでワインを拭き取ろうとするあいだ、私は死んだように固まっていた。

「気にしないで」

私は会計を支払い、ホテルの自室へと戻った。ジョヴァンニが恋人としっぽりやっていた例の部屋に。彼女は濡れたブラウスを脱ぐと、黒のブラジャー一枚になり、私が手渡した白いシャツに着替える。そして、パンツを脱ぐと、黒い下着姿でベッドに横たわる。

私はそわそわしながら、彼女の隣に横たわり、太ももに手をすべらせる。なんてこった、俺より毛深いじゃないか。誰だ？　この剛毛の男は。

私がもう少し探りを入れようとしていたとき、彼女が口を開いた。

「あなた、いい人すぎるわ、マルコ。まだ子どもすぎる。こんなことできない」

皿洗いと清掃担当のキッチン・ポーターは、私を目の敵(かたき)にしていた。身長190センチメートル以上ある大男で、いつも髪は脂でギトギト。キッチンで私の横を通り過ぎるたび、親指で私の脇腹をひと突きしてくるのだ。まあ、私に何か原因があったんだろうけど、なんとかして仕返しをしてやりたかった。そこで、ある作戦を考えた。

「シェフ、ウォークイン冷蔵庫を掃除してもいいですか？」

料理長がこっちを見た。

「もちろんいいとも」

ウォークイン冷蔵庫は広大だ。私は、何百個もあるボウルや容器をひとつずつ取り出しては、中味をきれいな容器に移し替えていった。たいへんな作業だったけれど、もっとたいへんなのは例のポーターだ。その山のようなボウルや容器をすべて手で洗わなければならなかった。私はそれを定期的なお掃除習慣へと変えた。やつは激怒した。

「こんどはこっちがやり返す番だ」

やつはそう言い、ストーヴのまわりをぐるぐる回って、しわだらけの手で私をつかまえようとした。

マイケル・トゥルーラブというシェフとも仲良くなった。私たちは共謀して、そのポーターへの嫌がらせの方法を考えた。私がホテル・オーナーのアベル氏のふりをしてキッチンに電話をかけ、マイケルが電話に出る。すると、マイケルがやつにこう言う。

「ミスター・アベルから君に電話だ」

やつが電話に出ると、私がアベル氏の声まねをして言う。

「こっちに料理長宛ての小包がいくつか届いているんだが、取りにきてくれないかね？」

すると、その汚らしい大男は、のしのしとアベル氏の部屋に向かう。

「小包を受け取りに来ました」

アベル氏が怒る。

「どういうことだ？　なんの話だね？」

すべてを悟った彼が、カンカンでキッチンに戻ってくる。

「ぶん殴ってやる！」

マイケルと私が、キッチンのいたずら担当だった。ある夜、私はマイケルの手を借りて、巨大な冷凍庫に潜りこんだ。すると、ウェイトレスのメアリーがやってきて、マイケルに未使用のテーブルバターをどこにしまえばいいかとたずねた。

「冷凍庫に頼むよ」

彼女はドアを開け、冷え切った人間の体を見つけると、バターを放り投げ、キッチンから飛び出していった。数分後、ホテルの支配人のバリー・スターリングがキッチンにやってきた。

「冷凍庫に死体があるらしい」とバリーはスティーヴンに言った。

スティーヴンは冷凍庫を調べ、冷凍野菜をいくつか取り出すと、首を振った。

「死体なんてありませんよ」

午後には、ホテルのボーイのビルとケンによく会いに行った。ふたりと一緒に紅茶を飲み、宿泊客の靴磨きを手伝うためだ。ある日、ふたりの部屋に入り、お気に入りの椅子に腰かけようとすると、椅子の上に1冊の本が置かれていた。本を手に取り、タイトルに目をやった。『エゴン・ロネイ・レストラン&ホテル・ガイド1976』。椅子に座り、本をパラパラとめくった。そのとき人生で初めて、星つきのレストランがあることを知った。

目に留まったのが、〈ボックス・ツリー〉というレストランを紹介したページだ。読めば、イギリス一のレストランだという。心を惹かれたのは店の写真だった。築300年の宿屋を思わせる外観に、店の外に駐まっているしゃれた車。その後、キッチンに戻ると、その店を知っているかたずねて回った。みんな知っていた。でも、そこで働くのはムリだとみんなが口を揃えた。あそこのスタッフは仕事に満足しているから、めったに辞めない。だから、空きはほとんど出ない、と。

１９７９年のある日、私はおもむろに受話器を取り、ボックス・ツリーに電話をかけ、仕事に空きはないかとたずねてみた。ツキは私にあった。ちょうど誰かが辞職届を出したところで、私はマルコム・リードとコリン・ロングから面接に呼ばれた。ふたりはレストラン業界の成功者として名声を浴びる一方、女々しいことでも有名だった。当時の男くさい料理の世界では、ふたりのセクシャリティは嘲笑の的になった。ふたりの面接に呼ばれたことをみんなに伝えると、こんな冗談を言われた。

「ロングとリードとの熱い一夜をどうぞごゆっくり」

私は面接用の服を買いに出かけ、おしゃれなジャケット、シャツ、ネクタイを買った。その服に合う唯一の靴は、ふだんよりも半サイズ小さかったが、結局は買うことにした。私はハロゲイトから西のイルクリー行きのバスに乗り、早めに着いて、チャーチ・ストリートの北側にある公園のベンチに座った。足が痛んだので、血行をよくするために買ったばかりの靴を脱いだ。ところが、しばらくしていざ靴を履こうとすると、足がパンパンにむくんでいた。むりやり足を靴に押しこんではみたものの、半端なく窮屈だった。私はチャーチ・ストリートを渡ってボックス・ツリーまで、小股でしゃなりしゃなりと歩いていった。まるでピンヒールを履いた女性のように。ふたりはその歩き方を見て、私を一発採用したにちがいない。

面接は2時間半におよび、ふたりはレストランの料理まで見せてくれた。見事な鴨のテリーヌを見たとたん、足の痛みなんて吹き飛んだ。完璧すぎる。私は仕事のオファーをもらうと、その場で了承し、足を引きずりながらザ・ジョージに帰って辞職願を提出した。ようやく、料理への情熱が芽生えようとしていた。私の世界は白黒からカラーへと変わりつつあった。

父に電話をかけ、思わぬ幸運を打ち明けるのが、世界でいちばん自然な行動だっただろう。しかし、もうそのころには、父は私の人生の一部ではなくなっていた。悪いのはバカな私だった。私のほうから音信不通になったのだ。ザ・ジョージに就職してから2カ月間は、実家に住んでいた。そして、ホテルに住まいを移してからは、毎週日曜日にリングフィールド・マウント22番地に戻り、父と昼食をとっていた。

そんなある日、父が再婚した。父はヘイゼルという女性と会い（数年前からつきあっていたのかもしれない）、極秘で籍を入れた。正直、許せなかった。もちろん、父には再婚する権利がある。母が亡くなってから、もう10年がたつ。それに、ヘイゼルは最期まで父に添い遂げるくらいのすばらしい女性だった。私に文句を言う資格がどこにある？

でも、当時まだ10代の若僧だった私は、ショーは最後まで続けなければならないこと、世界は回りつづけること、人生は進んでいくことを理解できなかった。父と再婚について話した覚えはないけれど、ある日曜日、私はふたりとの昼食をすっぽかした。次の日曜日も。5回か6回すっぽかすと、それっきりになった。1週間は2週間になり、2カ月、そして数年になった。次に受話器を取り、父に電話をかけ、私を育ててくれた男との関係を築き直したのは、それから13年後のことだった。どうしても、自分の感情と向きあえなかった。そうする勇気がなかったのだ。だから、感情が湧きあがりそうになるたび、心にふたをした。

父子（おやこ）の絆は壊れてしまった。父からは手紙が届いたが、返信しなかった。やがて、私の居場所もわからなくなった。勤めているキッチンも、住んでいる街も。長年、私は父のルールに従って生きてきた。父に操られていた。でも、ようやく、私は本当の自由を手に入れたのだ。

6 白黒からカラーへ

〈ボックス・ツリー〉に足を踏み入れるのは、まるで巨大な宝石箱のなかに入っていくようなものだった。恋をしているときのような感情が、私のなかで一気に燃えあがった。17歳にして初めて、誰かに認められ、一流チームの重要な一員になった気がした。

いや、それ以上だ。ボックス・ツリーのスタッフやオーナーたちは、複雑な事情を抱える10代の私を自分の子ども同然に扱ってくれた。彼らが私の新しい家族になったのだ。それから1年半、私は重要な仕事を任され、厨房でやっていく自信を手に入れた。ここで、私は食へのこだわりに目覚め、食に対する哲学を確立した。

ボックス・ツリーを創設したのは、私の面接を担当したふたりの男、マルコム・リードとコリン・ロングだ。ふたりとも40代ながら、「ボーイズ」というニックネームで呼ばれていた。マルコムは、容姿端麗で威厳があり、いつもぴしっとしたスーツを着て、身だしなみに気を遣っていた。性格も真面目で、おそらくビジネスを動かしていたのは彼のほうだろう。一方のコリンは、ブロンドの髪に青い目、いつ見てもぶかぶかのウールのジャンパーを着ていて、大の冗談好き。あるとき、オランデーズ・ソースを泡立てている私を見るなり、女っぽい口調で言った。

「わあ、なんて素敵な手首の動き。ガルド・マンジェに来ない？　ウッドバインのタバコを1箱あげるからさ」

１９５０年代、ふたりはボックス・ツリー・ハウスを購入し、アンティークショップ兼ティールームとして開店した。もともとそこは、庭につげの木（ボックス・ツリー）が生えている18世紀の農家だった。すると、近隣のヨークシャー・デイルズ国立公園を訪れる観光客が、店の名物のスコーンとジャムを求めて立ち寄るようになった。商売は順調だったので、ふたりはビジネスを拡大してランチの営業を始めた。こちらも大成功し、次はディナーの営業も始めた。あまりにもうまくいったので、ふたりはビジネス全体を見直すことにした。１９６２年、昼の喫茶とランチを廃止し、ディナー一本に絞った。それも、一流のディナーに。

ふたりはとんでもなく頭がよかった。それどころか、私が今まで会ったなかで最高のレストラン経営者といっていい。時には、土曜の夜にふらりとパリに出かけ、真っ昼間から真夜中まで連日レストランをはしごし、翌週の火曜の朝に帰ってくることもあった。フランスへ行く目的は、最高のシェフがつくった最高の料理を食べ、小さな町・イルクリーのお客さんたちのために、その料理を再現することだった。ふたりはボックス・ツリーに帰ると、料理長のマイケル・ローソンと一緒に座り、パリで食べた料理を口述するのだ。

驚くほど詳しく、一つひとつの料理の盛りつけ、香り、味を描写していく。ココナッツ・アイスクリーム。オマール海老のフリカッセ、角切り野菜添え、ノイリープラット・ソース。マイケルはふたりの話をじっと聞き、ときどきうなずきながら情報をインプットし、頭のなかで料理を再現していく。

「その日の晩は、ふたりで〈ボン・オーベルジュ〉へ行って、マルコムは○○○を食べた。金曜日は〈ラ・セル〉へ行って、コリンは○○○を食べて……」

そのよだれの出そうな料理を、ボックス・ツリーのメニューで再現するのが、マイケルの仕事だった。1、2日で再現できるときもあれば、レシピが完成するまでに、2週間くらいの試行錯誤が必要なときもある。ときどき、進捗を確かめるため、マルコムとコリンがキッチンまで味見しに来ることもある。「よし、マイケル、これで行こう」とふたりが言えば、晴れてその料理がメニューに加わる。マイケルの独創的な創作料理たちと並んで。

当時のヨークシャーでは、誰もそんな料理を見たことがなかったし、そんな料理が存在することさえ知らなかった。いちばん豪華な家庭料理といえば、ローストランチか、せいぜいトード・イン・ザ・ホールくらいのものだった。ポークソーセージをヨークシャー・プディングに入れて調理し、オニオン・グレイビー・ソースをかけて食べるボリューム満点の料理だ。外食なら、オマール海老のテルミドール、ビーフ・ウェリントン、ダック・アロランジュ（鴨のオレンジ・ソース）、ピーチ・メルバあたりが定番だろう。当時のシェフは王道から逸脱することも、実験することもなかった。おまけに、現代のようなイラスト満載の料理本や、グルメ雑誌、テレビの料理番組もなかった。当時の料理の世界は、今よりもずっと狭かったのだ。

ボックス・ツリーは古典的なフランス料理を提供するだけでなく、フランスの小さな村でしか見かけないような良質なレストランの雰囲気をただよわせていた。温かみがあって居心地のよい内装に、美しいアンティークや一流の絵画。窓をはじめ、いたるところにはめこまれたステンドグラス。誰もが色つきのガラス越しに揺らめくシルエットへと変わった。取り揃え豊富なフランスワインに加えて、スタイル、技巧、細部への気配りといった、フランス料理特有の古典的性質も併せ持っていた。メニューは英語混じりのフランス語、あるいはフランス語混じりの英語で書かれた。たとえば、「ロースト・パートリッジにポムを添えて」というふうに。その後、自分の店を持つようになったとき、私もボックス・ツリーにならい、英語とフランス語の織り交ぜ方式でメニューを書いた。

１９７６年の時点で、ボックス・ツリーはミシュランの一つ星を獲得していた。そして、１９７７年、私が働きはじめる2年前に、二つ星を獲得した。当時、イギリスの二つ星レストランは4軒しかなかった。ロンドンにある〈ザ・コノート〉、これまたロンドンにあるアルベール・ルーの〈ル・ガヴローシュ〉、ブレイにあるアルベールの弟ミシェル・ルーの〈ウォーターサイド・イン〉は、いずれも大人数の厨房を擁していた。そのなかに、厨房スタッフがたったの8人しかいない片田舎のこぢんまりとした店、ボックス・ツリーが堂々と名を連ねていた。

私が最初に担当したのはオードブルだったが、そのほかに、店の前の花の水やり、真鍮（しんちゅう）磨き、マルコムとコリンの黒いキャデラックの洗車も私の仕事だった。毎朝、職場に到着すると、厨房スタッフのためにボックス・ツリー伝統のまかないをつくるのが私の役目だった。４パイントの牛乳をステンレスのフライパンに入れ、煮立たせ、大さじ数杯のネスカフェと砂糖を入れてかき混ぜる。そのあいだ、前日の晩の残り物のパンをレンジにかける。あとはコーヒーと一緒に食べるだけ。マイケル・ローソンはよくコーヒーをマグカップにすくい、景気づけにカルヴァドス・ブランデーを少しだけそそいで飲み干した。彼はそれから1日じゅう、アルコールは一滴も口にしなかった。そして、夜の12時近く、１日の営業が終わると、ウィスキーの大瓶をロックで飲み干す。

野菜を近くに住むポーランド人の年配男性のところに届けるのも、仕事のひとつだった。彼は店からエンドウのさや剝きや芽キャベツの皮剝きを請け負っていた。銅製のフライパンや皿をきれいにするのも私の仕事だ。卵白、小麦粉、塩、モルトヴィネガーで溶液をつくり、薄切りレモンを台所用スポンジのように使って、その溶液をフライパンや皿にすりこむ。乾いたら、あとは水で流すだけ。びっくりするほどピカピカになっている。ボックス・ツリーでは、誰もが複数の仕事をこなさなければならなかった。キッチンに入って、自分の仕事に徹すればいいというわけじゃない。どんな仕事でもこなす必要があった。

たとえば、日中、ケン・ラムはパン担当で、パン、パフペイストリー、プチフールをつくる。ところが、夜になれば、蝶ネクタイを着け、あっという間に給仕長へと変身だ。

働きはじめてすぐ、ボックス・ツリーの並外れたシステムに魅了された。座席はぜんぶで50席しかなかったが、午後7時半からと午後9時半からの2回の営業があったので、50人にサービスを提供するだけのスタッフで、100人ぶんのサービスを提供することができた。たったひとりのコーヒー・ウェイトレスで、100人を十分にカバーできたのだ。

次に驚いたのが価格だ。3品料理のディナーがだいたい20ポンド。たぶん、70年代後半のイギリスでは最高級のレストランだっただろう。それでも、店はお客で賑わい、50年代から60年代にかけて織物産業で大儲けしたヨークシャーの裕福な工場主でいっぱいになっていた。夜になると、店の外に自動車が駐められ、ドアがバタンと閉まる音が聞こえてくる。それも、並の車ではない。ベントレーが道路に列をなしていた。私は仕事をしながらも、厨房とレストランを隔てるスイングドアに目を凝らしていた。ドアが開くたび、楽しげな客たちの姿がちらりと目に飛びこんでくる。ばっちりとおしゃれをし、華やかで洗練された裕福そうな人々。その一瞬だけ、食堂の笑い声、心から楽しんでいる人々の声で、厨房の雑音がかき消される。煌々と明かりの照らされたキッチンから、レストランの仄かなろうそくの光がまぶしく見えた。

料理長のマイケルの下には、副料理長（スー・シェフ）のスティーヴに加えて、肉料理担当のミシェル、オードブル担当のパスカルというふたりのフランス人がいた。もちろん、叱責は日常茶飯事だったが、〈ザ・ジョージ〉ほど激しくはなかった。あるとき、スティーヴがトースターグリルほどの大きさがあるエッグスライサーで私をやけどさせ、大目玉を食ったのを覚えている。彼はそれを火であぶると、熱々になったところで私の腕の上に乗せた。私が激痛で悲鳴をあげると、スティーヴは驚いた。たぶん、そこまで熱いとは思わなかったのだろう。やけどさせるつもりなんてなく、ただのいたずらだったんだろうけど、彼はものすごく怒られた。

その一件を除けば、ボックス・ツリーはおおむね友好的な職場で、マイケル・ローソンは才能ある指導者だった。たとえば、私は彼がジビエのパイをつくるところをじっと観察した。旬のライチョウの大きなむね肉とヒレ肉をパイ皿に乗せ、練りパイ生地でふたをし、肉がピンク色になるまで焼く。それは『フランス料理総覧』に載っているような料理ではなかった。

料理の哲学も学んだ。ここでの教えは、私の頭に永久に刻みこまれた。あるとき、マルコム・リードからこう話しかけられたのを覚えている。

「私には信念がある。わかるかい？」

「いえ。どんな信念ですか？」

「望みどおりの結果を得るためなら、金は惜しまない」

なるほど。マルコムとコリンが情熱的な人物だと気づかされたのは、そういう部分だった。お金？　それがどうした？　何かをするなら、とことんやろうぜ。彼の言う「望みどおりの結果」というのは、料理に限った話ではない。ふたりは食堂で望みどおりの結果を得るために、とにかくお金を使いまくった。マルコムは新聞を買いに出かけては、５００ポンドの絵を買って戻ってくることもあった。リングフィールド・マウントからやってきた若僧にとっては、見たこともない散財だったけれど、ひとつのことを教えられた。一流のレストランをつくるためには、皿に乗せるものだけでなく、壁にかけるものにもこだわらなければならない。

ふたりは何かを計算することも、原価率に気を配ることもなかった。片手に包丁、もう片手に電卓を持っている現代のシェフなら、びっくりするだろう。

「ヒラメを使った3品コース料理か。よし、20ポンドで行こう」

それで終わり。原価など検討してもいなかった。

私はオードブルを担当したあと、およそ3カ月間、野菜料理部門へと回された。その後、マイケルから肉と魚のメイン料理の手伝いへと駆り出された。こうして、マイケルと彼の右腕のスティーヴが最前線に立ち、私は後方支援に回った。ザ・ジョージでの修業のおかげで、スピードだけは一人前だったと思う。

ボックス・ツリーで働くあいだ、偉大なフランス人シェフ、フェルナン・ポワンの刺激的な著書『我がガストロノミー *Ma Gastronomie*』と出会った。それは単なるレシピ本ではなく、彼の人となりや、「完璧とはたくさんの小さな物事の積み重ねである」という彼の哲学について描いた物語でもある。彼の言葉は私の心に突き刺さっただけでなく、私自身の哲学になった。

完璧の追求は、ボックス・ツリーの厨房の重要なルールのひとつだった。ザ・ジョージの料理は、大急ぎで大量につくられていたが、完璧なものをつくるためには、それだけの時間をかけなければならないということをここで学んだ。何をするにしても、目の前の作業に集中し、完璧にこなさなければならない。コッコーヴァンをつくるなら、調理の前日から鶏肉をマリネする。この料理に使われる伝統的な赤のブルゴーニュワインの代わりに、よりコクがあり、最終的な味に深みを与えるボルドーワインが使われた。これまたコッコーヴァンの伝統的なつけあわせであるマッシュルームは、風味豊かなアンズ茸に替えられた。オマール海老のソースにアルマニャック、魚のソースに白ワインを使うときは、最高級のものが使われた。

サヤインゲンを調理するときには、別々の鍋で少量ずつ調理した。

肉・魚料理部門で働いたあと、次はペイストリー部門へと回され、1週間かけて技巧を学んだ。ウォーターサイド・インのミシェル・ルーを含め、多くの一流シェフたちがペイストリー部門を経験している。なぜペイストリーがそんなに重要なのか？　ペイストリーは科学そのもので、料理の科学的な知識はものすごく貴重だからだ。この量の材料とこの量の材料を混ぜあわせると、こういう結果になる。まるで化学反応みたいだ。

私は、洋梨のソルベのような料理の腕を無我夢中で磨いた。おいしい洋梨のシャーベット・ボールに、薄切りにして扇状に並べた洋梨のポシェ、ミントの葉を添え、洋梨のリキュールをかけたものだ。料理は洋梨形のガラスの器に入れて出され、ふたを開けると、中からシャーベットが姿を現わす。ピンクグレープフルーツのシャーベットも圧巻だ。ピンクグレープフルーツをそのままシャーベットにすると、色が白くなってしまうので、グレナディン・シロップを少しだけ加えて、ピンクの色合いを出す。毎日、ボックス・ツリーのメニューは変わる。約30種類の料理のなかで、デザートのメニューをつくるのは、私の仕事だった。

新しい料理を提供したければ、マルコムとコリンが6時半に個室で夕食をとるときに、味見をしてもらわなければならない。自分の担当部門ができたおかげで、私はめきめきと腕をあげはじめた。自分の意見を述べ、料理を創作する機会ができたのだ。私はテュイル・ビスケットに、ローズ・アイスクリームとグレーズド・ストロベリーを添え、苺のクーリをまぶし、それをシュガーケージで覆い、砂糖漬けのサクラソウで飾りつけた。見事なくらい女性らしく、見事なくらいボックス・ツリーらしい。

「上出来だ」とマルコムとコリンは言った。「苺のタンバル、ポンパドゥール風と名づけよう」

それは店の名物料理となり、私が去ってから数年後も、まだメニューに残っていた。

その店の厨房は、世界で最高の場所だった。ザ・ジョージで料理は自己表現の手段だということを知り、ボックス・ツリーでようやく認められた気がした。「よくやった」「上出来だ」という言葉を聞いて、初めて自分が一人前として認められつつあると感じた。ある夜、給仕長のケン・ラムが、マルコムとコリンのこんな会話を聞き、私に教えてくれた。

「マルコはボックス・ツリー史上最高のペイストリー・シェフだ」

こういうコメントは本当にありがたい。18歳のシェフにとっては、自信を湧きあがらせてくれる魔法の薬みたいだった。

優しい顔のひょろながい男、マイケル・ローソンは、私をかわいがってくれた。私と同じように、彼にも暗い過去があった。若いころ、彼はボックス・ツリーへとやってくると、努力の末に料理長までのぼりつめた。遠い昔、彼はひとりの女性と出会い、結婚を申しこんだ。女性はプロポーズを受け入れ、結婚式の段取りまで組まれたのだが、結婚式目前に、自動車事故で亡くなった。噂によると、ウェディングドレスを取りに行く途中だったらしい。マイケルの傷はとうとう癒えることはなく、別の女性を見つけようともしなかった。その代わりに、すべての愛情と情熱をボックス・ツリーにそそぎこんだ。休みの日には、よく彼に連れられ、パブで一杯飲んだものだ。私は椅子に座りながら、彼が料理、過去の創作メニュー、厨房の裏話について語るのをじっと聞いていた。マイケルはどちらかというと地味だ。厨房に入り、料理長を言い当ててみろと言われても、きっと当たらないだろう。存在感のあるほうではないからね。でも、一流のシェフにちがいなかった。

それまでまったくもってお寒いかぎりだった私の女性関係が、一気に燃えあがったのは、ボックス・ツリー時代だった。日曜日に通いつめていた近くのパブ〈カウ・アンド・カーフ〉で、フィオナというパートタイムのウェイトレスと出会った。歳は私のひとつかふたつ下。彼女をディナーに誘い、OKをもらった私は、有頂天になった。私たちはタクシーでイルクリーからハロゲイトに向かい、超高級レストラン〈オリバーズ〉でディナーをとったあと、またタクシーで戻ってきた。そして、当時私が下宿していたフォックス夫妻宅のベッドで、初めて女性と結ばれた。18歳だった。それから数カ月、たぶん半年近く、体の関係を続けた。

悲しいことに、フィオナは私を捨て、カウ・アンド・カーフのレストラン・マネジャーのところへと転がりこみ、子どもをもうけた。捨てられたことはなんとも思わなかったが、ひとつだけ確信したことがある。フィオナは権力に目がくらんだのだ。ほかに、私を捨ててそいつを選ぶ理由がどこにある？

現実には、女性との関係は気晴らしにすぎず、長続きしたためしがなかった。大事なのは厨房で過ごす昼と夜の時間のほうで、ガールフレンドはその隙間を埋める〝つなぎ〟にすぎなかった。あまりにも失礼な物言いなのはわかっているけれど、私はそれだけ料理に首ったけだった。新しい女の子に出会うと、両親の外出の隙を狙ってその子の家に行き、一発やっておしまい。「愛」なんて単語が口から出る間もなく、関係は終わっていた。

あるとき、クラブで若い女の子と出会い、家まで送ることになった。門の前にたたずみ、口づけをしようと顔を近づけたちょうどそのとき、後ろから走ってきた車のヘッドライトが私たちを照らし出した。それは黒のキャデラックに乗ったマルコムとコリンだった。車が停まり、コリンが飛び出してくる。

「乗れ、マルコ」とコリンは命令した。

後部座席に乗り、家まで送ってもらうあいだ、コリンが事情を説明してくれた。

「あの子だけはダメだ。今ごろ、何を感染（うつ）されていたかわからない」

ときどき、アラートン中学校時代の教師で、たまたまイルクリーに住んでいたバトラー先生にばったりと出くわし、近況を訊かれることもあった。私が情熱をそそげる仕事を見つけたと知って、いつも喜んでくれた。同級生の多くは、職を転々とし、政府からの施しに頼って生活していたようだ。

私がボックス・ツリーを去ることになる少し前、マイケル・ローソンの右腕である副料理長のスティーヴが辞表を提出した。するど、マルコムとコリンが、彼の代わりが務まりそうな人物を知らないかと訊いてきた。私が副料理長を務めるには、まだ経験が足りないと思ったのだろう。ごもっともだ。頭に思い浮かんだのは、マイケル・トゥルーラブただひとりだった。ホテル・セント・ジョージの厨房で働いていたとき、初めてナイフの使い方を教えてくれたシェフだ。彼はいつも優しくて、スティーヴン料理長のいじめからしょっちゅう守ってくれたので、彼のことは好きだった。

「マイケル・トゥルーラブというとても優秀な料理人なら知っていますよ。俺の5歳くらい年上で、かなりの働き者なんです」

マイケルは職を打診され、引き受けた。彼がやってくると、ザ・ジョージのふたりのいたずら好きが再会した。ある日、オードブルを担当するフランス人シェフのパスカルが、材料を取りにウォークイン冷蔵庫へと入った。マイケルと私はドアを閉め、30分間、パスカルを冷蔵庫に閉じこめた。ドアを開けると、パスカルはひっくり返した木箱に腰を下ろし、タバコを巻いていた。そして、無言で出てきた。それどころか、1週間、口を利いてくれなかった。すねたのだ。フランス人は怒らない。ひたすらすねるのだ。

マイケル・トゥルーラブの到着が、最終的に私の旅立ちへとつながった。彼はボックス・ツリーに腰を落ち着けると、私に別の仕事を探すよう勧めた。

「マルコ、いつまでもこんな片田舎にいちゃいけない。翼を広げないと」

笑っちゃうくらい世間知らずだった私は、次の仕事が見つかる前に退職届を提出することにした。退職届を出したとしても、6週間は猶予を与えられるだろうから、そのあいだに仕事を見つければいいと思ったのだ。マイケル・ローソンに退職の意志を伝えると、彼の顔から一気に血の気が引いた。

「私には言えない」

彼はあまりにも恐ろしくて、マルコムとコリンに悪い知らせを伝える気になれなかった。

「マルコ、お前の口から直接ふたりに伝えてくれ」

勇気を振り絞り、ふたりにニュースを打ち明けた。

「階上(うえ)の〈中国の間〉で話をしよう」

マルコムに促され、階段をのぼると、3人でテーブルの前に座った。ふたりは、週給30ポンドくらいだった私の給料を増額すると言った。

「お金の問題じゃないんです。もう決めました。なんと言われようと、残るつもりはありません」

ふたりが退職届を受け取り、あと6週間、少なくても1カ月は働かせてくれると思ったのは、まちがいだった。ふたりは、私の宣告にかなりのショックを受けていた。お返しとばかりに、ふたりは私の心を打ち砕く強烈な一撃を見舞った。

「それなら、今すぐ出ていけ」とマルコムは言った。

「これ以上いてもしょうがない」とコリンがつけ加える。「荷物をまとめて、さっさと出ていくのがいちばんだろう」

ふたりの残酷な仕打ちに、茫然とした。紹介状すら書いてくれないなんて。振り返ってみれば、ふたりの気持ちがわかる。今はもう、ふたりを責める気はない。こっちが見捨てたから、見捨てられただけの話。でも当時は、ものの数秒で他人(ひと)の幸せを奪うなんてあんまりだと思った。親みたいな存在だったのに。

こんなに後味の悪い辞め方になるとは、思ってもみなかった。もしあと6週間働かせてもらい、円満退職できていたら……。この事件は私にとってトラウマになった。ワクワクした幸せな気分でボックス・ツリーにやってきたのに、その1年半後、絶望的な気分で同じドアを出ていくはめになるとは。失恋はいつだってそういうものでしょう？　それでも、ボックス・ツリーは、私が今まで働いたレストラン、いや、足を踏み入れたレストランのなかで、いちばん特別な存在として、記憶のなかに残りつづけている。

およそ12年後。ロンドン南西部にある私の二つ星レストラン〈ハーヴェイズ〉の厨房に立っていたとき、電話が鳴った。

「やあ、マルコ。マイケルだよ。マイケル・ローソン」

もういちどマイケルの声を聞けるなんて、うれしくてたまらなかった。私は彼にそう伝えた。

「こんど夕食にうかがってもいいかな？」

いつでも来てほしいと答えると、マイケルは店のすぐ外の公衆電話の前にいることを打ち明けた。いじらしい。緊張して店に入れなかったのだ。あがり症というやつだろう。私はレストランを走り抜け、ドアの前でかつての恩師に挨拶した。私はマイケルを9番テーブルに案内し、豪華な食事とワインをふるまった。店が落ち着いたところで、彼のところへ出ていって話をした。

「今夜の食事は、ボックス・ツリーのどの料理よりもおいしかったよ」

見え透いたお世辞だった。でも、片田舎にぽつんとたたずむあの小さな名レストランの暗い記憶に、少しだけ明かりが灯った気がした。

コラム1

美食の道は技術に始まる。技術がなければ、美食はマスターできない。最高の食材を買い揃え、完璧に料理するためには、自分が何をしようとしているのか、なぜそうするのかを自問しなければならない。料理の前に、たとえば、おいしいヤマウズラのローストのつくり方を理解しておかなければ、ローストしてはいけない。まず、ヤマウズラを正しく吊し、羽をむしり（皮を破らないよう）、きれいにタコ糸で縛る（火の入り方が均等になるよう、足をたたみ、胸を張らせるのがコツ）。心臓とレバーはソース用に取っておく。そうしたら、すべての穴を閉じ、背中を下にして調理する。時間は？　私のオーブンなら約10分だが、オーブンはそれぞれちがう。オスのヤマウズラはメスより大きいし、12月に捕ったヤマウズラは9月のものよりも大きい。

●

青野菜を調理するとき、沸騰したお湯に全量をいっぺんに入れるのは、問題ありだ。お湯はすぐさま沸騰をやめ、温度が下がる。すると、緑の色素である葉緑素が破壊され、野菜は鮮やかな色味を失ってしまう。一方、少量ずつ調理すれば、沸騰状態が保たれるので、皿に盛りつけたとき、野菜が鮮やかな緑色になるのだ。

キッチンにいる時は、手を動かす以外のことを考える時間がなかった（BOB CARLOS CLARKE）。

7 導き

1981年夏。19歳の私はリーズに戻り、つまらない毎日を送っていた。〈ボックス・ツリー〉を出たあとは、ずっと放浪していた。私はリーズにあるコンチネンタルというカジノ内のレストラン〈フロッギーズ〉でシェフの仕事を得た。料理長のジャック・カステルは昔ながらの絶品料理を提供していた。

下宿先は、エスペランサというスペイン人女性が所有するムーア・アラートンの家だった。おかげで、父と実家の目と鼻の先に住むという奇妙で落ち着かない状況に立たされた。父とはもう数年間は話していなかったし、交流を再開する気にもなれなかったので、気づけばいつも父から隠れるようにして暮らしていた。

ときどき、通りを歩いている父を見かけることもあった。そういうときは、見つからないように顔を背けるか、反対方向に走って逃げるかのふたつにひとつだ。たぶん、見られたことはないと思う。「おーい、マルコ。こんなところで何してる？」と話しかけられた覚えもない。父は数百メートル先に息子が住んでいるとは思いもしなかった。今思うと、とても悲しい話だ。ありえない状況だった。

一刻も早く、リーズを抜け出さないと。一時期だけ、近隣のハロゲイト、それからイルクリーへと出たことはあったが、結局は土地鑑のあるリーズに舞い戻ってきた。でも、戻ってみると、リーズが今までとはちがって見えた。すっかり愛着がなくなっていたのだ。子どものころから、この街は合わないとよく思っていたけれど、別の街の暮らしをのぞいてしまった今では、余計にそう感じた。

ふたつの仕事に応募した。本当に働きたかったのは、ロンドン中心部にある二つ星レストラン〈ル・ガヴローシュ〉だ。ボックス・ツリーのスタッフたちは、イギリスの首都にあるその名店について、いつもロマンチックに語っていた。ル・ガヴローシュのオーナー・シェフのアルベール・ルーは、一流の料理人として名を轟かせていた。メディア、評論家、顧客たちは、彼の古典的なフランス料理を愛してやまなかった。当時、アルベール・ルーと、ミシュランで星を獲得した〈ウォーターサイド・イン〉を経営する弟のミシェルは、みんなの話題にもっとものぼるシェフだったと言ってまちがいない。少なくとも、ヨークシャーでは。

そこで、私はル・ガヴローシュに電話をかけ、応募書類を請求した。しかし、ちょうどそのころ、〈チュートン・グレン〉でペイストリー・シェフの仕事に空きが出たという話を聞きつけた。そこはハンプシャーのニュー・ミルトン、ニュー・フォレスト地区のはずれにたたずむカントリーハウス調のホテルだ（現在では、イングランド随一の小規模ホテルのひとつに数えられている）。

そうこうするうち、ル・ガヴローシュから手紙が届いた。応募書類だとは知りつつも、ワクワクしながら開封した。ところが、書類を引っ張り出してがっかりした。質問がすべてフランス語で書かれていたのだ。回答もフランス語で書けということだろうか？　もしかすると、「フランス系であるかぎりはどんな国籍のシェフでも採用する」というルー独特の皮肉なのかもしれない。私はフランス語が一言も話せなかったので、ル・ガヴローシュはあきらめ、応募書類をゴミ箱に放り投げた。残る希望はチュートン・グレンだけだ。なので、料理長のクリスチャン・デルテイユから、南海岸での面接に呼ばれたときはうれしかった。

1981年6月18日木曜日、リーズからロンドンのヴィクトリア・コーチ・ステーション行きの長距離バスに乗り、そこから東のウォータールー駅まで歩き、ニュー・ミルトン行きの電車に乗った。面接は特に印象的ではなかった。デルテイユは感じのいい男だったが、尊敬の念はあまり湧いてこなかった。ボックス・ツリーのマイケル・ローソンの下で働いた経験から、上司への尊敬の念は働くうえでの絶対条件だと思った。

デルテイユは別れ際にこう言った。

「来週、電話をくれ。合否を伝えるから」

もちろん、電話するつもりではあったが、それからの24時間に起きた劇的な出来事のおかげで、電話する必要もなくなった。だから、私の合否は今もって謎のままだ。

チュートン・グレンからリーズへと帰る途中、ニュー・ミルトン駅で予定の電車に乗り遅れてしまった。ようやくウォータールー駅に着いたとき、国鉄の改札係とおぼしき人物に、ヴィクトリアまでの道をたずねた。

「私は国鉄の人間じゃありませんよ。郵便局員です」

彼はそう答えたが、たまたま行き先が同じだったので、郵便車の後ろに乗せてくれた。こうして、郵便物の袋の上に座って旅をすることになった。

やっとのことでヴィクトリアのバスターミナルに着くと、係員にこう言われた。

「残念、一足違いだったね。リーズ行きの長距離バスはもう出たよ。次の便は明日の朝までない」

B&Bのホテルに泊まるのは問題外だった。なぜかって？　ひとつ目に、長距離バスを逃したからといってB&Bに泊まる19歳の若者なんていないから。ふたつ目に、財布がすっからかんだったから。そこで、私は散歩を始めた。初めてのロンドンだ。せめて時間を有意義に使おう。

どこを目指していたわけでもないが、ふと気づけば、明るい店々が建ち並ぶ街路を歩いていた。その途中、ある店の前で歩を止めた。

なんという偶然だろう、私はローワー・スローン・ストリートにあるル・ガヴローシュの目の前に立っていた。私はうっとりと歩道に立ち尽くした。その美しい二つ星レストランにはまだ明かりがついていて、私は店の窓に鼻をぎゅっと押し当てた。中では、恰幅のよい楽しげな数人の客たちが、食事の締めに真夜中のコーヒーを飲んでいる。上品で、スタイリッシュで、豪華な店内。薄暗い照明とろうそくの光が、暖かみのある黄金色に輝く。

しかし、ずっとそこに立っていたら逮捕されそうだったので、バスターミナルへと戻った。そこで、私と同じくらい途方に暮れている同年代のドイツ人に出会った。私たちはふたりでロンドン観光へと繰り出し、バッキンガム宮殿や国会議事堂前広場を訪れ、トラファルガー広場でネルソン記念柱を見物した。すると、私よりはお金を持っていた彼が、紅茶とチーズサンドイッチをおごってくれた。

翌朝、リーズ行きの長距離バスがヴィクトリアを出発した。私を乗せずに。

私はル・ガヴローシュに戻り、裏口のドアを叩き、料理長に会いたいと頼んだ。すると、バルー（『ジャングル・ブック』の登場人物と同じ）という名前のペイストリー・シェフにこう言われた。

「今日はランチの営業がないから、ほかに誰もいないんだ」

私がヴィクトリアに戻ろうと、立ち去りかけたとき、彼がつけ加えた。

「ルー兄弟のいる本部に行ってみたらどうだい？　そう遠くないから」

私はローワー・スローン・ストリートを南下し、チェルシー橋を通ってテムズ川を渡り、クイーンズタウン・ロードをまっすぐに歩いて、ワンズワース・ロードへと左折した。数百メートル歩いた先に、ルー兄弟の本部があった。

ドアを抜けたとき、私はどんな姿をしていただろう。きっと、見るも無惨な姿だったと思う。朝の10時。もう丸1日以上、一睡もしていない。目の前には、こざっぱりとした40代の小柄なフランス人、アルベールが座っていた。新聞で顔写真を何度も見ていたので、一発で彼とわかった。彼は私のみすぼらしい格好については、何も言わないでいてくれた。

「ミスター・ルー、ぜひあなたの店で働かせてください」

「今まではどこで?」

私は紹介状を見せ、ボックス・ツリーで働いたことがあると伝えた。

「ボックス・ツリーにいたって? どれくらい?」

「1年半くらいです」

ボックス・ツリーという魔法の名前は、効果てきめんだった。

「今すぐリーズに帰れ」と彼は言い、すぐにつけ加えた。

「荷物をまとめて、月曜日に戻ってきなさい。そうしたら、火曜日にここへ来るんだ」

あっという間の出来事だった。

アルベールの指示に従い、次の月曜日、ロンドンに戻ってくると、ルーの本部から程近いクラパムにバストイレ共用の小さなワンルーム・アパートが用意されていた。1981年6月23日火曜日、その日を境に、私は「ルー・ロボット」になった。レストラン業界のライバルたちは、アルベールとミシェルの兄弟のもとで働くマシンのようなシェフたちのことを、そう呼んでいた。

私が最初に立ったのは、ル・ガヴローシュの厨房ではなく、シティの中央刑事裁判所(オールド・ベイリー)近くにあるルー所有の店〈ル・ガマン〉の厨房だった。そこで、本格的でおいしい料理をつくる料理長のデニス・ロブレイのもと、２週間だけ働いた。人生で初めて、上質な料理がものの数時間で１３０人の客たちに提供されるのを目の当たりにした。現場でつくられるデザートはアイスクリームとシャーベットだけで、洋梨のシャルロットやトリュフ・チョコレートなど、そのほかのペイストリーは、ルーの本部から届けられた。効率的な運営だった。

私が働きはじめた直後、拡大するルー帝国にちょっとした変化があった。ル・ガヴローシュは、アッパー・ブルック・ストリートへと移転し（今でもそこにある）、ロードワー・スローン・ストリートの店は、ル・ガヴローシュの古典料理の廉価版を提供する店〈ガヴァーズ〉に変わった。たとえば、ル・ガヴローシュの名物料理である桃のサブレーを、ガヴァーズでつくるとしたら、二層だったものが一層になる。価格を抑えるために。

デニスの右腕であるアルバンがガヴァーズの料理長を務めたが、私は１９８１年秋にル・ガヴローシュへと移った。そこで、マルク・ブジェールという無任所シェフと仲良くなった。彼はルーのあちこちのレストランを回り、病欠したシェフの代理を務めていた。いわばアルベールの右腕的な存在で、ガヴァーズにもよく顔を出した。マルクはとても優秀で、抜群の腕前を持つ名料理人だった。彼は私に目をかけ、いろいろなことを教えてくれた。

たとえば、風味豊かでおいしいシャーベットや絶品ソースのつくり方を教えてくれた。それから、自分がこれから何をつくろうとしているのか、常に自問するよう教えてくれたのもマルクだった。彼は私が出会ったなかでもとりわけ物知りなシェフで、今でも見事な手際で魚のムースリーヌをつくる彼の姿が心に残っている。彼がアルベールの部下たちのなかでいちばん信頼されていたのは、私から見れば当然だった。

ル・ガヴローシュのペイストリー・シェフのバルーも、私の恩人だ。ルーの本部を訪ねるよう促してくれただけでなく、クイーンズタウン・ロード沿いの彼のアパートに、住む場所を提供してくれた。おかげで、例のワンルームのアパートを出ることができた。ある夜、家に帰るとき、バルーがアパートの外で誰かと話しているのを見かけた。クイーンズタウン・ロードにある〈シェ・ニコ Chez Nico〉のオーナーで、ミシュランの星を獲得したシェフ、ニコ・ラデニスだった。

すると、ニコの仕事をちょっとだけ手伝ってくれないかと頼まれた。当時、ル・ガヴローシュはランチ営業をやっていなかったので、午前だけなら空いていた。なので、仕事の誘いを引き受けることにした。こうして、火曜日から土曜日まで、ニコの小さな厨房で働き、週50ポンドを稼いだ。アルベールからの給料67ポンドに加えて。

ニコの店では、私が肉と魚を調理し、副料理長が前菜と、プルーン・アルマニャック・パフェ、キャラメル・パフェ、シャーベットなどのデザートをつくった。副料理長はとてもかわいげのある優男で、ユーモアのセンスが抜群だった。ニコに叱られると、カウンターの下にひょっとかがみこみ、ニコから見えないように彼の股間をしゃぶるまねをした。

一方で、ニコは完璧主義者として名高かった。彼はお客から「ウェルダンで」と言われるのを嫌がったし、テーブルに塩もコショウも置かせなかった。自分の料理は完璧だと思っていたからだ。でも、個人的には、それは正しくないと思う。味覚は人それぞれだ。ニコにとっては完璧でも、別の人にとってはほんの少し塩味が足りないかもしれない。それだけのことだ。

ある朝、キッチンにいると、電気屋が店に入ってきて、チェズと話がしたいと言った。全員、頭を掻いた。

「チェズ? そんなやつはここにはいないよ」

電気屋は引き下がらなかった。

「チェズ・ニコだよ〔店名のフランス語を英語読みで発音したもの〕」

ニコと過ごした時間は短かったけれど、私たちは仲良くなり、1995年1月のまったく同じ日に、ミシュランで三つ星を獲得した。最後にふたりで昼食をとったとき、ニコがおもむろに言った。

「さて、なんの話をする?」

「なんの話がしたいですか?」

「ようし、じゃあ、レストラン業界のクソ野郎どもの話でもしよう」

アルベール・ルーのもとで働きだして間もないころ、こんなことがあったのを覚えている。ルーの厨房に出勤するため、クイーンズタウン・ロードをチェルシー橋のほうへ向かって歩いていると、ミニメトロが横に停まり、運転席から声がした。

「乗っけていってやるよ」

アルベールだった。

ルー帝国では、1982年1月に刊行される次のミシュランガイドで、アルベールが三つ星を獲得できるか、という話題で持ちきりだった。その張本人と同じ車に乗っているのだから、その話題を出さないわけにはいくまい。

「ところで、三つ星もらえるでしょうかね」

彼は道路をまっすぐ見据えたまま、真面目くさった口調で言った。

「もらえなかったら、テムズに身を投げるさ」

私は押し黙り、腹を決めた男の台詞を頭のなかで反芻していた。ガイドブックで星をもらえなかったくらいで、自殺すると宣言するシェフなんて聞いたこともない。役者がアカデミー賞の前に、そんなことを言うだろうか？　アスリートがオリンピックのメダルについて、そんなことを思うだろうか？　テムズ川の真上でそんなことを言うなんて、なんというタイミングだろう。翌年1月、アルベールは水死を免れた。ミシュランガイドはル・ガヴローシュに三つ星を与えた。アルベールは見事、頂点を極めたのだ。

一流レストランの組織は、マフィアによく似ていると思う。まちがいなく、アルベールはゴッドファーザー、つまりボス中のボスだ。演じるのはマーロン・ブランド。ただし、エプロン姿で。アルベールは圧倒的な存在感を放つ父親的な存在で、例のゴッドファーザーと同じように、長々と哲学的な思索にふけることもあった。彼のもとで働いていると、自分が守られている気がした。まるでマフィアのドンと一緒にいる気分だった。

ミシュランの星を獲得したマフィアは、ほかに4人いた。コフマン・ファミリーのボスである「クマさん」ことピエール・コフマン。ラデニス・ファミリーのボスである「ギリシャ人ニック」ことニコ・ラデニス。ブルダン・ファミリーのボスであるミシェル・ブルダン。そして、アル・カポネと同じくらいぶっとんでいるが、アル・マスカルポーネと呼ぶのがお似合いなレイモン・ブランだ。

8　ボスのなかのボス

ヘンだと思うかもしれないが、ストーヴ恐怖症のシェフは少なくない。世界最高のキッチンにもたくさんいる。確かに、料理の腕は抜群だし、おつむには料理の知識がいっぱいつまっているのだが、慌ただしいキッチンに放りこまれたとたん、動揺し、自制を失い、逃げ出してしまう。その恐怖を乗り越えないかぎり、決して上にはのしあがれないし、キッチンの階級のなかで、自分の居場所を見つけることもできない。

不安を振り払い、ほかのシェフたちを押しのけて、ストーヴを自分のものにするには、自信がいる。〈ル・ガヴローシュ〉のような大人数のキッチンでは、「すみません」とか「〜してもいいですか?」なんていちいち断るやつはいない。誰もが自分の担当料理や仕事を抱えている。料理するためには、みんなを押しのけて進むくらいのずうずうしさが必要なのだ。

ようやく、三つ星レストランのル・ガヴローシュで働くことになったとき、アルベール・ルーがこんな教えをくれた。鍋やフライパンを持ったまま、ほかのシェフたちを押しのけるのを恐れちゃいけない。肉料理部門のアシスタントとしてル・ガヴローシュの料理団に加わって間もないある日の夜、巨大なガラスボウルに似たアルベールのオフィスに呼ばれ、話をする機会があった。彼はベンソン&ヘッジスのタバコを差し出した。「ラクにしろ」という彼流の気遣いだった。

「ストーヴを恐れちゃいけない」

彼はそう言い、キッチンに向かって手を振った。

「料理の腕は一人前だ。心配はいらない」

彼は誤解していた。私はストーヴを怖いと思ったことはない。ただ、上司たちの邪魔をするのが怖かったのだ。それでも、彼の言葉は自信になった。私はほかのシェフたちに遠慮しすぎて、自分の能力を抑えこんでいた。

でも、「ストーヴを恐れるな」というアルベールの言葉の意味はわかった。ほんの数カ月前、〈ガヴァーズ〉で働いていたとき、ストーヴ恐怖症を目の当たりにしたことがある。ガヴァーズに、私と同年代くらいのシェフがいた。仕事はものすごく正確なのだが、私から見ると少し要領が悪かった。彼はフランスのある巨大な厨房で修業を積んだ。その店は設備が充実しているので、シェフはゆっくりと自分の仕事に専念できるのだ。

ガヴァーズにやってくると、その若者は肉料理部門に回された。そのとき、私は魚料理部門のアシスタントを務めていた。たったひとつのミスも許されない、ものすごくタフな部門だ。一晩に１００人ぶん以上の料理をつくるには、ストーヴの前でちんたら作業しているわけにはいかない。が、彼はスピードについていけなかった。どれだけ料理人としての知識が豊富でも、のろまだと思われれば、ひとつの部門は取り仕切れない。結局、彼はガヴァーズから〈ル・ガマン〉へと移った。きっと、デシャップ台の前に立って注文を叫ぶデニス・ロブレイの手助けでもしていたのだろう。

彼がアルベールの息子のミシェル・ルー・ジュニアでなければ、その若者を二度と見ることはなかったかもしれない。90年代になり、ミシェルは父親からル・ガヴローシュを引き継いだ。店は今でも大盛況だ。

アルベールは、チームの面々がストーヴ恐怖症にかかるのは望んでいなかったが、それでもル・ガヴローシュの料理団はまちがいなく恐怖に駆られていた。失敗するという恐怖、みんなの足を引っ張るという恐怖、ボスを怒らせるという恐怖に。

その恐怖は、ありありと見て取れた。シェフたちは店に着くなり、大急ぎでコック服に着替える。喫茶店に立ち寄ってコーヒーを1杯飲みながら、1日のことをゆっくりと考える余裕なんてない。毎朝、私は遅刻に怯えながら、職場へと急いだ。いちど、5分遅刻という大罪を犯したことがある。駆け足で店に入ると、しかめ面のアルベールが待ち構えていた。銃で撃ち殺そうかといわんばかりの形相で、私を壁際へと追いやった。

「1時間の遅刻には、必ず理由がある。だが、5分の遅刻に、言い訳はきかない」

それからは、バスを駆け下りて職場に向かうようになった。ル・ガヴローシュでは、どんなに早く出勤し、休憩返上でひたむきに働いても、その種の勤勉さが認められることはなかった。

ル・ガヴローシュには、パリの一流レストランと同じような伝統的な階級制があり、全員に明確な役割が与えられていた。頂点に立つのがシェフ・パトロン、つまりオーナー・シェフのアルベール。その下が料理長のルネ。彼はデシャップ台の前に立って注文を叫び、料理が客席に届けられる直前、問題がないかどうかを確認する。いわば作曲家だ。ルネの下が副料理長（スー・シェフ）。料理長を補佐する右腕的存在だ。その下に部門シェフがいて、各部門を指揮する。肉料理部門（ソース部門と呼ばれることも）、魚料理部門、ペイストリー部門（ペイストリーだけでなくデザート全般を担当）、ガルド・マンジェなど。厨房によっては、冷前菜部門、温前菜部門もある。各々の部門のなかにも、階級がある。部門シェフの下には主任コミ・シェフ（別名アシスタント）

がいる。私はル・ガヴローシュでこの階級からスタートした。主任コミ・シェフは数人のコミ・シェフ（こちらもアシスタントと呼ばれる）を指揮する。そして、皿洗い担当のキッチン・ポーターがいる。

営業時間中は、アルベールが総料理長となり、デシャップ台から注文を叫び、すべてをとどこおりなく進行させる。彼は料理団の曹長として、料理に目を光らせ、声を張りあげ、通り過ぎるシェフたちに檄を飛ばす。逆らう者はいない。彼がデシャップ台の前に立っているときは、完璧でないものはひとつたりとも通さない。彼は出ていく料理をすべて見ていた。直接料理に手を触れて、盛りつけを整えることはなくても、目で料理に触れていた。それはとても大事なことだ。

営業時間外になると、アルベールはシェフ・パトロン、いわば総支配人へと早変わりする。オフィスに座ってメニューを練り、書類仕事や取引先への対応に当たる。抜き打ち検査のためにキッチンへやってくることもあった。冷蔵庫を開けて中をのぞき、熟れすぎた果物や、こぼれたままのソースを見つけると、大声で料理長のルネを呼び、叱責を始める。

「汚すぎる。どうなっているんだ?」

アルベールから最初に叱責を食らうのは、決まってルネだ。すると、叱責は伝言ゲームのように下へ下へと伝わっていく。ルネが部門シェフを叱り飛ばす。部門シェフが主任コミ・シェフを叱り飛ばす。主任コミ・シェフがコミ・シェフを叱り飛ばす。抜き打ち検査で、アルベールが直接コミ・シェフを叱り飛ばすことはまずない。階層制が尊重されていたのだ。

新米のシェフたちは、履歴書に花を添えるためだけに、ル・ガヴローシュで1年間働いては、次の店へと移っていった。初日から、心のなかで辞表を出す覚悟を整えるのだが、アルベールの強烈な威圧感のせいで、誰もが辞表を提出するのを恐れていた。

当初、ルネは私を嫌っていたようで、私を次々といびり倒した。たぶん、彼はフランス人とイタリア人しかいない厨房を夢見ていたのだろう。フランス人とイタリア人は彼のお気に入りだったが、私は彼をいらつかせるただのイギリス人だった。ルネは、私にメインの冷蔵庫まで食材を取りに行かせて楽しんでいた。冷蔵庫はレストランの表側にある。私はキッチンから全速力で駆け出し、建物の横をぐるりと回って、表の冷蔵庫まで行き、食材を持ってダッシュで帰ってくる。1、2秒すると、息も整わないうちに、「冷蔵庫からクリームを取ってこい」とルネに叫ばれる。もういちど、ぴゅーんとキッチンを飛び出す。行って、帰って、行って、帰って……。ル・ガヴローシュで働きはじめたころは、そんな感じだった。そのうち、ルネ（もしかするとアルベールだったかも）から、「馬」というあだ名をつけられた。店が開く前に、たっぷりエイントリー競馬場1周ぶんは走っていたからね。

副料理長のダニー・クロウは、半分イタリア人で、私にもイタリア人の血が流れていることを知ると、仲良くしてくれた。そして、私に対するルネの見方まで変えてくれた。

ル・ガヴローシュの厨房には、15人か16人のスタッフがいたが、私語はいっさいなかった。しゃべるとすれば、メニューか料理の話題だけ。ときおりルネの注文の声と「はい」という返事が聞こえるくらいで、合計すると数時間は沈黙が続いた。ブレス鶏のヴェッシー包み。仔鴨のロースト、桃添え。ロスチャイルド風オムレツ。私たちは一つひとつのレシピを忠実に守りながら、整然と仕事をこなしていった。アルベールとミシェルが指揮する料理団が、外では「ルー・ロボット」と呼ばれている理由がわかった。その後、自分で厨房を指揮することになったとき、私も私語厳禁の方針を貫いた。生きた厨房が奏でる音は、どことなく美しい。食材を切る音。金属どうしの当たる音。肉の焼ける音。ル・ガヴローシュはそのことに気づかせてくれた。

肉料理部門の部門シェフは、クロードという名のベルギー人だった。彼は典型的なルー・ロボットだ。几帳面で、一貫性があり、ル・ガヴローシュにとっては申し分ないことに、アルベールのオフィスから届くレシピを勝手にいじったりはしなかった。最初のレシピにこだわり、決してぶれない。私と同年代のスティーヴン・イェアという若者は、私と同じくアシスタントだったが、数年後、〈ル・マノワール・オ・キャトル・セゾン〉のレイモン・ブランのもとで一緒に働くことになった。ほかに、優秀な日本人もふたりばかしいた。マシンのようなルー・ロボットだ。

私たちは、過酷で、慌ただしく、おまけに攻撃的な環境のなかで、80人ぶんもの料理をつくらなければならなかった。そのためには、全員に知識、手際のよさ、秩序の三拍子が欠かせない。私は、仕事のプレッシャーやストレスのなかでめきめきと成長していった。まだアドレナリン中毒にはなってはいなかったが、急速になりかけていた。私のなかにはギアみたいなものがあって、厨房でのプレッシャーが高まると、ギアを1段階あげることができた。プレッシャーに押しつぶされるようではシェフ失格だ。でも、大量の仕事をこなしつつ、一貫して高い水準を保てるシェフはめったにいない。

ひとり、飛び抜けて目立っているシェフがいた。それは、個性的な白のクロッグサンダルだけのせいではない。ローラン・ラオールは、知識、スピード、抜群の才能、そのすべてを併せ持っていた。すばやい身のこなし、見事な手際のよさ、そしてエレガントな料理姿。今でも、鮭を見事に調理し、ソースにオゼイユをひとつまみ加えて、鮭のエスカロップを完成させる彼の姿がありありと浮かんでくる。ローランがつくるテリーヌは、スライスするとまるで皿の上に描かれた美しいモザイク画のようだった。彼は材料を組みあわせる前に、完成形を頭のなかでイメージすることができた。彼はソースの総仕上げに、ピンクグレープフルーツのかけらを投げ入れ、泡立て器でつぶした。そうすると、ソースに絶妙な酸味が加わるのだ（魚料理のソースは、必ず柑橘系の果物か酢で仕上げるといい）。

ところが、ローランはやりたい放題のワンマン・プレイヤー、いわばマラドーナだった。私は彼の荒々しい一面を受け継いだにちがいない。でも、巨大な厨房チームの一員として働いているなら、和が大事だ。たとえば、肉料理担当と魚料理担当のふたりのシェフがいて、同じテーブルのために2種類ずつの料理をつくっているとしよう。有能なシェフなら、4つの料理がまったく同じタイミングでデシャップ台に届くよう、うまく連携するだろう。一方のシェフが「あと3分でできる」と叫べば、もう一方のシェフはそれに合わせるはずだ。

だが、ローランは自分の世界に入りこんでいた。当然、和は乱れる。彼は魚料理部門を担当していたが、肉料理部門よりもタイミングが遅れることもあれば、早まることもあった。だから、6人連れの客が3種類の肉料理と3種類の魚料理を注文したとすれば、魚はデシャップ台に届いているのに、肉がまだできていない、あるいはその逆、なんてことになる。ローランは残りの厨房のことを忘れがちだった。彼は自分のふたりのアシスタントにむちを打ち、足並みを揃えさせるだけで満足していた。

ローランはフランスの名店〈トロワグロ〉でしばらく働いたあと、ロンドンの〈ザ・コノート〉ではミシエル・ブルダンのもとで働いた。しかし、扱いづらい存在とみなされてザ・コノートを去ると、〈ウォーターサイド・イン〉でも同じようにみなされた。みんなは厄介者扱いしていたけれど、私はローランを誰よりも尊敬していたし、彼のほうも私を気に入ってくれた。私にどこかしら似たものを感じ、絆のようなものを心に抱いていたのかもしれない。真相はわからない。私はまだワンマン・シェフにはなっていなかったけれど、そうなるのは時間の問題だった。私と同じように、彼も休憩返上で働いた。そうしなければ、営業中に何か問題が起こると思っていたからだ。そして、いちどたりとも問題のある料理をデシャップ台に届けたことはなかった。

のちに、私はアルベールとよき友人になったが、ル・ガヴローシュにいるころは完全にビジネスライクな関係だった。ひとつ仕事を終えれば、次の仕事を言いつけられる。今が夜の6時半で、最初の予約が7時だとすれば、30分間は暇なはずなのだが、アルベールは必ず何か仕事を見つけて、時間を埋めようとする。それくらい真面目だった。ある夜、料理を出すタイミングがずれて、アルベールから大目玉を食ったことがある。ふたつの料理に時間差ができたのだ。1時間ほどして、彼は私をオフィスに呼び、ベンソン&ヘッジスのタバコを差し出した。「ラクにしろ」という合図だ。私はクビを言い渡されるのだとばかり思っていたが、思い過ごしだった。

「さっきはすまない。感情的になりすぎた」

そのとき、こう思った。謝ってくれるのはうれしいけれど、ふたりきりのときに謝るのは卑怯だ。みんなの前で叱るのは、まあいいとしよう。でも、それを訂正したいと思ったなら、みんなの前で謝るべきじゃないだろうか。将来的に、自分の厨房を持つことになったとき、私はひとつの誓いを立てた。謝るならみんなの前で謝ろう、と。

恐怖を植えつけるのが上手なら、自信を植えつけるのが上手なのもアルベールだった。同じようにオフィスに呼ばれ、ベンソン&ヘッジスを差し出されたとき、私が2、3人ぶんの仕事をしていると褒めてくれた。

「デシャップ台に届いた料理を見ただけで、どれがお前さんのものなのかわかる。お前さん自身が運んでこなくてもね。飾りつけを見ればわかるんだ。これをやったのは、お前さんの手だとね。同じやり方をするやつはひとりもいない。君には、この厨房の誰よりも天性の才能がある」

なぜこんなに褒められたのだろう？　いったい私が何をしたのか？　覚えていない。ただ、シェフの才能、というやつはなんとなくわかった。要するに、手のさばき方、食材の落とし方、ソースのそそぎ方、つけあわせの盛りつけ方だ。一流のシェフは、流れるように料理する。たとえば、絵の描き方を口で教えることはできる。絵筆と画用紙を手渡して、描き方を指示すればいい。円を描いて、四角形を描いて、ことそこに筆を走らせて……。でも、それで完璧な円が描けるか？　完璧な四角形が描けるか？　筆圧は強すぎないか？　弱すぎないか？　色合いは適切か？　すべてはその絵筆を握っている人の芸術的な才能次第なのだ。

休みの日には、よくクイーンズタウン・ロードを歩き、チェルシー橋を通ってテムズ川を渡り、北のキングス・ロードへと向かった。そこはおおぜいの若者が集まる聖地だ。パンクはここで生まれた。魔法のような場所だ。スローン・スクエアとパーソンズ・グリーンを結ぶこの長い道路は、流行の先端を行く衣料品店、カフェ、バー、パブがひしめいていた。お金がなくても心配は無用。ぶらぶらと散歩して、いきがっている反抗的な若者を観察するだけでも楽しい。すでに80年代前半を迎えていたが、パンクスの最後の生き残りたちがまだうろうろしていた。鼻にピアス、額に卐のタトゥー、つんつんに立てたピンク、紫、ライムグリーンの髪の毛。そういう格好をするのは、決まって女性だったけれど。

私はよく〈プッチズ〉という店を訪れ、コーヒーとタバコを楽しんだ。そこはキングス・ロードをうろつく人々にとって世界最高のカフェで、席が空くのを待つ行列が店の外まで続いた。だが、店主のプッチ本人（ファーストネームは誰も知らない）は、面白いくらい気難しかった。列があまりにも長くなると、最後尾まで走っていき、「さあ、帰った、帰った、帰った！」と叫ぶのだ。ごちゃごちゃ言ってくる客には、片言の英語でこう怒鳴りつけた。

「黙れ小僧（シャードアップ）！」

何度も通ううち、私は店のなじみの顔になり、ニューロマンティックの愛好家や若い貴族など、いろいろな常連客たちと会話をするようになった。私はしがない料理人だったけれど、チェルシー社会へと溶けこんでいった。チェルシー族の一員になるには、自信が必要不可欠だったが、当時の私には自信がなかったので、溶けこむまでにはかなりの時間がかかった。チェルシーの人々の創造性とエネルギーには魅了されるばかりで、ビール1杯で一晩粘ることもよくあった。なんとなく毎回ピルス・ビールを注文していたが、本音を言うと、ビールやラガーの味は好きじゃなかった。でも、新しい友人たちから見れば、私がワインを頼むほうが不自然だっただろう。私は社交の渦へと近づいていき、ゆっくりと吸いこまれていった。

チェルシー族にも階級があった。頂点に君臨するのは、ロベルト・ペレル・ガヴローシュと同じように、チェルシー族にも階級があった。頂点に君臨するのは、ロベルト・ペレーノだ。彼はレイブの原型となる一夜かぎりのクラブイベントをつくり出した立役者といってまちがいはないと思う。私にとって、ロベルトはキングス・ロードの王様（キング）だった。そして、女王役を演じるのは彼の恋人で、歌手、女優のローリー＝アン・リチャーズだ。それから、ロベルトが一夜かぎりのクラブを広めるのを後押ししていたのがリトル・ジェームズことジェームズ・ホールズワースだ。ほかにも、クラブ・シーンにはいろいろな面々がいた。バンド「ヴィサージ」のラスティー・イーガンや、スティーヴ・ストレンジ。彼らが〈クレイジー・ラリーズ〉を一晩貸し切ると、私は仕事終わりにそこへ向かった。

チェルシー族には、荒くれた若い貴族や上流階級の子どももいた。名門のイートン・カレッジに通うような子どもたちが、ありきたりな人生や教育から逃げ出し、キングス・ロードの喧騒に身をうずめるためにやってくる。チェルシーには、ドラッグの常習者であれアドレナリン中毒のシェフであれ、依存症者たちを惹きつける不思議な魅力があった。今時の若い貴族は、キングス・ロードに入り浸るよりも、まともなキャリアを築きたがるが、昔は、金持ちの子どもたちが、日々の責任や親のプレッシャーから逃れるため、キングス・ロードにやってくる時期があったのだ。貴族は労働者階級を見下すお高くとまった連中だと思いこんで育ったけれど、当時出会ったやつらは、私が自分たちの1週間ぶんの小遣いを1年かけて稼ぐような中卒の料理人だと知っても、まったく気にするそぶりもなかった。

ドラッグにお金を使うやつらも多かった。一番人気はヘロインだ。グレンコナー卿の息子のチャーリー・テナントは、優しく礼儀正しかったが、一方でかなりのヘロイン中毒でもあった。両親は彼を入院させて立ち直らせようとしたのだが、その病院というのが、キングス・ロード近くのリスター病院だった。よりにもよって、なんでそんな場所を入院先に選んだのだろう……。案の定、チャーリーはリスター病院を抜け出し、ほんの数百メートル先でヘロインを摂取した。慢性的にドラッグの副作用に苦しんでいた彼は、よく体を上下にガタガタと揺すった。最後にチャーリーと会ったのは、フラム・ブロードウェイにある彼の自宅だった。彼は私をコーヒーに誘うと、玄関のドアに鍵を差しこむまでに、まるで何かに取り憑かれたように何百回と体を震わせた。残念なことに、チャーリーは亡くなった。当然、ドラッグが原因で命を落としたやつもあとひとりやふたりはいた。だが、幸いなことに、ドラッグの誘惑に最後まで負けなかったやつらもおおぜいいた。

女の子のなかには、のちにダイアナ皇太子妃の弟チャールズ・スペンサーと結婚するヴィクトリア・ロックウッドや、俳優サイモン・ウォードの娘で、のちに有名女優となり、亭主と別れてレズビアンの恋人と一緒になったソフィー・ウォードもいた。それから、ウィリー・ハーコート＝クーズもいたね。彼はプッチズの常連だった。彼と私はいつもバーの反対側の端に座っていて、何カ月も自己紹介をしなかった。ところが、あるときとうとう会話をする機会があって、彼は子どものときに父を亡くしたこと、私は母を亡くしたことを話した。こうして絆が生まれ、数年後、私が〈ハーヴェイズ〉を開店したときには、店の常連になってくれた。今でも、私の大親友のひとりだ。そうそう、ウィリーのガールフレンドだったプッチズの常連客のひとりに、若き日のレイチェル・ワイズがいた。その後、彼女は大女優になり、映画『ナイロビの蜂』でアカデミー賞を受賞した。

私は食についてあまりにも熱く語るクセがあったので、新しい友人たちからは、ちょっといかれたやつだと思われていた。みんなが私の強迫観念を面白がっていた。ふつう、会話の話題の優先順位としては、酒、クラブ、ヘアメイク、洋服と来て、ようやく食べ物だ。チェルシー族の1日は、だいたいこんなふうに進む。まず、〈ディーノズ〉の店の外でコーヒーを飲み、次にスローン・スクエアにある〈オリエル〉のテラス席でバードウォッチングをする（要するに、女性観察だ）。夕方になると、プッチズで一杯やり、クレイジー・ラリーズへと出かける。合間に、洋服をたくさん買う。おしゃれは基本中の基本だ。カラフルなベストに、フリルのついた海賊シャツを着ていると、まるでバンド「アダム&ジ・アンツ」のメンバーに見えた。私のお気に入りのひとつは、「ボボ・カミンスキー」という単語がプリントされた黒のTシャツだった。ピーター・ジョーンズ百貨店で大金をはたいて買った服だ。ボボが誰なのかは知らないが。職があるのは私だけなんじゃないかと思うこともあった。やつらが起きるころには、私はすでに5時間も厨房で仕事をこなしていた。

私のヨークシャー訛りはなくなり、少し上流階級ぶった話し方が身につきはじめた。10代後半や20代前半にアメリカやオーストラリアに行けば、たぶんアメリカ人やオーストラリア人の話し方が身につくだろう。リーズからロンドンまでは、そう遠い旅ではなかったが、感じやすい年頃だった私は、なんとか都会に溶けこむため、ヨークシャー訛りを捨てた。リーズの公営住宅で育ったただの若僧だったけれど、上流階級の人たちに受け入れられている気がした。ほんの数年前まで空き時間に釣りや狩猟をしていた少年が、今ではロックンロールなやつらのるつぼにいる。まるで対極だ。やつらは自分のしたいことをしたいときにした。私もいつの間にか彼らのやり方をまねていた。

シェフになるための知識を得たのはキッチンだったが、自信、生きがい、たくましさ、リズムを与えてくれたのはキングス・ロードだった。ロックスターが生まれるとすれば、それはキングス・ロードにちがいなかった。

私の広報担当、いわばロックスターのPRマンになってくれる人物と出会ったのも、やはりキングス・ロードだった。ある日、〈ケネディーズ〉というブラッスリーのバーカウンターでコーヒーを飲んでいたとき、経営者のアラン・クロンプトン＝バットに話しかけられた。聞くと、『エゴン・ロネイ・ガイド』の調査員をしていたことがあるという。

「それなら、〈ボックス・ツリー〉は知っているでしょう」と私は言った。

知っていた。私が厨房で働いていたとき、来店したことがあるそうだ。

アランの名を知らない人でも、きっとジェイミー・オリヴァー、ギャリー・ローズ、ゴードン・ラムゼイ、ヘストン・ブルメンタールの名前は聞いたことがあるだろう。アランがいなければ、果たして彼らは有名になっていただろうか？　アランこそ、「有名シェフ」という現代の一大現象をつくりあげた立役者だ。彼こそ、人知れず厨房を動き回る怪物に話題性を見出したフランケンシュタイン博士なのだ。ジェイミー、ギャリー、ゴードン、ヘストンは彼のクライアントではなかったものの、80年代、ケネディーズを去ったあと、有名シェフが誕生するきっかけをつくったのはアランだ。彼と妻のエリザベスは、料理だけでなく料理人のプロモーションも手がける独自のPRビジネスを築いた。それまで、出版社の編集会議でシェフの名前があがることなんてありえなかった。

アランは飲食業界のことを熟知していただけでなく、大の美食家でもあった。彼は長い昼食の達人だった。彼ほどの戦い好きは、ほかに見たためしがない。たとえば、深夜2時、誰もいないレストランで彼と議論を始めたとする。たとえ半分眠ったような状態でも、彼はまぶたをパチパチさせながら、名案を次々と出していく。そして、翌朝9時には机の前に座り、ついさっき出したアイデアをきっちりと実行に移す。いつだって臨戦態勢が整っていた。

数年前、イギリスの料理専門テレビチャンネル「カールトン・フード・ネットワーク」の最高経営責任者のアンソニー・エリスと長い長い昼食をとっていたときのこと。トスカーナ産のパワフルな赤ワイン、ティニャネロを4本空けたところで、アランがレストランに到着し、元気満々で私たちのテーブルまで駆けてきた。彼は今までに飲んだ量を訊くと、こう答えた。

「ずるいよ、おふたりさん。すっかりできあがっちゃって」

彼は一刻も早く私たちに追いつこうと思ったのか、ティニャネロを2本と、ボトル1本ぶんのワインがゆうに入るバーガンディ・グラスを頼むと、1本目のワインをすべてグラスに空け、一気に飲み干した。すると、すぐさま2本目を手に取り、同じようにグラスにすべてそそいで一気飲みした。すさまじい光景だった。アランはきょとんとしている私たちに目をやると、こう言った。

「これで追いついたぞ」

ところが、あまりに一気にワインを飲んだもので、そう言ったきり、彼は完全に酔いつぶれてしまった。

ある日、ハイド・パーク・コーナーにある〈レーンズボロー・ホテル〉から急に電話がかかってきた。アランがホテルに居座っているらしく、スタッフがやっとのことで彼を外まで連れ出したのだという。ホテル前の階段まで来てみると、彼は手すりをがっちりとつかんでいて、まったく離す気配がなかった。「まだ夜は終わっちゃいない」という彼の心の声が聞こえてくるようだった。スタッフは懸命に彼を引っ張ったが、彼はまるで荒波が打ちつける断崖絶壁にしがみつく男のように、決して手を離そうとしなかった。

アランは悩める男だったが、恐ろしく頭がよかった。若いころ、オックスフォード大学に合格したものの、入学を辞退。どれだけ酔っぱらっても頭脳は冴えていて、知的なコメントやウィットに富んだ発言を連発した。記憶力も抜群で、何十年も前に食べた料理について事細かに語ることもできた。

私がケネディーズの常連だったころ、アランはいつもお酒をおごってくれた。あるとき、ふたりで料理やレストランの話をしていると、彼が唐突に言った。

「君は、きっとイギリス人初の三つ星シェフになるだろうよ」

9 クマさんと食事

1982年9月。〈ル・ガヴローシュ〉で働く日々は、急転直下、終わりを迎えた。三つ星レストランのキッチンのど真ん中で、アルベールがスープレードルを手に取り、私の目の前で振り回したのがきっかけだった。

その日、私はもともと不機嫌だった。それまで1週間近く、胃の痛みに苦しんでいた。胃潰瘍でもできかけていたのかもしれない。それでも、毎日きちんと出勤し、夜遅くまで働いていた。睡眠不足で、髪はぐちゃぐちゃ、おまけに胃には刺すような痛み。そんなとき、料理長のルネから嵐のような罵倒を食らった私は、思わず言い返した。そもそも、何が原因だったのだろう？　私が悪いことをしたのか？　よく覚えていない。ただ、ルー・ロボットは言い返すようにはプログラミングされていなかった。私が自己弁護をしようとすると、ルネの怒鳴り声はますます大きくなった。

その騒ぎ声は、アルベールのオフィスのガラスの壁を突き抜けたにちがいない。彼は厨房にすっ飛んできて、調理台の上にあったレードルをサッと取りあげると、まるで槍をかまえた騎士のように、こちらにずんずん近づいてきた。彼はその柄の長い銅製の調理道具で、私を倒そうとでもいうのか？　それとも、それで私をすくいあげるとでもいうのか？　21歳の体にアドレナリンが走ったが、胃痛と疲労のせいで、アルベールの叱責にじっと耐えるだけの忍耐力が残っていなかった。アルベールは私の30センチくらい手前で立ち止まると、逆さまのレードルを振りあげ、顔の前でつつくように前後に動かした。

レードルのスプーンの部分が、私の鼻筋の手前すれすれで止まっては、すばやく戻っていく。前、後、前、後と、まるで振り子のように。でも、金属と皮膚が触れることはない。アルベールはこちらをじろりとにらみつけ、一語ずつレードルを振りおろしながら言った。

「いいか、よく聞け、このは・な・た・れ・小・僧」

はなたれ小僧……。子ども扱いされた気分だった。叱られるのはかまわない。怒鳴られるのもかまわない。思う存分どうぞ。でも、子ども扱いだけは我慢ならない。私は思わずレードルをつかんだ。

「もういい」と私は言った。残りのルー・ロボットたちは、黙々と作業を続けていた。

「子ども扱いだけは許せない。限界です」

そのままキッチンを飛び出し、コック服を脱ぎ捨て、立ち去った。たぶん、アルベールは止めなかったと思う。どちらにせよ、私は大急ぎで出ていった。アルベールお気に入りのはなたれ小僧は、それっきり帰ってこなかった。

私はテムズ川の反対側、バタシー・パーク・ロード沿いの小さなレストランで、仕事を見つけた。つくる量は一晩でたったの30人ぶん。でも、その店の客はラッキーだった。私がつくるル・ガヴローシュ風の料理を、本家よりもはるかに安い値段で食べられたわけだから。厨房を取り仕切るのは、アラン・ベネットという男だった。といっても、劇作家のほうではなく。私はアランと仲良くなり、のちに彼が所有するクイーンズタウン・ロード近くのレストラン〈ランプウィックス〉で働いた。振り返ってみると、アランほど温和で親切な人はいなかった。世の中には、アランのような人々もたくさんいる。当時の私には、そのことに気づかせてくれる存在が必要だったのかもしれない。それまで私の働いてきた厨房には、温和や親切なんて言葉はなかった。私には社会生活なんてものは存在しなかったし、愛情をくれる恋人もいなかった。

12月、アルベールとばったり出くわした。あんな幕切れになったことに対して、すごく申し訳なさそうな様子だった。

「戻ってこないか？」

じっくり考えるまでもなかった。店を出てから数カ月間、レードル事件のことをずっと考えていた。今にして思えば、たわいもない出来事だ。店を辞めたのは、どう考えてもナンセンスな決断だった。私はそう自分に言い聞かせ、アルベールの申し出を受け入れた。そうして、もういちどル・ガヴローシュで働きはじめた。

しかし、長くは続かなかった。ル・ガヴローシュの魔法はもう切れていた。9月から12月までの短い期間に、仲良しだったローラン・ラオール、ダニー・クロウ、スティーヴン・イェアが続々と辞めていた。不思議と、店が今までとはちがって見えた。それまで壮大で、きらびやかで、スタイリッシュに見えていたその場所が、もう同じようには見えなくなっていた。銀食器に目がくらむこともなかった。1983年初頭、こんどは円満にル・ガヴローシュを去った。といっても、その店を辞めただけで、ルー帝国自体を去ったわけではない。私はエベリー・ストリートにあるルー兄弟の超高級精肉店〈ブーシェ・ラ・マルタン〉の職を得た。

パリにある同名の店にちなんだブーシェ・ラ・マルタンは、私が2年近く前にル・ガヴローシュにやってきたときにアルベールの右腕を務めていた天才シェフ、マルク・ブジェールが運営していた。ブーシェ・

ラ・マルタンは、アルベールの数々のレストランに食材を供給するだけでなく、チェルシーやナイツブリッジの裕福な買い物客たちに、上質な肉を販売していた。肉屋（というより、ルーの肉屋）の仕事は、私の人生でいちばんきつかったといっても過言ではない。

仕事は朝の5時半に始まる。最初の仕事は鴨の処理だ。大きな声じゃ言えないが、鴨のお尻の穴に挿入するのは、細心のテクニックがいる。多くの人は強引に入れすぎ、終わったときには、バスだって通れるんじゃないかと思うくらい穴がガバガバになってしまう。ブーシェ・ラ・マルタンでは、ぎりぎり指を入れ、鴨を血だらけにすることなく内臓を取り出せる程度に、穴を広げる技術をマスターしなければならなかった。レバーと心臓は丸ごと取り出した。肺も、料理すると苦味が出るので、取り除く必要があった。毎朝、20羽くらいの鴨を処理していたので、鋭い骨が指に突き刺さることもあった。そういうときは、冷水と少量の漂白剤で指を洗い、痛みを和らげた。

この鴨の処理にざっと4時間。次に、接客の仕事が待っている。といっても、ふつうの肉屋とはちがう。お客が店にやってきて、鶏肉を買って帰るだけではない。すべての商品が注文を受けて準備される。お客がフリカッセ用のブレス鶏を求めているなら、私はそれに応じて鶏を切る。ロースト用の鶏肉を求めているなら、鶏をきれいにタコ糸で縛る。ナイフと手を器用に使いこなし、すばやく作業する必要があった。結局は閉店してしまったが、まちがいなく、ブーシェ・ラ・マルタンはイギリス一の肉屋であり、アルベールの伝説にまたひとつ花を添えた。

それまで、お金は私の人生においてあまり重要ではなかったが、1983年秋、大金を稼ぐチャンスを見つけた。それが、ブーシェ・ラ・マルタンとルー兄弟の帝国を去った理由だった。パブ〈シックス・ベルズ〉は、キングス・ロードの喧騒のなかで買い物を楽しむ客たちが集まる店だ。噂によると、その店の主人が料理長を探しているらしい。主人に会いに行くと、主人は私の経歴にたいそう感心し、すぐに雇ってくれた。ところが、予算についてだけはかなり強情だった。

「スタッフを雇う予算として、週に５００ポンド出そう。それがお前さんの予算だ。好きなように使ってくれ」

たぶん、主人は私がスタッフ５人と皿洗いひとりで店を回すと思ったのだろう。だが、私は大金を稼ぐうまい方法を考えた。自分の給料を週給４００ポンドにしたのだ。当時のシェフにしては大金だったし、今でもパブのシェフにしてはかなりのものだろう。残る予算は１００ポンド。そこで、私はマリオ・バターリという同年代のアメリカ人を副料理長として雇った。皿洗いを雇う金はなかったので、マリオと私はふたりで皿洗いを分担することにした。とても誇らしい気分だった。私のビジネスの才覚はその当時から現われはじめていたようだ。私たちは上質な仔羊、胸腺肉、ザリガニなどを使ったメニューを考案した。

ぽっちゃりマリオは、ふさふさの赤毛が目を惹く、面白くて個性的なやつだった。もちろん、未来の彼には遠く及ばなかったけれど。彼はシアトルで学位を取ると、名門料理学校「ル・コルドン・ブルー」で教育を受けるためにロンドンへやってきたのだが、授業に嫌気が差して中退した。ル・コルドン・ブルーにとっては痛手でも、私にとっては棚からぼたもちだった。日中、マリオは猛烈に働き、夜になると、猛烈に遊んだ。おかげで、いつも寝坊していた。睡眠とパンクバンド「ジョイ・ディヴィジョン」を愛してやまなかったが（いつも「シーズ・ロスト・コントロール」を口ずさんでいた）、食や料理への情熱も半端ではなかった。彼に足りないのは、ちょっとした規律だけだった。気がつけば、私はそれまでの料理長に自分がされてきたのと同じくらい、彼に厳しく接していた。毎日、肉体的にも、精神的にも、感情的にも、マリオを追いこんだ。私は彼に「ラスティー・ボロックス（赤毛野郎）」というあだ名をつけたが、彼は頭がよくて面白いやつだった。

毎回、彼は私の叱責にきちんと返事した。たとえ、見せかけだけだったとしても。彼のつくった料理を、私がゴミ箱に投げ捨てると、彼は謝り、どこが悪かったのかを理解したふりをした。私は彼をせき立てた。

「動け、ラスティー・ボロックス。もっと速く。もっとだ！」

そうして、営業が終わると、ふたりでウエスト・エンドのクラブに繰り出した。やつと一緒だと、女の子を引っかけるのはまずムリだったけどね。

ある日、トロピカルフルーツを見繕って買ってくるようマリオに頼んだ。すると、彼は袋いっぱいのアボカドを持って帰ってきた。あれは私をおちょくっていたんだろうか？

私はそのパブの小さな厨房から、やがてミシュランの三つ星シェフまでのぼりつめることになる。一方、マリオはアメリカに戻り、今日では〈バッボ〉や〈ルパ〉などの店を手がけるニューヨークのレストラン王の名をほしいままにし、『ＧＱ』誌の「マン・オブ・ザ・イヤー」を含む数々の賞や称賛を集めている。一緒に働いたのはほんの数カ月間だけだったが、彼は私を恩師とみなしてくれていて、あちこちのインタビューで私のことをとても好意的に語ってくれている。たとえば、２００４年7月、彼はこう語った。

「マルコは天才だった。悪魔のようなね。最後にしゃべったときは、仕事中に熱々のリゾットが入った鍋を、胸元に押しつけられた」

一緒に働いてから数年後、マリオの両親が私のレストラン〈ハーヴェイズ〉に夕食をとりにやってきて、挨拶をしてくれた。とても愉快な両親だったが、マリオの母親を見ていてこう思った。こんなに小さな体から、マリオが出てきたなんて、信じられない……。

１９８４年春、とうとうシックス・ベルズの仕事を辞める時が来た。一流の厨房で働くのが恋しかったからだ。パブの給料はかなりのものだったが、最高のレストランで料理をしたいという欲望のほうが、圧倒的に勝っていた。シックス・ベルズのバーテンダーとの一悶着も、店を辞めたひとつの理由だった。ある日、バーテンダーと口論をしていたとき、そいつがこう口走った。

「少なくとも、俺には母親がいるぜ」

私の顔に怒りの色が浮かぶのが見えたのだろう、やつは威嚇するようにナイフをかざした。とっさにそれを素手でつかむと、刃が私の手のひらを切り裂いた。その傷は今でもそこに残っている。私はナイフを奪い取ると、そいつをぶん殴った。母親のいない人なら、きっとわかってくれると思う。

1984年夏の時点で、ロンドン随一の名レストランといえば、〈シェ・ニコ〉〈ル・ガヴローシュ〉〈ラ・タント・クレール〉だった。最初のふたつでは働いたことがあったが、さらに知識と経験を積むため、ラ・タント・クレールで働いてみようと思った。

そこはチェルシーのロイヤル・ホスピタル・ロード沿いにある小さな店で、ボックス・ツリーのような魔力や、ル・ガヴローシュのような迫力こそなかったが、当時のもっとも才能あるシェフのひとりが運営していた。フランス生まれのピエール・コフマンだ。彼は数年前にルー兄弟と働いた経験を持ち、1980年にミシュランのふたつ目の星を獲得していた。「クマさん」という異名を持つ彼は、ひげがトレードマークの40代の大柄な男で、牛肉の厚切り、豚足、ヒラメのマスタード・ソースなど、ボリューム満点の料理を得意としていた。性格は厳しいながらも率直で、フランス人シェフしか雇わないという噂もあった。

誇り高きイギリス人だった私は、6年前の〈ホテル・セント・ジョージ〉、そしてその後のル・ガヴローシュのときと同じように、いきなり門を叩いた。ピエールにボックス・ツリーで働いていたことを伝えたが、効果はなかった。宿でたとえるなら、部屋が満室だったのだ。

「悪いね。早い話、空きがないんだ」

そう言うと、彼はこうつけ加えた。

「ル・ガヴローシュへ行って、頼んでみたらどうだい？　あそこなら空きがあるかもしれない」

今にして思うとおかしな話だが、ル・ガヴローシュで働いていたことを伝えるのは気が引けた。たぶん、詳しい話をするのが面倒だったからだろう。ル・ガヴローシュといわれて真っ先に思い出すのは、スープレードルを鼻先に突きつけられた例の事件だった。ピエールだって、その場に突っ立って、そんな話を聞かされるのはごめんだろう。

「俺が働きたいのはここなんです。ル・ガヴローシュではなくて。どうしてもラ・タント・クレールで働きたいんです」

再び、彼はこう返した。

「だが、肝心の空きがひとつもないんだ」

選択肢はなかった。

「じゃあ、これでどうでしょう。給料はいりません」

ただ働きを断る理由はなかった。私はすぐに厨房へと招き入れられ、新しい仕事、いや、〝趣味〟を始めた。実際、最初の1カ月間、私は一銭ももらわずに、彼の小さな厨房で働いていたのだから。

食への深い情熱を持つピエールでさえ、私の熱意には少し圧倒されていたと思う。私は休憩返上で働いた。私がソースをかき混ぜ、すばやく料理をつくっていると、ピエールの熱い視線を感じることもよくあった。ミシュランの星を獲得したレストランのプレッシャーというものを、ひしひしと感じた。あるとき、得意料理をいくつかつくってみるよう言われ、ル・ガヴローシュで覚えた料理をつくった。すべてがばれたのは、そのときだった。アルベール・ルーのチームが提供していた料理をサッとつくる様子を見て、ピエールは困惑した様子で言った。

「マルコ、そいつをいったいどこで覚えた？」

私は困惑するボスのほうを向いた。もう隠し通せない。

「実は、ル・ガヴローシュで働いていたんです」

私はそう言い、手早く料理を続けた。

ラ・タント・クレールで働くのはワクワクしたが、一方で多くのシェフが入れ替わるのを目にした。実際、ピエールの厨房スタッフの離職率は、空前の高さだった。毎週、月曜日に10人だった料理団が、金曜日には4人まで減る。その理由はこうだ。週の初め、ピエールのパリの人脈を介して、6人のシェフがフランスから送られてくる。偉大なムッシュー・コフマンのもとで働けるとあって、最初、シェフたちは興奮気味の誇らしげな様子で働きはじめる。だが、すぐに心が折れてしまう。

まず、シェフたちはピエールの猛烈な叱責、完璧主義についていけない。ピエールはだいたいいつも右手にパレットナイフを握っていて、少しでもぐずぐずしているシェフはそいつでお尻を叩かれる。

「いつもこうなんですか？」

フランス人の若者が私に向かってささやく。もっと悲惨なのが、窮屈な環境だ。厨房は狭苦しく、調理台は中央の巨大なテーブルひとつだけ。缶詰のなかのイワシのように、みんながスペースの取りあいをした。そして、日を追うごとに、シェフたちは脱落していった。火曜日にひとり、水曜日にまたひとり。残るフランス人も、木曜日になると必ず挫折してしまう。そうして、次の月曜日には、また新たなシェフ軍団がフランスからやってくる。まるで、塹壕から出てきた兵士たちのように。

ついに、ピエールの審判の日がやってきた。新人シェフたちがドーバー海峡の横断に次々と失敗すると、私が店の正式な従業員になった。給料はちっぽけなもので、シックス・ベルズ時代の貯金があったのはせめてもの救いだった。これで、フランスからやってくる新人を除けば、中央のテーブルで作業する定番のメンバーは4人になった。ピエールとアシスタントのブルーノ、そしてふたりのイギリス人、つまり私と、ピエールお気に入りのキッチン・ポーター、ビッグ・バリーだ。

ピエールは仕事中毒を絵に描いたような人物で、1日に3回、儀式的なティーブレイクを取って、仕事を乗り切った。ティーブレイクは毎回きっかり5分間で、おまけに取る時刻が決まっていた。1回目は正午。2回目は夜の営業が始まる直前の午後6時45分。3回目は営業終了後の10時半だ。紅茶を淹れるのは決まってビッグ・バリーで、彼はそのご褒美に、1杯だけ紅茶を飲むことが許される。厨房のほかのスタッフたちは、ティーブレイクを与えられなかった。それが、ボスと子分を区別するルールだった。

ある日の正午前、ケトルのスイッチの入れられる音がし、バリーがティーバッグに手を伸ばすのが見えた。すると、ピエールがショッキングな言葉を発した。

「紅茶飲むかい?」

たぶん、紅茶をこよなく愛するイギリスでは、いちばんよく耳にする質問といってもいいだろう。しかし、ピエールの厨房では、いちども聞いたためしのない質問だった。光栄な気分で、私はピエールとバリーの正午のティーブレイクに加わった。午後6時45分、またピエールから、「紅茶飲むかい?」という特別な言葉を投げられると、また自尊心が高まった。そして、午後10時半、こんどはテトリーの紅茶が入った湯気の立つマグカップを黙って手渡された。こうして、私はピエールの側近へと加わった。その日を境に、ラ・タント・クレールのエリートクラブのメンバーが、ふたりから3人に増えた。

ようやく、ピエールから才能と仕事にかける情熱を認めてもらえた気がした。おまけに、接客部門を取り仕切っていた彼の美人妻アニーにも、気に入ってもらえた。アニーに気に入られれば、ピエールに首を切られることもそうそうないだろう。しかし、フランス人の接客スタッフたちに気に入られるのは、そう簡単なことではなかった。本来は、アニーがずっと店を取り仕切っていたのだが、私が働きはじめたときは、出産したばかりで、1日2時間しか店に顔を出さなかった。なので、代わりにメートル・ドテルが店を取り仕切った。そいつはなんとなくドラキュラに似ていて、私に対して素っ気なかった。たぶん、私のことを、彼やウェイターたちが毛嫌いしていたイギリス人少年として見ていたにちがいない。

毎日、営業開始前にスタッフランチがあり、全員で集まって店のまかない料理を食べていた。私はいつも休憩返上でバックヤードの掃き掃除やホタテの下処理をしていたので、ランチには加わらなかった。ところが、ある日、ピエールにこう言われた。

「マルコ、少しは休んで、昼食でもとりなさい」

ボスの命令は絶対だったので、キッチンで食べ物をよそい、みんなの集まるレストランへと向かった。シェフやウェイターたちが巨大なテーブルに座っていたが、私の座る席はなく、つめてほしいと頼むのも気が引けた。キッチンで昼食をとろうと思い、引き返そうとしたそのとき、小さめのテーブルがぽつんと置かれているのに気づいた。椅子が1脚、ナプキンが1枚、ナイフとフォークが1本ずつ。私のために用意されたものだったが、ひとりでそこに座るなんてありえなかった。冗談じゃない。まるでバカみたいじゃないか。

すると、ピエールが問題に気づいた。

「みんなつめてくれ」と彼は叫んだ。「マルコ、私の隣に来なさい」

ラ・タント・クレールの食堂に足を踏み入れたのは、そのときだけだった。次に入ったのは、それから数年後のことだ。こんどはお客として。

仕事が終わると、ピエールがときどき車で好きな場所まで送ってくれた。私はよくキングス・ロードで降ろしてもらい、〈アップ・オール・ナイト〉へと向かった。コーヒーだけで朝まで粘れる、びっくりするような店だ。女の子に興味を持ってもらえることもあったけれど、それ以上の関係に発展することはめったになかった。私は奥手だったので、ナンパの成功率はいまひとつだった。あるとき、アップ・オール・ナイトで、クラブ好きの若手起業家、エディー・ダヴェンポートが、のちにスージーと呼ぶことになる上流階級の女の子を紹介してくれた。美人だったけれど、それから数週間、ふたりのあいだには何も起こらなかった。たまに、チェルシーにあるスージーのアパートに泊まっても、彼女がベッドで寝て、私は床で寝ていた。ある夜、スージーが私の横にやってきて添い寝した。それから、ふたりの交際が始まった。

ある日の昼時、厨房で仕事をしていると、ピエールが言った。

「お前さんの前のボスが来てるぞ。アルベールだ」

私はかつての上司がレードルを振りかざしているのを予期して、あたりを見回した。

「いや、レストランのほうだ。お客として来たらしい。お前さんがつくってやれ」

アルベールは、家ウサギのジュレ、野生のキノコ添えを注文した。私は美しく芸術的な仕上がりになるよう細心の注意を払い、ピエールの承認を得るために、デシャップ台に皿を置いた。苦心の作だった。しかし、ピエールは盛りつけを一言も褒めてくれないどころか、皿の真上に手をかざすと、私の料理へと振り落とした。そして、まるで片手を背中の後ろに回したまま、ピアノ協奏曲でも演奏するかのように、ずんぐりとした指で料理をぐちゃぐちゃにかき回した。それまですばらしい見栄えだったウサギのテリーヌとマッシュルームは、ぐちゃぐちゃなゴミの山に変わった。ピエールは一言も発することなく、アルベール・ルーへの気持ちを表現してみせたのだ。

10 オックスフォードの首領（ドン）

アルベール・ルーとピエール・コフマンは、たとえ一緒に過ごした時間はほとんどなかったとしても、ひとつの点で同意しただろう。厨房を仕切るうえで何より大事なのは規律だということ。ふたりの怒鳴り声がいつ飛んでくるかと思うと、私は自分を律するしかなかった。時間どおりに出勤し、調理台の上をきれいにし、プレッシャーに耐え、抜かりのないよう料理する。しかし、ひとつだけ、厳しい規律には大きなデメリットがある。直感、想像力、才能を抑えつけてしまうのだ。〈ル・ガヴローシュ〉では、メニューを考えるのはアルベールただひとりで、ルー・ロボットたちはレシピに工夫を加えたりはしなかった。

「こうしろ」

「はい」

それだけだ。

それまで、怒鳴られたり罵倒されたりするのを、疑問に感じたことはなかった。当たり前のことだと思っていたし、いつの間にか受け入れている自分がいた。「叱責される心構えを持つこと」というのは、シェフの職務内容のひとつだった。でも、ルーやコフマンのもとで働いたあと、23歳になって、私は穏やかで好奇心旺盛なシェフのもとで働く機会を得た。その男、レイモン・ブランは、私によく意見を求め、私の食への情熱に興味を持ってくれた。彼は明るく情熱的な性格だったので、私は人生で初めて自由というものを感じた。一気に自信がつきはじめたのはそのころからだ。今までやっていたのが塗り絵だったとすれば、初めて真っ白なカンバスを与えられた気がした。

1984年冬、オックスフォードの10キロメートルあまり東、グレート・ミルトンにあるレイモンのカントリーハウス調のホテル〈ル・マノワール・オ・キャトル・セゾン〉の仕事について情報をくれたのは、ニコ・ラデニスだった。ある日、突然ニコから電話がかかってきた。レイモンの部下のシェフのひとり、ナイジェル・マリッジが辞表を出し、仕事に空きができたらしい。当時、ル・マノワールは、開店してまだ半年程度だったが、かなり繁盛していた。近い将来、賞を獲得し、大成功するのはまちがいなしだった。実際、その店はすでにミシュランの二つ星を獲得していた。というのも、レイモンがオックスフォードのレストラン〈レ・キャトル・セゾン〉ですでに獲得していた星を、この店に移すことが認められたからだ。

「レイモンに電話したほうがいい」とニコは言い張った。

そこで、私はピエールのもとで働きながらも、レイモンに電話をかけ、面接の約束を取りつけた。

かつての上司で、今はよき友人になっていたアラン・ベネットが、面接の場所まで車で送ってくれた。こうして、かつてグレート・ミルトンの領主の邸宅だったル・マノワールに着いた。レイモンを見た第一印象は、「うわっ、ちっちゃい！」だった。逆に向こうは、「うわっ、でかい！」という表情をしていた。だが、その場では雇ってもらえなかった。採用試験のため、2日間スケジュールを空けてほしいと言われた。

面接の様子はよく覚えていないが、そのあとの食事は鮮明に覚えている。私にとっては、今でもかけがえのない記憶だ。私がレイモンの〝尋問〟を受けているあいだ、運転手のアランは延々と待たされ、お腹を空かせていた。面接が終わり、私が帰ろうと言うと、アランがただをこねはじめた。ル・マノワールで昼食を食べてからでないかぎり、絶対に車を運転しないというのだ。おごってやるからと言われた私は、アランの誘いに乗った。

それは、人生最高の、そしてまちがいなく人生最高額の食事だった。勘定はふたりで134ポンドにもなった（当時の私はロクに酒も飲まなかったのに）。今でも、そのときの料理は、目の前の食卓に置かれているかのように、一つひとつはっきりと思い出せる。最初は、フォアグラ、ポロネギ、トリュフ、野生のキノコのテリーヌ。次は、仔牛の胸腺肉と脳を使った牛モツのサラダ。メイン料理は、鳩肉の塩包み焼き、ペリグー・ソース（仔牛の出汁とトリュフのみじん切りを加えたマデイラベースのソース）。締めくくりは、舌もとろけるリンゴのスフレだ。

レイモンの料理をこれほど際立たせていたのは、必ずしも食材ではなかった。1品、また1品と、料理が運ばれてくるたび、私は目を皿のようにして料理を観察した。そしてようやく、フランスの一流シェフたちが出しているのはこういう料理なのだと気づいた。明らかに、レイモンはアルベールやピエールよりも、パリの最新の料理事情に精通していた。刺激的で新しいことに挑戦していたのだ。

私は雑誌や本によく目を通していたので、最近のパリの一流シェフたちが、古典料理をどう改良しているかは知っていた。アルベールが提供する古典料理は、たとえば牛肉のドーブ（牛ほほ肉を濃厚なソースで煮こんだもの）のように、男性的でボリューム感のあるものが多かった。一方、レイモンの料理はもっと女性的だった。ベースは古典的なフランス料理なのだが、コンセプトはもう少し軽い。濃厚なソースなどというものはなかった。真の芸術家は母なる自然であるということを、レイモンは知っていたのだ。

「どうだった？」

M40号線を南下しているとき、アランが訊いた。

「芸術的だった。すっきりしていて軽いのに、視覚に強烈に訴えかけてくる」と私は答えた。「レイモンの料理のスタイルが気に入った。あそこで働きたい」

数週間後、採用試験をこなすために再びル・マノワールを訪れた。初日、私が代わりを務めることになるかもしれない男、ナイジェル・マリッジと一緒に働いた。また、ル・ガヴローシュ時代の旧友で、今はレイモンの厨房で働いているスティーヴン・イェアとも再会した。ちなみに、当時のレイモンの厨房はかなり狭かった。まるで、このクロムウェルの古い領主邸に一流のホテルとレストランをつくろうとはしたものの、宿泊客に料理をふるまう厨房のことはすっかり忘れていました、といわんばかりに。しかし、その規模は私にとって願ったり叶ったりだった。大きな厨房よりも小さな厨房のほうがはるかにいい。常にほかのシェフたちの間近でたくさんのことを学べるから。つけあわせをつくりながらも、魚料理、肉料理、オードブル部門で行なわれていることが観察できる。

2日目、レイモンがキッチンに入ってきてこう言った。

「私に昼食の肉料理をつくってくれないか」

運命の分かれ道だと直感した。何をつくろう？　いや、職を得るためには何をつくるべきなのか？　数週間前、料理の本を読んでいて、ミシュランの星を獲得したフランス人シェフ、ジャック・マクシマンの料理を目にした。そのなかに、薄切りにして扇状に盛りつけたラム肉の料理があった。それはピンク色の肉の魅力を最大限に活かした盛りつけだったが、私にとっては十分な発想の刺激になった。そこで、マクシマンのアイデアを発展させて、レイモンにラム肉の昼食をつくろうと考えた。

まず、マクシマンと同じように、仔羊のフィレ肉をフライパンで炒め、輪切りにし、皿の中心に丸いラム肉をひとつ置き、そのまわりに肉を扇状に並べていった。そして、その扇の外側に、もうひとつの円をつくった。面取りした小さなジャガイモの隣に、ズッキーニの詰め物、その隣にナス、そしてまたジャガイモ……と、円が完成するまで続け、ナスとズッキーニの上にトマトフォンデュをかけた。

そこに、ブラックオリーブをいくつか加えた。プロバンス風の食材でつくられた対称的な図柄を、お皿が丸く縁取っている。円のマトリョーシカだ。仕上げに、ラム肉の焼き汁を肉の上からかけた。焼き汁は、新鮮さを保つため、料理の最後にローズマリーで風味づけし、少量のオリーブオイルを加えてつくったものだ。

料理がレイモンの座るレストランへと運ばれていった。しばらくして、食べ残しひとつない皿と、そのすぐあとを追うようにして、それを完食した男が戻ってきた。

「うまい」

レイモンは少しだけ驚いた様子で言った。たぶん、私がル・ガヴローシュ風の料理をつくると予想していたのだろう。レイモンがジャック・マクシマンの名前を出さなかったことにホッとした。私の完全な創作料理だと思ってくれたみたいだ。

しかし、私はレイモンの心理にうまくつけこんでいた。考えてみれば、私がレイモンに出した食材がおいしいのは当たり前だった。ラム肉、ローズマリー、プロバンス風の野菜の相性がいいことは誰だって知っている。重要なのは、その食材をどう活かすかだ。私がつくった料理は、爽やかで、軽く、何よりも視覚的なインパクトがあった。レイモンの琴線に触れるものをすべて兼ね備えていたのだ。まちがいなく、レイモンは私と波長が合うと気づいたはずだ。

ところが、そうすんなりとは行かず、レイモンはふたつ目の課題を出した。お次は、夕食の魚料理だ。こんどは、冷蔵庫にある食材だけでつくれという。結局、ヒメジとホタテのパナッシェ、ブイヤベース・ソースをつくった。料理方法や盛りつけは覚えていないが、レイモンから文句が出なかったのは覚えている。私は採用試験を終え、土曜日にグレート・ミルトンを発つと、日曜日にスティーヴン・イェアから電話がかかってきた。レイモンが私のラム肉の料理を店の名物料理としてお客に提供したらしい。私が喜んでいると、続けて採用を通告された。

１９８５年1月、私の孤独な生活が変わろうとしていた。私、スティーヴン・イェア、彼の兄弟のデズモンドを含め、ペイストリー部門の５人が一緒に住むことになり、さっそく近隣のウィートリーにある〈ブリッジ・イン〉という物件の内見に出かけた。川沿いのなかなかよさそうな物件だった。私たちはさっそく家主と1年契約を結び、私はバストイレつきの唯一の部屋を押さえた。

「そうそう、金・土はこの下がナイトクラブになる」

家主は鍵を渡しながら、そう言った。

「本来なら入場料を取るんだが、お前さんたちはここの住人だから、入場料はいらない。タダで入っていいよ」

私たちは大喜びした。まるでメイフェアの高級会員制クラブの終身会員権を手に入れた気分だった。

初日の夜が明け、全員で意見交換した。建物がネズミだらけだということで、全員の意見がまとまった。ブリッジ・インはネズミの巣窟だった。それ以降、その新居は「マウス・ハウス」、または私たちの職場とかけて「メゾン・マウス」と呼ばれるようになった。

最初の金曜日、私たちは夜遅く職場から戻ると、愕然とした。耳をつんざくような音楽がメゾン・マウスから聞こえてきた。爆音の元は、私たちが家主から顔パスをもらったナイトクラブ〈フィングルス〉だった。フィングルスはよりにもよって私の部屋の真下にあり、アンプの大音量で、部屋の備品や、私自身の体までガタガタと震える始末だった。ほかの同居人たちと話しあった結果、せめて入場無料を活用することにした。

ふたを開けてみると、フィングルスは史上最高にがさつなナイトクラブだった。男たちはがさつで、女たちはがさつで、おまけにドアマンもがさつだった。全員が酒、セックス、ケンカを目当てに集まっていた。そこはごみためのような場所だった。テーブルからバーにたどり着くのにも10分はかかる。といっても、人ごみのせいではなく、床に散らかるチューインガムのせいだ。3歩進むたび、立ち止まって靴の裏からチューインガムをはがさないと、カーペットに足がくっついて先に進めないのだ。若い酔っぱらいたちがデュラン・デュランの「ワイルド・ボーイズ」に合わせてポゴダンスを踊り、DJがマドンナという売り出し中の歌手の曲をかけると、歓声が沸きあがった。ときどき殴りあいのケンカが起こると、そのまわりに踊る客たちの輪ができた。

ほんの数日前、VIP待遇を与えられ、大喜びで家主の手をがっしりと握った私たちだったが、今では家主を絞め殺してやりたい気分でいっぱいだった。毎週金曜日と土曜日の夜、私はコカコーラを飲みながらフィングルスの片隅に座り、ショーを観察した。大音量のなかで過ごすうち、スティーヴンと私は、いつの間にか読唇術を身につけた。かといって、女の子が寄ってくるわけでもなかった。私は女の子とのおしゃべりが下手すぎたし、そもそも、フィングルスの女の子が私のテーブルに寄りつくこともなかった。チューインガムだらけの床のせいで、私のテーブルまで歩いてこられなかったんだろうな、きっと……。チェルシーのナイトクラブにはどことなく洗練された雰囲気があったけれど、フィングルスのやつらは、私が喜んで飛び出したリーズの街を思い出させた。考えてみれば不思議だ。イギリス一の繁華街、キングス・ロードで過ごしていた私が、今では近所のパブでダーツをするくらいしか楽しみのない街で、つまらない社会生活を送っているわけだから。ただ、ひとつだけいいことがあった。オックスフォードで暮らしていたある日の夜、現在も営業しているハンバーガー&ステーキ・レストラン〈ブラウンズ〉で、ピアーズ・アダムと出会ったことだ。美女たちに囲まれてバーに立っていた彼から、急に話しかけられたのだ。その後、彼はナイトクラブの経営で大成功を収め、私たちは今でも友人、そしてビジネスパートナーとして、よい関係を保っている。

実を言うと、人と交流したいという欲求があまりなかった。午前2時に厨房に立てるなら、喜んでそうしたと思う。その点、ル・マノワールのスケジュールは私にぴったりと合っていた。1月から年末まで、週6日、肉料理部門で働きつづけた。スタッフには、夏休みもなければ、イースター休暇もない。スタッフが休みを取れるのは、ル・マノワールが2週間ばかり店を閉める年始だけだ。

知らないうちに、私はきかん坊という評判を築いていたようだ。スティーヴンによると、レイモンはクリスマスのスピーチで私がやってくることについてこう発表したという。

「来月から新人がやってくる。名前はマルコ・ホワイト。今まで、アルベール・ルー、ピエール・コフマン、ニコ・ラデニスのところで働いてきたらしい。だが、誰も彼を飼い慣らせなかった」

まちがいなく、レイモンもそのひとりだった。彼はいろいろな面で才能にあふれていたが、ミシュランの星を獲得したライバルシェフたちと比べると、圧倒的に威厳がなかった。総勢17人の料理団を抱えているのに、優しすぎてわがまま放題の生徒たちをまとめられない校長みたいだった。

そこで、スティーヴンと私（そして、ル・マノワールで皿洗いをしていたルー・ロボットたち）は、そんなレイモンの優しさにつけこんだ。ふたりで勝手に厨房を回したのだ。同じ世界からやってきたという絆があった私たちは、ル・マノワールでぴったりと呼吸を合わせた。私が魚料理を担当しているときは、スティーヴンが肉料理。私が肉料理なら、スティーヴンが魚料理。それだけだ。私たちはお互いを尊敬し、一糸乱れず連携した。

もちろん、レイモンのことも尊敬していたので、営業に支障が出るようなバカなまねはしなかった。しかし、ことあるごとに、私たちは遊び場に放置された子どものようになった。片田舎に閉じこめられた私たちには、ちょっとした息抜き、いたずら、楽しみがどうしても必要だった。私はキッチンの電話に出ると、よく留守番電話の自動音声のまねをした。

「ピーという音が鳴りましたら、ご用件をお話しください」

そう言ったあと、電話主の頭が割れるような高い金切り声をあげるのだ。

そういうたわいもないいたずらが大半だったけれど、時には残酷で無慈悲なものもあった。ある日、調理学校の女子学生が短期間の就労体験でやってきた。全員男性だった私たちは、ふくよかな彼女にクマというあだ名をつけた。そのかわいそうな女の子は、まる1日、エンドウのさや剝きをさせられた。そのあいだ、男性陣はひとりずつ、彼女のそばを通り過ぎるたびに背中にラベルを貼りつけていった。2時間もたつと、彼女の背中はバカバカしい言葉が書かれたラベルだらけになった。

「クマへの餌やり厳禁」

「レイモン愛してるわ」

ふらりと厨房にやってきたレイモンは、ラベルだらけの彼女の背中を見て、ギョッとした。でも、私たちに怒鳴り散らしたりはしなかった。紳士のレイモンは、そっと彼女の横についた。

「そのまま続けて。様子を見にきただけだから」

彼はそう言いながら、ラベルをひとつずつ丁寧にはがしていった。おかげで、とうとう彼女は私たちのいたずらに気づかずじまいだった。こんなことは、ル・ガヴローシュならありえなかっただろう。

レイモンは私たちの傍若無人ぶりを見逃していたが、振り返ってみると、当時はそれどころではなかったのだと思う。妻のジェニーとの結婚生活は、ふたりのビジネスほどうまくいっておらず、しばらくしてふたりは離婚した。スタッフには話さなかったが、当時の彼は、私生活のことで頭がいっぱいだったのだろう。

レイモン、ジェニー、メートル・ドテルの3人による口論は、毎週の恒例行事だった。毎週日曜日、3人は決まってデシャップ台の前で口論を始める。すると、スタッフたちはキッチンテーブルの下にしゃがみ、フライパンを叩いて、レイモンにメートル・ドテルと殴りあいをするようけしかける。

「やっちゃえ、やっちゃえ」と私たちは囃し立てた。「ぶん殴れ。横暴を許すな」

意外かもしれないが、レイモンはめったに厨房に立たなかった。それまでのボスたちとはちがって、営業中にデシャップ台の前に立って注文を叫んだりはしなかった。むしろ、フロントにとどまり、会話で客たちをもてなすタイプだった。魅力的でカリスマ性のあるレイモンは、ホストとしては完璧だった。ところが、ひとたびキッチンに入ると、天才とコメディアンのあいだを行ったり来たりする。

本領を発揮したときのレイモンは、私がこれまで一緒に働いてきたなかでも、最高の料理人だった。最高のシェフではなく、最高の料理人だ。ふたつには大きなちがいがある。アルベール・ルーは、厨房とスタッフを管理し、群れを率いることのできるシェフだった。レイモンはその資質に欠けていた。彼は三つ星のもらえない三つ星シェフだった。

一方、天才料理人でないときのレイモンは、おっちょこちょいで面白い人物だった。まるで、ピーター・セラーズ扮するクルーゾー警部だ。よく人やモノにぶつかり、母国語で悪態をついた。彼がドアを通ってレストランからキッチンにやってくると、スタッフたちはどたばた喜劇が始まるのを期待した。

あるときには、レイモンがキッチンに駆けこんできて、グラスでびっしりのトレイを持ったウェイターと正面衝突し、すべてを空中にぶちまけたこともあるし、グリルでアーモンドを焼いているのをすっかり忘れて、ボヤ騒ぎを起こしたこともある。また、ストーヴの近くでくるりと体を回した拍子に、吊されていたソースパンに頭を強くぶつけたこともある。彼はそのまま気絶して暗い部屋に横たわり、翌朝まで起きあがらなかった。

　でも、そういう数少ない例外を除けば、レイモンといる時間はとても勉強になった。彼の匠の技には、いつもうっとりさせられた。もっと驚きなのは、彼がもともとシェフになるつもりでなかったという点だ。１９７０年代初頭に、フランスとスイスの国境近くにある実家を出ると、イギリスでウェイターとして働きはじめた。そうして、気がつけば、オックスフォードのレストラン、レ・キャトル・セゾンで料理を手がけていた。それも、並の料理ではなく、ミシュランで二つ星を獲得できるほどの料理を。そんな彼は、グレート・ミルトンにある15世紀の領主邸に目をつけて買い取り、壮大な拡大計画を立てた。私がル・マノワールで働いていたころ、寝室は12室だったが、今では32室へと増え、おそらくそれに負けない数の賞も受賞した。

　レイモンは、ときどき思い出したように、神がかり的な創造力を発揮した。何かのアイデア、つまりビジョンがひらめくと、エプロンを着け、仕事に取りかかる。私はそれを観察し、吸収していった。彼は料理づくりの一つひとつの細部に疑問を持つ方法、自分自身の料理について自問する方法を教えてくれた。レイモンの典型的な教えはこんな感じだ。

「たとえば、２００㎖の鶏の出汁を別々のフライパンに入れるとしよう。ひとつはすばやく煮詰め、もうひとつはゆっくりと煮詰める。すると、ふたつの風味はまったくちがうものになる。すばやく煮詰めれば風味が保たれるが、ゆっくりとろとろと煮詰めると、新鮮さや鋭さが失われてしまう」

　または、こんな教えもある。

「出汁をつくるときは、15分おきに味見をして、鍋のなかでどんな化学反応が起きているか、味がどう変化していっているかを理解するといい。ある時点で、おいしい状態に達するが、長く火にかけすぎると、スープは死んでいく」

ほとんどの人は、仔羊の出汁をつくるとき、鍋にニンジン、セロリ、玉ネギを投げこむので、最終的に仔羊の風味なんてなくなってしまう。ル・マノワールでは、アメ色に炒めた玉ネギとローストした仔羊の骨を使う。このふたつの材料を、水とたっぷりの仔牛のジュ（肉汁）でひたす。そうすると、ソースに仔羊の風味が残る。

厳密さがいちばんの要であり、ミシュラン基準のレイモンの料理をつくるのに欠かせない要素だった。鳩のジュをつくるなら、煮る時間はおよそ20分ではなくて、ぴったり20分だ。

それから、味つけの問題もある。

「塩を少々振っただけで、味つけした気になるな」がレイモンの口癖だった。「味見、味見、味見。目の前の料理と一体化するんだ」

1日、また1日とル・マノワールで過ごすたび、自信が高まっていくのを感じた。ある日の昼時、レイモンにこう頼まれた。

「アスパラガスのムースをつくってくれないか？」

ムースをつくり、食堂の彼のテーブルまで届けた。店の外でマルボロを吸っていると、突然、レイモンがキッチンの裏手のドアから、興奮した様子で飛び出してきた。

「あのムース、すばらしい。どうやってつくった？」

「鶏肉です、シェフ。アスパラガスと鶏肉でつくりました」

レイモンは私の腕をがっしりとつかむと、私をキッチンへと引き戻した。

「もういちどつくってくれ」

私はレイモンの目の前で、同じ料理をつくり直すはめになった。レイモンは細かい部分までじっくりと観察し、ときどきうなずきながら、頭にメモを取っていた。本来、アスパラガスのムースの定番の材料といえば、アスパラガス、卵、少量の牛乳、そして軽さを出すためのクリームだ。私はこの伝統的なレシピが気に食わなかった。食感やコクに欠けるからだ。そこで、食感とコクを出すために鶏肉を使った。加えて、鶏肉は風味も与える。私はアスパラガス、生の鶏肉、卵白をミキサーにかけ、こし器でこし、少量のクリームを加えてから調理した。そのムース「アスパラガスのシャルトルーズ風、トリュフ風味」は、ル・マノワールの名物料理のひとつになった。

レイモンは、食に関する私の知識や考えを積極的に取り入れてくれただけでなく、小生意気な言動にも目をつぶってくれた。それでも、限度はある。ちょっと調子に乗りすぎて、彼の気分を害してしまうこともあった。ある日、サウジアラビアの王子が昼食にやってきて、グリーンサラダを注文した。レイモンは自分でつくると言って譲らず、店の菜園まで走っていき、レタスを抱えて戻ってきた。彼は見事なサラダをつくったのだが、1、2分ほどして皿が戻ってきた。

「レタスに土がついていて……」とメートル・ドテルは説明した。

そう、レイモンはレタスを洗い忘れていたのだ。私は返ってきた皿を持ちながら、キッチンじゅう、レイモンを追い回した。

「シェフ、サラダが戻ってきましたよ。ねえ、サラダが戻ってきましたってば」

とうとう、レイモンは堪忍袋の緒を切らした。調子に乗りすぎたみたいだ。

「わかってるよ」

レイモンはキレ気味にそう言うと、こちらをにらみつけた。

「クソサラダが突っ返されたんだろ？」

王族が来たときもそうとうなはしゃぎようだったが、ライバルのアルベール・ルーに料理がふるまえるとわかったときほど、レイモンが興奮したことはなかった。

「実は、ムッシュー・ルーから予約があった」

ある日の午後、レイモンが料理団に告げた。

「明日、店にやってくる」

翌朝、8時45分に出勤すると、使い終わった鍋やフライパンが、天井に届きそうなほど、シンクにうずたかく積まれていた。そこにいたのは、レイモンだった。汚れた格好で、一心不乱に作業をし、数十種類のカナッペやプチフールを完成させようとしていた。

「今日はいよいよアルベールが来店する日だ」

まるで私たちがそのことを忘れているとでもいうように、レイモンがそう告げた。残念ながら、レイモンの努力はまったくのムダだった。その日、昼食にやってきたルー氏は、アルベールでも、シェフでもなかった。

コラム2

わかりやすく説明するため、アルベール・ルーとレイモン・ブランの両氏の仔牛料理を比べてみよう。ル・ガヴローシュでは、仔牛のパイナップル炒めを提供した。140グラムの仔牛フィレ肉を薄く輪切りにし、すばやくフライパンで炒めて取り出す。同じフライパンに、少量の鶏の出汁、カレー・ソース、オランデーズ・ソースを入れ（ダマにならないよう注意）、先ほど取り出した肉と、太めの拍子切りにしたパイナップルを入れる。料理の上とお皿全体に焼きアーモンドをまぶし、ライスと一緒に提供する。

一方、ル・マノワールでは、仔牛の盛りあわせを提供した。基本は脊髄がついたままの仔牛のフィレ肉だが、同じお皿に脳と胸腺肉のスライスも3枚ずつ盛られている。見た目にも気が配られており、脳のスライスには、ケーパー、レモン、パセリをバターで調理したソース、胸腺肉のスライスには、すりつぶしてバターで炒めた松の実とアーモンドフレークがかけられている。とても軽い。

レイモンはライバルのアルベールよりも多彩な食材を用いただけでなく、盛りつけにもこだわった。ル・マノワールでは、ひとつの料理に6つか7つのフライパンが使われた。つまり、3品料理のコースで20枚前後のフライパンが必要になる。ル・ガヴローシュの仔牛のパイナップル炒めは、定番のフランベパンひとつですべてつくられていた。

11 仲間入り

レイモンはずっと笛をくわえていた。従業員対抗のサッカーマッチで主審を務めたレイモンは、シェフからレフェリーへと見事に変身した。彼は厨房での統率力のなさを芝生の上で見事に埋めあわせた。笛をぎゅっと噛みしめ、10秒ごとに思いきり吹くと、甲高い笛の音がグレート・ミルトンの静寂を切り裂いた。一方は〈ル・マノワール〉のフランス人ウェイターチーム、もう一方はイギリス人が大半を占めるシェフチーム。ご想像のとおり、レイモンは身内のフランス人チームを全力でひいきしていた。

シェフチームがボールを奪うたび、レイモンの頬が膨らみ、恐ろしい笛の音が響く。ファウルがあったかどうかなんて関係なし。レイモンはことあるごとに試合を止め、カジノのチップ係のようなすばやさで、ウェイターたちにフリーキックを与え、シェフたちにカードを振った。

「むちゃくちゃですよ、シェフ」

後半が始まって数分後、私は叫んだ。

「2秒おきに笛を吹くなんて。くるってますよ」

レイモンがキレた。彼は1、2秒、言葉を失っていた。たぶん、私の生意気な発言を頭のなかで反芻していたのだろう。すると、顔を真っ赤にさせて腕をあげ、サイドラインの方向を指した。「退場!」と宣告されるのを予期していたら、彼の口から別の言葉が飛び出した。

「解雇!」

びっくりだ。試合を観戦していた村の住民たちがざわざわしはじめた。グレート・ミルトン史上最高のドラマだった。

私はレイモンの言葉をオウム返しにした。

「解雇?」

あまりにも滑稽すぎて、言葉にならなかった。私が鼻で笑うと、レイモンが困惑した表情を浮かべた。

「マルコ、何がおかしい?」

「ロンドンに戻って、サッカーの試合が原因でクビになったとアルベールに伝えたら、シェフが変人だと思われるんじゃないかと心配で……」

ピッチを出る途中、後ろから叫び声が聞こえた。

「5時半に料理長室へ来い」

着替えをすませ、料理界での次のステップについて考えた。クビになったとしたら、こんなに不公平な話はないが、ずいぶん長くこの業界にいたので、急におかしな辞め方をする人間を山ほど見てきた。私は将来のことではなく試合を振り返った。試合はイングランド人対フランス人という名目だったが、実際にはミルウォール(シェフ)対チェルシー(ウェイター)という感じだった。私たちはキッチンで、シェフチームの戦術を一言で表現するモットーを考えていた。

「ボールが通り過ぎても、選手は通り過ぎない」

確かに、ウェイターたちはいくつも傷を負った。レイモンがあれほど笛を吹きまくったのも、ムリはないのかもしれない。

5時半、キッチンに隣接するレイモンの料理長室に向かった。といっても、ふつうの人が部屋と呼ぶような場所じゃない。掃除用具ロッカーよりもかろうじて大きい程度のその部屋には、レイモン専用の小さな机と椅子が置かれていて、しかも乾物の箱が山積みにされていた。

「入って、ドアを閉めなさい」

校長室にやってきた不良のように、レイモンの机の前に立った。というのも、段ボール箱サイズの部屋には、2脚目の椅子を置くスペースすらなかったからだ。これで終わりなのか？　ピッチの上で「くるってぃる」と言っただけで、クビにされるのだろうか？　しかし、レイモンはすっかり冷静になり、申し訳なさそうにしていた。

「あの試合での出来事は忘れよう」

私たちはがっちりと握手した。

こうして、なんとか首はつながった。その晩、そしてそれから数日間、ウェイターたちは営業中に足を引きずって歩いた。目のまわりを真っ黒に腫らしたフランス人に出迎えられた客たちは、オックスフォード総合病院の救急救命室にでも迷いこんだ気分だったにちがいない。ウェイターたちは決して再試合を口にしなかったが、道路の先にある汚らしいホテルのスタッフたちが、村の芝生場での決闘を申しこんできた。庭にピンク色のパラソルを置いているようなホテルだから、きっと弱虫チームだろうと勘違いしていたようだ。彼らは全員お揃いの真新しいサッカーギアに身を包んで、ピッチに現われた。一方の私たちは、ぼろぼろのTシャツに、汗臭いソックス、ハーフパンツというてんでばらばらな格好で、試合に臨んだ。私たちは例のモットーに忠実に従った。

「ボールが通り過ぎても、選手は通り過ぎない」

そうして、見事3対1で勝利した。

レイモンと私は、すぐに「解雇」事件のことを忘れた。ある意味、私たちはこの事件でかえって絆が強まり、親しくなった。彼は私を飼い慣らすのをあきらめた。そのつもりがあったのかどうかはわからないが。あるとき、こう言われたことがある。

「君を飼い慣らそうと思ったら、背中に鉄の棒でもくくりつけないとね」

料理団のなかで、レイモンとプライベートでつきあいがあるのは私だけだった。よくオックスフォードでコーヒーを飲みながらおしゃべりをした。彼は天性のユーモアと洞察力を持ち、哲学的で、私のことを心から信頼してくれた。店の特別料理を考案する自由を与えられたシェフは、そう多くなかった。私に対する彼の接し方そのものが、ひとつのステータスシンボルだった。一人前になった気がした。そして、「クラブ・デ・サン」という100人の美食家グループが、ル・マノワールで夕食会を開いたとき、レイモンは私が考案したふたつの特別料理、アスパラガスのムースと豚足料理をメニューに載せてくれた。誇らしい気持ちでいっぱいになった。

ひとつだけ、ル・マノワールの料理スタイルには問題があった。膳立てするのが30人か40人ぶんまでなら、ル・マノワールはおそらくイギリス一のレストランだろう。ところが、80人や90人ぶんになると、とたんにシステムは崩壊してしまう。料理が複雑すぎるからだ。一つひとつの料理があまりにもたくさんの食材や調理技術で成り立っているので、一定のレベルを保ちつづけるのは至難の業だ。ふたりのテーブルなら問題ない。しかし、8人のテーブルとなると、限界に達してしまうこともある。

冷たい料理なら、芸術的に飾りつけたりする余裕がある。営業前に準備しておけるからね。しかし、温かい料理となると話は別だ。ル・マノワールでは、大人数の食事をつくるとき、すべての食材を完璧に調理したり、レイモンの思い描くとおりに盛りつけたりする余裕があまりなく、明らかなボロが出た。ある食材をお皿に乗せ忘れたり、お客を延々と待たせてしまったり。一貫性が大事だと私が言うのは、まさにこの点なのだ。40人ぶんなら、一貫してすばらしい料理がつくれても、80人ぶんになると、とたんに一貫性が失われてしまう。一貫性さえあれば、レイモンは二つ星から三つ星に昇格していたかもしれない。

もっと悪いことに、レイモンはときどきキッチンにやってきて、土壇場で変更を加えることがあった。天才的な能力と自由な発想を併せ持っていながらも、営業の真っ最中にある食材を勝手につけ加えたり、「盛りつけが気に食わない」と言って皿の盛りつけをいじくり回したりするクセは、困ったものだった。レイモンに「大丈夫か？」と訊かれたら、絶対に「大丈夫です」と答えるようにしていた。彼に余計なちょっかいを出してほしくなかった。調理台の上を整理整頓し、きれいにしておけば、問題があるとは思われなかった。でも、調理台の上がめちゃくちゃに散らかっていると、心配してくる。あるとき、肉料理を担当していると、後ろに彼の気配を感じた。そして次の瞬間、例の恐ろしい質問が飛んできた。

「何か手伝おうか？」

「じゃあ、鴨をお願いできますか？」

「どこだね？」

「オーブンです」

レイモンは腰をかがめ、オーブンからフライパンを取り出し、ストーヴの上に置いた。次に、フライパンから鴨を取り出し、切ると、くるりと身をひるがえし、ふきんを当てずに、素手で熱々のフライパンの柄をつかんだ。その瞬間、手のひらが焼け、レイモンが激痛でうずくまった。灼熱の金属に、溶けた手のひらの皮がくっついたのだ。まるで拷問されているかのようなレイモンの絶叫は、きっとレストランで食事をしていた客たちのところまで届いただろう。手のひらの皮がすぐに冷え固まると、私は手のひらに顔を寄せて、やけどの痕を確かめた。紫色になった手のひらの中央に、ぽつんと白い丸がついていた。フライパンの柄をフックに吊すときの穴が当たった部分だ。今でこそ同情するけれど、当時はスタッフが全員爆笑するようなレイモン事件簿のひとつだった。

ある日曜日、ランチの営業の直前、レイモンがキッチンに入ってきて、温前菜部門で働くダンカン・ウォーカーのところへ向かった。ちょうど、ポロネギとホタテ貝のテリーヌを切ろうとしているところだった。テリーヌは、調理という意味ではかなり単純だ。具材を混ぜ、型に入れ、クッキングペーパーで包んで蒸し焼きにし、少量のブールブラン・ソースを加えればできあがり。問題は切るときだ。切り方が少しでも遅すぎたり速すぎたりすると、全体の形が崩れてしまう。絶妙な手加減がいるのだ。レイモンがほんの数センチ横で見守るなか、ダンカンが切りはじめると、案の定、テリーヌが崩れはじめた。きっとその日、レイモンは虫のいどころでも悪かったのだろう。崩れていくテリーヌを見ただけで、我慢の限界に達した。ダンカンの雄牛のような首を両手の指でがっしりとつかむと、こう言い放った。

「私のテリーヌが台無しだ。貴様が私のテリーヌを台無しにしたんだ」

ダンカンが、身長１８０センチを超える巨体をピンと起こすと、レイモンの指が自然とほどけ、首をつかむ力が弱まった。

「クソくらえ」

ダンカンはさっとエプロンを脱いだ。

「こんな仕事なんて、クソくらえ」

彼はエプロンをレイモンの胸に押しつけ、キッチンを飛び出そうとした。レイモンは彼の腕をつかみ、引き止めようとしたが、野獣の力は半端ではなかった。レイモンはまるで水上スキーをするように、床を引きずられた。戦いに敗れたレイモンは、私のほうを向いた。

「一大事ですよ、シェフ」

「何がだ?」

レイモンがぐちゃぐちゃの髪の毛で訊いた。

「100人近い予約が入っているのに、温前菜部門に誰もいません」

結局、レイモンが温前菜を担当するはめになった。

マウス・ハウスの同居人以外に、もうひとり、ル・マノワールで仲良くなったやつがいた。6月のある朝、私が一番乗りでキッチンに着くと、そいつがエンドウのさや剝きをしていた。私がハロゲイトの〈ホテル・セント・ジョージ〉で最初にやらされた単調な仕事だ。暑い日だというのに、ウールのジャンパーを着ていたので興味を持った。

「名前は?」

「ヘストンです」

「何してるんだ?」

「就労体験で来たんです。料理が好きなんで」

「ジャンパーを脱げよ。エプロンやるから」

それが、ヘストン・ブルメンタールとの出会いだった。でも、やつの記憶は微妙に異なる。彼の話によると、やたらとケンカを売ってくるフランス人シェフと一緒に厨房で働いていたことになっている。私はやつにこう言ったらしい。

「フランス人とは一緒に働かないほうがいい。どうだ、イギリス組に加われよ」

やつは作業をやめ、私と同じ部門で働きはじめた。

それから1週間近く、やつは厨房で私と並んで働いた。2日目、私がウェイターとケンカするのを見たらしい。ヘストンいわく、ウェイターは調理台にしがみつき、私はそいつをキッチンから引きずり出そうとしたが、そいつは手を離さなかったそうだ。

ある朝、ヘストンが料理をつくろうとしていると、レイモンが通りかかり、やつの作業のしかたに不満を持ったようだった。

「頭を使えよ」とレイモン。「頭を使うんだ、小僧。頭だよ、あ・た・ま」

（レイモンはよく料理人のことを「小僧」と呼んだ。見下したような表現だが、彼の場合は愛情がこもっていた。）すると、ヘストンは前かがみになり、カウンターの上のラメキン〔オーブン料理に使う丸型の容器〕に頭突きしはじめた。

「何してるんだ?」

レイモンは困惑してたずねた。

「頭を使えと言われたもので」

レイモンのことをおちょくっていたんじゃないかって? それはどうだろう。緊張のあまり、やつはレイモンの命令に忠実に従っただけなのかもしれない。

やつは熱心に見えたが、短期間の就労体験を終えると、自分は料理向きでないと判断し、父の会社で働くことにした。

数年後、やつは目標を見直した。私が〈ザ・キャンティーン〉の仕事をやつに与えたことがきっかけで、私たちは久しぶりの再会を果たした。それからまた数年後にも、記憶に残る会話を交わした。当時、やつは父親の援助でレストランを買収しようとしていて、その店の名前を考えていた。

「ファット・ダック（太った鴨）なんてのはどうだろう？　そうすれば、店の住所がブレイ・オン・テムズのファット・ダックになる。誰でもテムズ川に臨む店だと思うだろう。実際に来てみて川が見えなくても、引き返したりはしないさ」

やつは私のアドバイスに従い、その後、〈ファット・ダック〉で見事三つ星を獲得した。おっと、それから、大英帝国勲章も。

1985年夏、世界がグローバル・ジュークボックスと形容されたアフリカ難民救済コンサート「ライヴエイド」の話題で持ちきりだったころ、ル・マノワールの面々は水泳プールを覆うカバーが取り外されるのを心待ちにしていた。誰かが辞表を出すと、みんなでそいつをレイモンの大事な菜園、そしてその先のグラウンドのほうへと運んでいく。足をじたばたさせながら、叫び声をあげてもおかまいなしだ。最後には、着衣のままそいつをプールに投げこむ。当然、行きすぎることもあった。

あるとき、シェフやウェイターたちがプール際で押しあいをしていると（いつもどおり、イギリス人対フランス人）、レイモンの妻のジェニー・ブランがやってきて、恐怖で顔を引きつらせた。目の前の光景を必死で理解しようとしているようだった。

「何してるの？　まだ営業は終わっていないのよ？」

でも、レイモンはこの儀式を楽しんでいた。あるとき、水へ投げこむのに打ってつけの場所があると言って、私たちをアヒル池へと誘った。案の定、取っ組みあいが始まった。レイモンは池に投げこまれないよう、池を囲む壁にぴったりと背をつけていた。その優しい校長が、とうとう荒くれ者の生徒たちに根負けしたのだ。アヒル池で、レイモン・ブランは生徒たちと一緒になってはしゃぎ、羽目をはずした。手元にカメラがあれば、きっと最高の1枚が撮れていただろう。「長いものには巻かれろ」という絶妙なタイトルを添えて。

12 帰郷

楽しい毎日だったとはいえ、〈ル・マノワール〉で1年も働けばもう十分だった。労働契約の終了が近づいていた1985年のクリスマスごろ、私は自分の人生について考えた。イギリス屈指のシェフたちのもとで修業を積みながらも、ずっとフランスの一流シェフたちに憧れてきた。もちろん、いちども会ったことすらなかったけれど。ミシュランの星を獲得したパリの一流シェフが監修した料理本をめくるたび、童心に返り、空想的なおとぎ話に没頭する子どもの気持ちになった。〈ボックス・ツリー〉を経営するコリンとマルコム、通称ボーイズは、フランスのレストランのいろいろな話を吹きこんでくれた。〈マキシム〉や〈トゥール・ダルジャン〉のような店は、私にとって、壮大さと優雅さの象徴に思えた。パリは魅惑の王国だ。絶対に行かなければ。料理の知識を身につけることは、出世の階段をのぼるためだけに同じ仕事を続けることよりも、よっぽど重要に思えた。

そこで、ある計画を立てた。今考えれば、かなりずさんな計画だが。一文でまとめるとこうだ。パリへ行き、キッチンのドアを叩き、仕事をくださいと頼みこむ。私はこの指先のノックひとつで、料理の世界に飛びこんだ。この指先のノックひとつで、〈ル・ガヴローシュ〉、そして〈ラ・タント・クレール〉の職を得た。

さっそく、テムズ川南岸のバタシーに住む友人のアラン・ベネットに電話をかけた。そのとき、彼は自身のレストラン〈ランプウィックス〉の階上に住んでいた。ドーバー港から海峡横断フェリーに乗るまでの1週間だけ、泊まらせてくれないか？　しかし、私の旅には、意外な目的地が待ち受けていた。その次の出来事は、リーズ行きの長距離バスを逃し、ル・ガヴローシュで職を得ることになった顛末とそっくり瓜二つだった。もしあのとき、アランの家に立ち寄らなければ、私のキャリアと人生を一変させ、私をいわゆるロックスター・シェフへと転身させるレストラン〈ハーヴェイズ〉に行き着くこともなかった。

スティーヴン・イェアもまた、前に進もうとしていた。ル・マノワールを去る直前、スティーヴンと私は、私たちの元指揮官のために、とんでもない餞別を用意した。レイモンはつねづね、新作料理を写真に収めるためのカメラを、デシャップ台に置いていた。料理人たちは、そのカメラで撮った写真を盛りつけの手本にするわけだ。本当にうまいことを考えるものだ。ル・マノワールを去る前、スティーヴンと私は、レイモンに私たちのことを忘れないでいてもらうため、そのカメラでふたりの記念写真を撮ることにした。私がポーズをとる番になると、私は豚足を持ってきて、肉切り台の上に座り、社会の窓を開き、豚足を股から飛び出しているような形で置き、太ももの上にべろんと乗せた。精神年齢でいえば、ふたりはまだまだ子どもだった。

私たちがル・マノワールを去ってしばらくしたころに、レイモンがフィルムを現像に出すだろうと思っていたのだが、タイミングを見誤っていた。レイモンが写真の束を握りしめて、キッチンへと駆けこんできたのだ。

「ふたりで料理長室に来い」

レイモンは私たちを指差しながら、そう叫んだ。あれほど怒りくるった彼を見たことはない。3人でレイモンの狭苦しい料理長室に入った。スティーヴンと私が床に目を落としていると、レイモンが口を開いた。

「なんてことをしてくれるんだ、このバカ野郎。あそこのご婦人はかなりいい女なんだ。フィルムを現像に出したとき、せっかく会話が弾んだのに、今日写真を受け取りに行ったら、大笑いされちまったじゃないか」

そこまで言うと、レイモンは、手に握っていた写真入りの封筒を机の上に放り投げた。封筒が私たちの近くに落ちると、中からスナップ写真がこぼれ出した。その写真を見下ろした。豚足は、人間の巨大な一物と驚くほど似ていた。

「すみません」

私がそう言うと、スティーヴンも申し訳なさそうなふりをした。

「なあ、マルコ」

レイモンがそれまでより少しだけ優しく穏やかな声で言った。

「あんなにデカいブツを持っているんじゃ、ガールフレンドができないのもわかるよ」

私はル・マノワールを去り、二度と戻らなかった。恋愛と少し似ている。恋愛が終わったとたん、二度と相手に会いたいとは思わなくなる。店には戻らなかったが、レイモンとは今でも仲良くしている。不思議なことだが、ほんの少し前、突然レイモンから電話をもらった。

「マノワールに昼食を食べに来ないか」

私はレイモンの誘いに乗った。

１９８６年１月の肌寒い日、バタシーに着いた。アランに言われたとおり、ランプウィックスの脇の鍵屋から合鍵を受け取ってアパートに入ると、ただならぬ雰囲気を感じた。テレビ、ソファー、机だけを残して、家具がみんな運び出されていたのだ。アランは帰宅するなり、紅茶を淹れ、私を座らせて、事情を説明してくれた。アランいわく、少し前に結婚生活が破綻し、妻が子どもと、大半の家具を持って出ていったというのだ。感情的になり、アランは膝から崩れ落ちた。

商売のほうも順調とはいえなかった。ランプウィックスは、チェルシー橋から1キロメートル半あまり先、クイーンズタウン・ロード沿いにあったが、同じ道路沿いには、二つ星レストランが2軒もあった。ひとつはニコ・ラデニスの〈シェ・ニコ〉。もうひとつは、1981年に〈チュートン・グレン〉で私の面接をしたクリスチャン・デルテイユがシェフを務める店〈ラルルカン〉だ。週末、ランプウィックスは、そのふたつの名店のおこぼれにあずかった。満席でふたつの店に入れなかった客たちが、しかたなくランプウィックスにやってくるのだ。ところが、平日の夜は閑古鳥が鳴いていた。

おまけに、アランは酒浸りになっていた。悲しみをまぎらわせたいレストラン・オーナーは、遠くへ出かけなくても次の1杯が飲める。彼が気の毒でしかたなかった。

「困っているんだ。もししばらくうちにいるなら――」

次にどんな言葉が来るかはわかった。私はとっさに口をはさんだ。

「よし、わかった。少し仕事を手伝おう」

まあいい、計画変更だ。私は自分にそう言い聞かせた。無給でランプウィックスの仕事を手伝い、ニコの厨房で少しだけ働く。そして、アランが立ち直ったら、フェリーでフランスのカレーへと渡ればいいさ。たぶん数週間くらいだろう。半年後、私はまだランプウィックスにいた。アランから頑として給料を受け取らなかったので、ル・マノワール時代に貯めた貯金はすっかり底を突いていた。パリを訪れるのは、10年以上先になりそうだ。

ル・マノワールの料理団は総勢17人だったが、ランプウィックスの厨房は、シェフが3人だけだった。ひとりはアシスタント・シェフのシャーン。ひとりは若き料理長のマーティン・ブルーノス。すばらしい才能、勤勉さ、学習意欲を併せ持つマーティンは、アランがロンドンのコヴェント・ガーデンにあるレストランで料理長を務めていたとき、部下として働いていた。アランは、肩書きはシェフだったが、ランプウィックスの厨房ではあまり口を出さず、ほとんどの時間はフロントに回り、常連客と酒を飲んでいた。

厨房では、マーティンが古典的なフランス料理をつくり、私がそれまでの経験と、ル・マノワール特有のタッチを加えた。たとえば、私が前菜にポロネギとフォアグラのテリーヌ、メイン料理に鳩のヴェッシー包み（鳩をブタの膀胱に包んで調理したもの）、デザートにフルーツのテリーヌをつくると、マーティンはその様子を見て、まるでスポンジのように、一つひとつの料理の細かい部分まで吸収していった。マーティンいわく、まるでルー、コフマン、ブランの3人からいっぺんに教えを受けている気分だったという。

また、ル・マノワールでの面接当日に店で初めて食べた料理、鳩肉の塩包み焼きのつくり方もマーティンに教えた。上手につくれば、最高の料理になる。鳩の内臓を取り出し、羽をむしり、タイムをつめ、すべての穴を閉じて、しばらく冷やす。次に、塩、小麦粉、卵白を使った生地をつくり、しばらく休ませ、ローラーで厚さ1センチ強に延ばし、鳩のまわりにぴったりとくっつけながら、慎重に鳩の形をつくっていく。余った生地で小さな頭とくちばしをかたどり、クローブを鳩の目に見立てる。ペイストリー・ブラシで全体に卵白を塗り、海塩を鳩の胸の部分の生地にまぶす。これで、塩が焼けてくると、卵白に色味がつき、最後にはニスを塗ったオーク材のような見た目になる。ル・マノワールでは、客席で切り分けを行なった。塩の生地でできた鳩の頭を取り、つけあわせのようにちょこんと皿の端に置く。次に、体の部分の生地を切ると、ハーブの香りが中からふわっと広がり、食欲をそそる。

「切り分けるスペースもないし、そのためのスタッフもいませんよ」とマーティン。

「いや、絶対にやる。ル・マノワールではそうやっていたから」

結局、そうすることにした。

のちに、マーティンはイングランド西部のバースにある自身の店〈レトニー〉で二つ星シェフとなり、最近では、ウスターシャーにある〈ザ・リゴン・アームズ〉で一つ星を獲得した。それも不思議はないだろう。ランプウィックス時代、彼は食に対して熱い男だったから。でも、それ以上に彼が熱をあげていたのは、アシスタントのシャーンだった。結局、ふたりは結婚し、家庭をつくった。マーティンいわく、私と働いていたころの想い出のひとつが、営業開始前、コック服に着替えていたときの出来事だという。本物のシェフは、パンツを穿かない。高温の厨房で作業をし、汗をかきすぎると、この業界で「シェフのケツ」と呼ばれているつらい症状に見舞われるケースがあるからだ。マーティンの記憶によると、着替えの最中、私が両方の玉を彼に見せびらかしたという。今でも、マルコ・ピエール・ホワイトの名前を聞いて真っ先に思い出すのは、その光景らしい。

そのころ、ル・マノワールで働く前にクラブ〈アップ・オール・ナイト〉で出会った女性、スージーが、私の生活へと舞い戻ってきた。それも、小粋なやり方で。ある日、夜中にふと目を覚ますと、ベッドの端にスージーが座っていた。

「スージー、こんなところで何してる?」

どうやら、郵便受けから手を入れて、ドアの鍵を開けたらしい。

「あなたとヨークシャーに行きたいと思って」

「いつ？」

私は理由よりもそっちが気になった。

「今すぐ」

どうも妙だったが、ついていくことにした。先のわからない冒険みたいだ。スージーはセルビー近くのA1号線沿いのガソリンスタンドに車を入れると、店に入った。そのあいだに、なにげなくダッシュボードの小物入れを開けてみて、びっくり仰天した。コカインや覚醒剤、それから名前もわからないようなドラッグがあふれ出てきたのだ。そこで、戻ってきたスージーにたずねた。

「なんだこれは？」

スージーは激怒し、ドラッグを返せと叫んだ。私は渡さなかった。彼女が車から飛び出したので、追いかけていってむりやり車に連れ戻した。当時、全国の警察で容疑者の一斉捜索が行なわれていた。誰かがスージーを車に押しこむ私を見て、誘拐犯だと思ったのだろう。ガソリンスタンドから1キロメートル近く走ったところで、パトカーが車を取り囲んだ。私はとっさに、ズボンの前の部分をぐいっと押し広げて、スージーのブツをそのなかに落とし、逮捕を免れた。それからすぐ、スージーは私の前から姿を消した。

その後、新しいガールフレンドが見つかった。ローリー＝アン・リチャーズは、私の3、4歳年上で、正真正銘のチェルシー族だった。頭文字をとってLAと呼ばれていた彼女は、スター女優の卵でもあった。前にも触れたとおり、彼女とは、ル・マノワールで働くためにロンドンを出る前に会ったことがあった。数年前、彼女がロベルト・ペレーノとつきあっていたころだ。彼女は女優業を〝お休み〟しているとき（役者の世界ではそう表現するらしい）、バタシーにある〈ジョーズ・ブラッスリー〉で接客の仕事をして生計を立てていたのだが、私がランプウィックスでの仕事を終えてその店に行ったとき、彼女とばったり再会したのだ。

「ロベルト・ペレーノとつきあっていたんじゃないのかい?」

その会話がすべての始まりだった。LAとロベルトは、「ショック」というバンドに続いて、「プレジャー・アンド・ザ・ビースト」というグループを立ちあげた。露出の激しい服を着たLAは、野獣（ビースト）ロベルトにとって快楽（プレジャー）の対象そのものだった。

プレジャー・アンド・ザ・ビーストは「ドクター・セックス」というシングル曲をリリースした。たぶん、聞いたこともないだろう。ヒットチャート入りすることはなかったが、LAとロベルトは、キングス・ロードのヒエラルキーの一員として崇められていた。プレジャー・アンド・ザ・ビーストは、ニューロマンティック系のバンドとして、流行の最先端を行くクラブ〈ブリッツ〉で活動を行なっていた。ブリッツといえば、かのジョージ・オダウドがボーイ・ジョージとして有名になる前、クロークルーム・アテンダントとして働いていた店だ。彼らのステージ・パフォーマンスは下品で、常軌を逸しているとさえいえるものだった。ロベルトが聴衆をあっと言わせるためにLAを振り回し、うっかりLAの腕の骨を折ってからは、定番のアパッシュ・ダンスはやらなくなった。

LAは自信満々の女性だった。女優としては、舞台の仕事がほとんどだったが、1980年の映画『ブレイキング・グラス』にジェーン役として出演した。ヘイゼル・オコナー主演のこの映画は、いわば『スタア誕生』のパンク版といったところで、カルト的な人気を集める傑作作品となった。数年後、LAは確かウェールズ版『テレタビーズ』で声優を務めたと思う。当時は、LAこそが私の求めていたものだった。ル・マノワールにいた1年間、ずっと独り身だった私は、誰かに少しだけかまってほしかった。気の毒なアランの世話で、心身ぼろぼろになっていた。家計は火の車だったし、生活に安定がほしかった。LAは、見た目こそチェルシーの雌ギツネみたいだったが、実際には思いやりがあり、礼儀正しくて、両親に紹介したらまちがいなく気に入ってもらえるような女性だった。彼女のそんな一面と、お互いの肉体的な魅力が、ふたりの関係をつなぎとめた。

　LAは、私の人生に楽しみをもたらしてくれた。ふたりでよくパーティー、バー、クラブに出かけたし、彼女が役を得たときには、私は観客になった。プレイヤーズ・シアターに彼女の演劇を見に行ったこともあるし、彼女がスウィンドンでパントマイムを行なったときには、舞台の目の前の特等席に座った。

　LAはバタシーにある寝室3つのアパートに住んでいた。そこに越してこないかと誘われると、私は大急ぎで荷物をまとめ、家具もまばらなアランの部屋を出た。私とLAのもうひとりの同居人が、ウエスト・エンドのレストランでメートル・ドテルの仕事をしていたモーファドだ。LAとモーファドは姉妹だった。アパートはランプウィックスから徒歩5分のシスターズ・アベニュー沿いにあった。なんと絶妙な名前だろう。

　当時は、テムズ川の南側に住むにはよい時代だった。まだ「ヤッピー」という単語は生まれていなかったが、バリバリの若い都会派プロフェッショナルたちが、クラパム、ワンズワース、バタシーといった急成長中の街に住みはじめていた。彼らは、白い細縞のスーツを着ているただのおしゃれなシティ族ではなかった。ちょっとした金を稼ぎ、日々お祭り騒ぎのような暮らしをしている若い男女たちだった。よく働き、よく遊び、よく飲み、よく食べ、それを会社の経費に計上して、散財したお金を取り戻すのだ。彼らの両親は「スウィンギング・シックスティーズ」と呼ばれる革命的な60年代を生きてきたが、その子どもたちはそれ以上にスウィングしていた。若いプロフェッショナルたちは、その多くがチェルシーで育ち、チェルシーをこよなく愛していたが、チェルシーの家賃相場はあまりにも高すぎたので、比較的コストパフォーマンスのよいテムズ川の南側へと渡った。彼らは愛読書『スローン・レンジャー・ハンドブック』を握りしめ、ピーター・ジョーンズ百貨店や賑々（にぎにぎ）しいキングス・ロードのすぐ近くで暮らせることに満足して、続々とテムズ川南岸へと押し寄せていた。こうして、突然、バタシー周辺のSW11地区は、住みたい街の代表格となり、その人気にともなって不動産価格も急上昇した。確か、私の友人のひとりは、バタシーに寝室ふたつのアパートを2万5000ポンドで買い、1年半後に8万ポンドで売却した。

当時は私の人生のなかでも特に刺激的な時期で、私の料理も注目を集めはじめていた。ある夜、ロンドンの新聞『イブニング・スタンダード』のレストラン評論家、フェイ・マシュラーが、ランプウィックスに夕食をとりにやってきて、私の初めてのレビューを新聞に掲載してくれた。料理に関するレビューはとても丁寧だったが、私自身についてはこう表現されていた。

「怒りっぽいが魅力いっぱいのマルコ。その強烈なオーラで、10ヤード先のクリームブリュレさえもつやつやになる」

そう言われるようなことをした覚えはないのだが……。

そんななか、アランの頭上にじっと居座っていた暗雲が、ようやく動く気配を見せはじめた。ランプウィックスの常連客だったふたりの不動産系の起業家、ナイジェル・プラッツ゠マーティンとリチャード・カーが、アランにビジネスを持ちかけたのだ。ふたりは、ハーヴェイズというワインバーを買収したばかりだった。ハーヴェイズは、シンプルで安心感のある食事を求めてやってくる酔っぱらい客に、おいしいハンバーガーをふるまうだけの冴えない店だったが、立地は抜群だった。ランプウィックスの数キロメートル先、ヴィクトリア時代風の店々が建ち並ぶベルビュー・ロードに面していて、ワンズワース・コモンの緑を一望できた。ナイジェルとリチャードは、ビジネスを3人で等分するつもりだった。アラン自身が料理長を務めるか、マーティン・ブルーノスを雇って厨房を指揮させるという案だ。惨めな生活からなんとか抜け出したかったアランは、オファーを受け入れた。1986年夏、アランはランプウィックスを閉めた。当然、私は仕事を失ったが、自分のことのようにうれしかった。新しい事業は、彼が切実に求めていた再出発の機会を与えてくれるだろう。

一方の私は、ソーホーにあるレオーニのイタリアン・レストラン〈クオ・ヴァディス〉の職を得た。週給350ポンドという破格の待遇だった。数年後には、それをずっと上回る額を稼ぐことになる。

クオ・ヴァディスの料理長は、シニョール・ズッコーニ（ズッコーニ氏）としてしか誰も知らない年配の男だった。彼は40年間、イタリアの大衆食堂風の料理をつくりつづけていて、腕は抜群だった。彼は高いコック帽をかぶった伝統主義者で、最初のころは、奇妙な野獣でも見るような目で私を見てきた。彼が恐怖の目で私のことをじろじろと見ているのに気づいたことは、いちどや二度ではなかった。

「髪の長い大男。ふつうじゃない」

そんな心の声が聞こえてくるようだった。

私はシニョール・ズッコーニに気に入ってもらうため、猛烈に働いた。すると、彼が私の生い立ちを訊いてきた。

「どうしてマルコなんて名前なんだ？」

半分イタリア人の血が入っていることを説明した。すると、彼がにっこりと笑った。それは、ル・ガヴローシュで、私がイタリア系のルーツを明かしたとき、ダニー・クロウの顔に浮かんだのとまったく同じ笑顔だった。もうひとつ、私は別の方法で、シニョール・ズッコーニとアシスタントのペペの称賛を勝ち取った。ふたりとも酒飲みだったので、私は名物料理をつくるのにどうしても必要だとレストラン・マネジャーを説得して、1日2本のワインを仕入れた。厨房にワインが届くと、それをふたりの上司にそのまま手渡した。ふたりはそのワインを、味つけではなく景気づけのために使った。

クオ・ヴァディスのオーナーのジミー・ラフードが、クラーケンウェル・グリーンに〈カフェ・サン・ピエール〉を開店すると、料理長の職を打診された。私はオファーを引き受けたが、その仕事も長くは続かなかった。私の人生は劇的に変わろうとしていた。すべての始まりは、ナイジェル・プラッツ＝マーティンからの1本の電話だった。

「一緒にハーヴェイズをやらないか？」

困惑した。確か、アラン・ベネットが料理長になるはず。ナイジェルによると、その話はなくなったという。彼もリチャードも、アランが適任だとは考えていなかった。それでも、アランを裏切っているようで気が引けた。ナイジェルはアランに内緒で私にこの話を持ちかけているのか？

「アランに不快な思いをさせたくない。まずはアランとの問題を片づけてきてくれ。アランがハーヴェイズにかかわるつもりはないと言ったら、また連絡してくれよ」

1週間近くたって、ナイジェルから連絡が来た。アランはもう完全に無関係だという。ランプウィックスの料理長のマーティン・ブルーノスは、アランに愛想を尽かし、コヴェント・ガーデンに仕事を見つけていた。ナイジェルとリチャード・カーもまた、アランへの信頼を失ったことを強調した。

「ただ、問題は彼の人間性じゃない」とナイジェルはつけ加えた。「出資金を工面できなかったんだ。だから、ビジネスパートナーにはなりえない。それだけのことさ。だから、君が料理長になってくれないか？」

「問題は、俺にも手持ちがないってことだ、ナイジェル。出資金をどこから工面すればいいのか、見当がつかなくて……」

あとになって知ったのだが、ナイジェルとリチャードは、私に株主になってほしいとは考えてもいなかった。私はてっきり、アランの抜けた穴を埋めるよう頼まれたのだとばかり思いこんでいたが、ちがった。アランが抜けた今となっては、ふたりが求めていたのは料理長だけだった。しかし、出資する金がないと私が言ってしまったせいで、知らず知らずのうちにナイジェルとリチャードを窮地に追いこんでいた。私はふたりのオファーの内容を勘違いしていただけなのだが、ふたりの頭にこんな考えがよぎった。

「どうしよう、6週間後に開店だというのに、料理長は決まらないし、ほかのシェフに心当たりもない。マルコを満足させるには、株主になってもらうしかない」

結局、向こうが資金を工面してくれた。リチャードが保証人になり、銀行で6万ポンドのローンを組んだ。私の仕事は、銀行ローンを返済し、家賃代を稼げるだけの繁盛店をつくることだけだ。こうして、私は24歳にして、シェフ・パトロン、つまりオーナー・シェフになった。

店の食堂は、見るもおぞましかった。イングランドのティールームよろしく、室内がピンク、グリーン、クリーム色で埋め尽くされていた。いずれなんとかしなければ。でも、何よりもまずは、スタッフが必要だった。1986年10月、ボックス・ツリーのマイケル・トゥルーラブに電話し、いいシェフを知らないかとたずねると、サイモン・シンプソンという若いシェフをよこしてくれた。私は親しみをこめて彼のことをシンプル・サイモンと呼んだ。また、ラルルカンのクリスチャン・デルテイユのもとでシェフを務めていたマーク・ウィリアムズも雇った。これで、厨房は私を含めて3人だ。メートル・ドテルを探すのは訳もなかった。私たちの同居人のモーファド・リチャーズがオファーを引き受けてくれた。彼女はウエスト・エンドで働くことに満足していて、誰かから仕事のオファーがあっても、引き受けるつもりはなかった。テムズ川の南側には絶対に行きたくないと思っていたからだ。ところが、ある夜、彼女はLAと一緒にランプウィックスにやってきて、私の料理姿を見た。それで、この人にならついていけると思ったらしい。

1987年1月、店がオープンした。親しみやすい店名だとは思ったが、ハーヴェイズ（Harvey's）にくっついているアポストロフィーが気に食わなかった。醜い。なら取っちまえ。こうして、店名はアポストロフィーなしのハーヴェイズ（Harveys）になった。焼いたビーフパテをパンにはさんで提供する日々は、終わりを告げた。

13 洗礼

〈ハーヴェイズ〉の料理がなければ、店の賑わいもなかっただろう。

やすやすと頂上までのぼりつめられるとは思っていなかった。なんといっても、私が引き継いだのは、メイフェアの洗練されたレストランではなく、ワンズワースの本格ハンバーガー・バーだ。インテリアデザインは見るもおぞましかったが、改装する金もなかった。キッチンは狭かったが、これまた改良する金がなかった。

私のビジネスパートナーのナイジェルとリチャードは、裏方に徹し、ナイジェルがワインリスト、リチャードが経理を担当した。当然、ふたりは投資利益を目当てにしていたが、私のモチベーションは、世界最高の料理を提供することにあった。

どうすれば、限られた予算のなかで、高い水準の料理を提供できるのか？　ハーヴェイズを成功させるには、頭を賢く使い、ミシュランの星つきシェフの隣で働いてきた貴重な経験を、目いっぱい活かさなければならない。ハロゲイトからワンズワース・コモンにたどり着くまで、実に9年間。その旅路で学んだ技法を駆使する必要があった。

前々から、ストック（鶏の出汁ではなく食材の在庫のこと）を上手に使い回す〈ボックス・ツリー〉の技法には、ずっと感心していた。ムダの削減になるからだ。ムダを減らせば、利益が増える。そのため、ストックの使い回しは、ハーヴェイズのルールになった。たとえば、こんな感じだ。ある日、鳩肉をローストし、その汁を新鮮なタイムで風味づけしたソースと、シャンパンで煮込んだキャベツを添えた料理をメニューに載せたとする。しかし、注文が入らなければ、料理を見直さなければならない。その鳩肉をゴミ箱に投げ捨てるという選択肢はないからだ。そこで、翌日、鳩肉の森林風（野生のキノコ添え）をメニューに載せる。そして、こんどこそ注文が入るよう祈るのだ。

また、狭苦しい厨房で仕事をするための工夫も必要だった。それまで、巨大な厨房で何度か働いたことがあった。たとえば、〈ル・ガヴローシュ〉では、シェフが肉料理部門に4人、魚料理部門に3人、ペイストリー部門に4人、温前菜部門にふたり、ガルド・マンジェにふたりという具合だった。ハーヴェイズでは、厨房スペースが貴重だったので、〈ラ・タント・クレール〉のピエール・コフマンにならって、中央に巨大なテーブルを置いた。そのテーブルが調理台となり、最初のころ、私たちはまるでオオカミの群れのように働いていた。調理台からストーヴ、ストーヴから調理台へと慌ただしく駆けずり回り、全員が少しずつすべての仕事をこなしていた。

スペースが足りず、つけあわせ部門を別個に設ける余裕がなかったので、野菜を別の小皿に盛るのではなく、メイン料理と同じ皿に盛りつけることで対処した。ホロホロ鳥を骨つきのままローストし、皮を削ぎ落とし、脚を切り離し、大腿骨を取り出し、下ももをきれいに整え、全体を元どおりの形にし、むね肉を切り分け、黄金色のジュを上からかける。このホロホロ鳥と同じ皿に、若いポロネギ、ローストした小玉ネギ、アンズ茸を乗せて提供した。同じように、鳩のヴェッシー包みは、ポロネギのタリアテッレと同じ皿で提供した。そして、ブレス鳩のローストは、小皿に盛った野菜と一緒に提供する代わりに、ジャガイモのレシュティ、若いカブ、ピュイ産レンズ豆、そしてマッシュルーム、ニンニク、タイムのラビオリをつけあわせた。ハーヴェイズの料理は、どれもボリューム満点で食べごたえがあった。

ハーヴェイズの厨房は、フランスのシェフの伝統的な階級制を取り入れるのにも小さすぎた。ル・ガヴローシュでは階級が重要で、厨房の全員が階級制を尊重していた。しかし、ハーヴェイズの料理団は最大でも10人だったので、〈ハイド・パーク・ホテル〉に〈レストラン・マルコ・ピエール・ホワイト〉という店を持つまで、私は本格的な階級制を設けなかった。ハーヴェイズでは、付属の狭苦しい厨房でペイストリー担当のふたりのシェフが働き、残りの8人はぎゅうぎゅうづめのメインキッチンで仕事をした。私たちは部門ごとに分かれたりはせず、みんなで協力しあい、スタッフの少なさを補った。つまり、全員でつけあわせ、温前菜、メイン料理、魚料理を分担したのだ。たとえば、5人のテーブルなら、8人の料理人で5つの料理をつくるわけだから、ふたりの料理人でひとつの料理をつくり、私が総仕上げを行なった。ふつうとは異なるシステムだったが、ハーヴェイズでは一貫性が重要だった。個人的な意見だが、先ほども話したとおり、ル・マノワールでは、膳立てする料理が40人ぶんを超え、プレッシャーが高まると、システムが崩壊した。この点を踏まえて、ハーヴェイズでは一貫しておいしい料理を提供したかった。

そういうわけで、私が料理長で、料理団のほかの面々は〝アシスタント〟という位置づけにした。副料理長はいない。私はアシスタントたちに「シェフ」ではなく「マルコ」と呼ばせた。当時はまだ20代で、シェフと呼ばれるには若僧すぎると思ったからだ。でも、マンチェスター出身のケヴィン・ブルームという男をハーヴェイズの料理人として雇ったとき、彼が私のことを「ボス」と呼んだことがきっかけで、その呼び名が定着した。以降、1999年に白衣を脱ぐまで、マルコかボスが私の呼び名になった。アルベールの階級制こそ取り入れなかったものの、規律を重視する彼の姿勢は取り入れた。

　それから、料理そのものにもこだわった。私は皿の上に乗せるものすべてについて自問した。なぜこうするのか？　なぜこれとあれを一緒に提供するのか？　なぜあれとこれを一緒に提供するのか？　なぜこんなに長く調理するのか？　なぜ、なぜ、なぜ……。あるとき、ポロネギのテリーヌにかけるヴィネグレット・ソースをつくっていて、酢が少し強すぎると思った。よくあるよね。そこで、酢を水で薄めてみた。すると、力強さが残りつつも、酸味がいくらか抑えられ、おいしくなった。名づけてウォーター・ヴィネグレットだ。大きめのボウルに油、水、ニンニクを入れ、塩コショウを加えて、乳化しないようにそっとかき混ぜる。こうすると、油と水の粒が皿の上でキラキラと輝き、美しく見える。

　時には、ホタテ、ラムなど、メインの食材をひとつ選び、それに合いそうな食材をどんどんリストアップしていくこともある。私は椅子に座り、リストを眺めて、想像力を働かせていく。そして、それをビジュアルで表現する。夜、厨房を出ると、ペンと紙を持って座り、翌日のメニューに加えるために、想像したものを絵で表現するのだ。また、発想を求めて、旅行かばんからフランスの料理本や、長年ほかのレストランから収集してきたメニューを引っ張り出してくることもある。そうしたら、本のイラストの上に、私自身の料理のスケッチを上書きする。数年後、ハイド・パーク・ホテルに移ってからも、まだ深夜のスケッチを続けていた。そして、翌朝、それを料理長のロバート・リードに手渡し、「このとおりにつくってくれ」と指示した。完成形からスタートし、時間を巻き戻していくことで生まれた料理も数えきれないほどある。そのプロセスは必ず、皿の上に乗った料理を描くことから始まったのだ。

　どんな料理をつくるのであれ、ハーヴェイズの料理人たちが私のビジョンを確実に形にできるようなシステムが必要だった。ル・マノワールでは、シェフたちが必ずしもレイモンの芸術的なスタイルを再現できないという点が、ときどき問題になった。単に、それだけの才能がなかったからだ。私はシェフたちが私の理想の盛りつけ方を再現できるような、わかりやすい方法を見つけなければならなかった。そこで、シンプルな方法を思いついた。皿を時計に見立てるのだ。皿のいちばん上が12時で、いちばん下が6時。右が3時で、もちろん、左が9時だ。たとえば、鳩肉にフォアグラのプチパンを添えるとしたら、こう叫ぶ。

「フォアグラは12時、ニンニクのコンフィは4時だ」

この方法ならまちがえようがない。時計さえ読めればね。

ドアを開けた瞬間から、タクシーに乗る瞬間まで、すべてが完璧な店。私はご近所向けの店を、そういう美食の殿堂へと変えるため、まるで父の最愛のグレイハウンドのように、ずっと走りつづけていた。全速力でフルマラソンをしていて、ゴールの半分まで走ってきたところを想像してほしい。きっと、ハーヴェイズ時代の私の姿がイメージできると思う。私は仕事に溺れ、疲れ果て、げっそりと痩せこけていた。

自分を殺そうとしていたのかもしれない。でも、当時は、仕事のために健康を犠牲にするなんてのは当たり前だった。ハーヴェイズが開店したのは、マーガレット・サッチャーの強欲文化という時代背景のなかだった。30歳までに〝燃え尽きて〟しまうシティのモーレツ社員。慢性的な仕事中毒がもたらす健康被害について考えようともしない若い男女。誰もが、そんな働き方が及ぼす影響について、深く考えていなかった。その年、強欲や放埒、成功欲について描いた映画『ウォール街』が大ヒットした。この映画には、強欲は身を滅ぼすというメッセージがこめられていたが、私と同世代の人々のほとんどは、そんな暗黙のメッセージをまったく酌み取らなかった。代わりに、誰もが作中のマイケル・ダグラスの台詞をもじって、口々に「朝食なんてものは負け犬が食べるものさ」と繰り返していた。それは、まるで頂点を目指す人々が唱える呪文

のようだった。(ちなみに、私自身のお決まりの朝食はといえば、咳、コーヒー、タバコの3品セットだった)

　私にとって、ハーヴェイズはアドレナリン天国だった。苦しみの楽園といってもいいかもしれない。お客は腹を満たすためにハーヴェイズにやってきたが、私は仕事中毒、アドレナリン中毒、苦痛中毒を満たすために、そこへ通っていた。実際、ハーヴェイズではいつも何かが起きていた。

　いや、いつも何かが起きていたと言えばウソになる。開店してからの数カ月間は、何も起こらなかった。店の状況は芳しくなく、近年まれに見る冬の厳しさが、そんな悪況に追い討ちをかけた。店のキャパシティは44人だったが、ほとんどの晩、店内はガラガラだった。ある夜など、お客がゼロだったので、マーク、シンプル・サイモンと一緒に厨房を出て、モーファドとふたりの接客係の隣に立ち、窓から外の状況を眺めた。ブリザードがワンズワース・コモンに吹き荒れていた。

　突然、その吹雪の奥から、スカーフを深々と巻きつけ、全身雪まみれになったふたりの男女が姿を現わした。まるでエベレストの頂上でも歩くように、上はアノラック、足下は長靴という格好で、悠然と雪道を踏みしめ、ベルビュー・ロードへと近づいてきた。あとで聞いたのだが、その男はワンズワース刑務所の看守長で、風雪の吹き荒れるなか、妻を〝ごちそう〟に連れ出したのだった。ふたりが食事を終えると、私はコーヒーを飲みながらふたりと会話した。

　まるでハンニバルの遠征を思わせるようなハーヴェイズまでの旅には圧倒されるばかりだった。私はふたりがわざわざ来てくれたことに感動し、気がつくとこう言っていた。

「お代は気になさらず」

　ふたりは吹雪に身を投じる前のイギリス人らしい陽気な態度で、再び厳重な服装に身を包んだ。そして、上唇をギュッと噛みしめ、店を出ると、ブリザードの彼方へと消えていった。

最悪の夜だった。お客は2名。売り上げはゼロ。おまけに、看守夫妻は二度と来店しなかったと思う。それから数カ月間、ハーヴェイズの生活は平穏そのもので、人気が目に見えてあがることもなかった。しかし、売り上げ不足を心配する代わりに、メニューに磨きをかけることに専念した。そして、来店した数少ない客たちは、店の料理に舌鼓を打った。

すると、初春のある日、キッチンの電話が鳴った。〈ル・マノワール・オ・キャトル・セゾン〉時代の想い出がふと頭をよぎった。2年前、レイモンの店のキッチンの電話が鳴ると、私はいつもどおり受話器を取り、留守番電話の自動音声のまねをした。

「ピーという音が鳴りましたら、ご用件をお話しください」

そう言ったあと、「ピーッ!」という金切り声をあげるのだ。その〝音〟が終わると、有名なグルメ評論家で、ベストセラーになったレストラン・ガイドの著者、エゴン・ロネイの柔和な声が聞こえてきた。

「このメッセージを聞いたら、レイモンから折り返し電話をいただけるとうれしい」

ハーヴェイズのキッチンにかかってきた電話に出ると、そのときと同じ柔和な声が聞こえてきた。まったく知らないあいだに、エゴン・ロネイはハーヴェイズにやってきて、私の料理を食べ、『サンデー・タイムズ』紙のコラムにレビューを書こうとしていた。まさか、俺の声を覚えていないよな? それは余計な心配だった。エゴンはハーヴェイズで食事をし、たいへん満足したと説明してくれた。『サンデー・タイムズ』に記事を書く予定なのだが、その前に私のことについてもう少し知っておきたいのだという。

「訛りがないから、イタリア人ではなさそうだ。どうしてマルコなんて名前に?」

「マルコというのは名前の一部なんです。フルネームはマルコ・ピエール・ホワイト。ホワイトはイングランド人の父親から。マルコはイタリア人の母親から。ピエールという名前は、母方のおばのルチャーナが考えてくれたんですが、理由はわかりません」

　エゴンのレビューが掲載されると、彼のコメントに興奮した。でも、私がマルコ・ピエール・ホワイトとフルネームで紹介されているのを見て、少し不安になった。ずっと秘密にしてきたミドルネームがバラされただけでなく、大判紙の紙面にでかでかと公開されたわけだからね。もちろん、ピエールというミドルネームは定着した。

　レビューが載る前の最後の土曜の夜、お客はいつもどおりまばらだった。翌朝、『サンデー・タイムズ』にエゴンの批評が載ると、一瞬にしてすべてが変わった。ドカーン！　ひっきりなしに予約が入った。エゴンはやや歳を取りはじめ、小柄でよぼよぼとしていたとはいえ、すべてを黄金に変えるミダス王のような魔力を持っていた。何十年も前から、彼のガイド本はイギリスの食通たちにオススメのレストランを教えてきた。その彼が、１９８７年春、『サンデー・タイムズ』のコラムで、ハーヴェイズを熱狂的に勧めてくれたわけだ。その影響は計り知れなかった。

　エゴンの記事が出るまで、私はマルコ・ホワイトだったが、その日曜日以降、マルコ・ピエール・ホワイトに生まれ変わった。略してＭＰＷ。ものすごく高級な響きだ。そして、ものすごくややこしい。私がイタリア人だと勘違いする人もいれば、私がフランス人だと言う人もいた。また、偽名だと思う人もいた。イタリア人・フランス人・イギリス人の３つを組みあわせた名前を持つ人なんて、どこにいる？　エゴンは、私という人間を磨いてくれた気がする。

　一夜にして成功するというのは、なんとも不思議な体験だ。かつて静寂のあった場所が、雑音で埋め尽くされる。それまで、私たちは電話が鳴るたびにビクンとしていた。でも、エゴンの記事が載り、厨房が慌ただしくなってから、電話の音はハーヴェイズの絶え間ないＢＧＭのひとつにすぎなくなった。電話の音、切る音、蒸気の立つ音、揚げる音、また電話の音、そして私の叫び声（叫ばざるをえなくなった）。厨房は音という音で満たされた。

当然、PRも功を奏しはじめた。旧友のアラン・クロンプトン＝バットが、方々を回っては、記者たちの喉に酒を流しこみ、ハーヴェイズのレビューを書くよう勧めてくれた。一方で、ハーヴェイズの料理を味わうため、客たちが怒濤のごとく店に押し寄せた。ホタテと赤座海老のブランケット、キュウリとショウガ添え。胸腺肉のフイヤンティーヌ。温かいフォアグラのレンズ豆添え、シェリーヴィネガー・ソース。仔羊のノワゼットの網脂包み焼き、野菜のフェットチーネ添え、エストラゴン風味のジュ。それから、ホット・マンゴータルト。パッションフルーツのスフレ。レモンタルト。客たちは、ほかにはないものを味わうためにやってきた。

客たちは食事だけでなく、マルコ・ピエール・ホワイトのショーも目当てにしてやってきた。それは緊張感、ドラマ、意外性を併せ持つライブショーであり、小さなレストランのなかで繰り広げられる大サーカスだった。客たちが一流の料理を味わっているとき、厨房では哀れな料理人がこっぴどい仕打ちを受けていた。表は天国、裏は地獄。すると、こんどはその猛獣（私）が客席のほうへと入ってくる。まるで今の今までは りつけにでもされていたような風貌と、今にもお客を蹴り出しそうな雰囲気をたたえて。お客は店にやってきて、おいしい食事をとり、隣席の客がシェフに叩き出されるのを目撃する。私はオスカー・ワイルドの戯曲の台詞を引用し、メニューのいちばん上に掲載した。

「当節、一流の社交界に入れてもらうには、人にごちそうするか、楽しませるか、驚かせるか、そのどれかしかない」

確かに、この店の客たちはごちそうを食べ、おおいに楽しみ、驚いていた。

メディアもメディアで楽しんでいた。実際、料理界の既得権益層を除けば、誰もが変化を待ち望んでいた。私は当時のイングランドの南北格差を乗り越えた若きシェフとして、サッチャーばりの強欲さを体現する料理界のシンボルになろうとしていた。そこのけそこのけ、エゴン・ロネイの心をわしづかみにした長髪のひょろ長シェフのお通りだい。こうして噂は広まり、私は名声の恩恵というものを知った。

人は有名になると、とたんにセクシーになるらしい。私が女性客に気を惹くような発言をしただけで、話はとんとん拍子に進み、料理長室での情事にまで発展するようになった。女性トイレがいちゃいちゃするのに使われることもあったし、天気さえよければ、キッチンの外の中庭で、行為に発展することさえあった。

名前は覚えていないが、その女性と出会ったのは、レストランからトイレへとつながる階段の途中だった。40代前半くらいの妖艶なブルネット女性で、胸元の開いた黒のドレスを着ていた。階段ですれちがうとき、女性が私にほほえみかけた。私はそれを誘惑と解釈し、こうたずねた。

「料理長室をご覧になりますか?」

「どこにあるの?」

「この上です」

最上階の「関係者以外立入禁止」と書かれたドアを指差した。そのドアの先には、営業終了後、ワンズワースの住人たちが寝静まるなか、私が座ってメニューをまとめたり、料理の絵を描いたりする部屋があった。

私たちは一緒に階段をのぼり、料理長室に入ると、手探りでファスナーやボタンをはずした。新聞は私のことを「料理界のミック・ジャガー」と評した。その評判に従って生きるのは、そう難しくなかった。

料理長室の3階下、賑やかなレストランでは、おおぜいの客たちがミシュランの星を獲得した料理を食べながら、外食のお目当てのひとつである団欒を楽しんでいた。そんなテーブルのなかに、男性がひとりでぽつんと座っている2名用の席があった。少し前、連れの女性がトイレに行くために席を立ったのだ。最初の数分間、男性は周囲を観察して時間をつぶしていた。たぶん、隣席の有名人でも眺めていたのだろう。ジェイソン・ドノヴァンにキスしているのは、カイリー・ミノーグだろうか？

しばらくすると、当然のことだが、連れがなかなか戻ってこないので不安になった。大丈夫だろうか？なぜこんなに時間がかかるんだ……。そのうえ、男性はそわそわしはじめた。こんどは彼のほうがじろじろ見られる番だった。あの人の連れは帰っちゃったのかしら？　いよいよ、消えた女性を探しに行かずにはいられなくなった。男性はテーブルにナプキンを置き、席を立つと、レストランからトイレに通じる階段へと歩きだした。

ジリリン、ジリリン。私の机の上の電話が鳴った。いっこうに鳴りやむ気配がない。まったく癪にさわる内線電話の呼び出し音だ。私は情事の邪魔をされた男のようなキレ気味の声で（実際そのとおりだったから）、電話に出た。電話の主、ジャン＝クリストフ・スローイク（通称JC）が、不吉なニュースを打ち明けた。

「ご主人がそっちに向かっています」

「旦那がいるって？」と私はさっきまで口づけしていた女性にたずねた。

「ええ、階下で待ってるわ」

「いや、こっちに来る」

ミッション中止、ミッション中止。そのブルネット女性と私は、大慌てでギアを逆に入れた。服を着て、ファスナーをあげる。「関係者以外立入禁止」のドアから逃げるのは、旦那に見つかるので難しいだろう。

あまりにも危険で、リスクが高すぎる。選択肢はなかった。私は料理長室から屋根へと通じるハッチを開け、急いで女性をその穴に押しこんだ。屋根にあがると、女性は誰にも見つからないようその場にうずくまった。歩道からは3階ぶんの高さだ。眼下には公園の絶景が広がる。エプロンを直し、マルボロに火をつけようとしていると、階段をのぼりきる足音が聞こえた。私はドアを開け、女性の旦那らしき人物に話しかけた。

「どうかなさいました？」

「申し訳ない」と男は立入禁止の場所に入ったことを詫びた。「妻を探しているんです。見かけませんでしたか？」

見かけたかって？

「どんな女性です？」と私はたずねた。

茶色い髪に、黒のドレス。男がそう説明すると、私は口をとがらせ、首を振った。そして、いかにも困惑しているといわんばかりに顔を掻いた。

「いや、わかりませんね」

彼がきびすを返し、階段を駆け下りていくと、私はハッチを開け、寒さに震える女性を暖かい部屋へと連れ戻した。女性は怪訝そうな旦那の座るテーブルに大急ぎで戻ると、なんとかデザートの時間に間に合った。その日のデザートは確か、チョコレートスフレのチョコレート・ソース、いや、クラックリング・ピラミッドだったかもしれない。

テムズ川の南に住む有名人の追っかけやヤッピーたちを除けば、ハーヴェイズの客はチェルシー、ウェストミンスター、メイフェアから橋を渡って食事にやってきた。有名人も多かった。といっても、年配の有名人だけではなく、若くてセクシーな美女たちもいた。いつもパパラッチに尾け回されていて、「昨晩、ハーヴェイズから出てくる×××を激写！」とかいうタイトルで新聞に載るような人たちだ。彼らはみな、情熱的で気性が荒く、仕事中毒で栄養不足なシェフの料理を食べにやってきた。毎日のようにゴシップ欄で特集が組まれていたテキサス出身の美人モデル、デニス・ルイスは、ボーイフレンドのティム・ジェフリーズを連れてきたし、アンドリュー王子の元恋人のクー・スタークは店の常連になった。

私はどうやら変わり者たちの共感を集めたようだ。ある日、ハーヴェイズにいると、オリヴァー・リードから電話がかかってきた。そう、『恋する女たち』、『四銃士』、そして２０００年の『グラディエーター』など、錚々たる映画に出演してきたイギリス人映画スターのオリヴァー・リードだ。アメリカではさほど有名ではないが、イギリスではどんな役柄でもこなす役者として尊敬されている。彼はろれつの回らない泥酔状態でテレビのインタビューに出てしまうような、破天荒な問題児としても有名だ。そんなオリヴァーが電話口で自己紹介をし、夕食の予約を入れた。妻のジョセフィンと一緒に現われたオリヴァーは、予想にたがわぬ、いやそれ以上の人物だった。彼は床に座りこむと、テーブルに着く前に食前酒を飲んだ。その夜以来、彼は常連客になった。彼はどうしてもハーヴェイズに来るよりなかったとよく言った。ほかの店はすべて出入禁止になっていたからだ。

私はオリヴァーが大好きだった。自分と似たものを感じたのだ。何事も自分流でないと気がすまない。リード夫妻がやってくるとわかると、1分か2分だけでも厨房を抜け出し、入り口で夫妻を出迎えた。ある晩、オリヴァーが来店して室内を見渡し、大げさにこう言った。

「この店の内装は称賛に値する。最高だよ」（オリヴァーはいつも、『シャーロック・ホームズ』の登場人物みたいなしゃべり方をするのだ）

「でも、オリヴァー、もう100回くらい見ているはずでは？」

「ああ、そうだとも。だが、素面で見たのは今回が初めてなのでね」

オリヴァーの夜の過ごし方には、パターンがあった。まず、床に座って食前酒を飲み、前菜を終えると席を立ち、厨房に駆けこんできて、無言でネクタイを取り、私に向かって放り投げ、またレストランに戻る。一晩に10回以上は、てんやわんや状態の厨房に戻ってきて、おしゃべりをしたり、おかしな行動を取ったりする。彼がキッチンにいる時間は、席に座っている時間とそう変わらなかったにちがいない。レストランでワインウェイターを呼び出し、ウェイターに注文を訊かれると、彼はよくこう答えた。

「さっきと同じのをもう3本持ってきてくれ」

メイン料理が運ばれてきたとき、席にじっと座っていることはまずなかった。代わりに、階段の踊り場でほかの客と腕相撲しているのが常だった。

オリヴァーはスタッフに好かれていたし（彼はチップをはずんだ）、客たちにも愛されていた。彼が隣席の人々と話しはじめると、すぐに次々とテーブルがくっつけられ、オリヴァーのテーブルは元の4倍の大きさになった。彼はレストランじゅうの人々に挨拶し、手にキスをしないかぎり、満足しなかった。オリヴァーが来店すると、店内はお祭り騒ぎになった。彼が店に足を踏み入れたとたん、ギアの回転数があがる。オリヴァーのほかに、同じような影響力を持っていたのは、フランキー・デットーリくらいのものだった。ある夜、私はオリヴァーの横を大急ぎで通り過ぎた。階段を途中まであがったとき、後ろからオリヴァーが追ってきているのに気づいた。私は立ち止まり、振り返った。

「どうして走っているんですか？」

「やあやあ、ケンカはどこだい？」

芸能人、政治家、スーパーモデル、ポップスター、ゴシップ記者……。その華やかな客たちのなかに、ミシュランの調査員がひとりまぎれこんでいたにちがいない。ミシュランガイドは毎年1月に刊行される。1987年12月、私は電話の受話器を取り、イギリス版ミシュランガイドの主任調査員のデレク・ブラウンに連絡した。面識はなかったけれど、エゴン・ロネイと同じく、彼は私のキャリアに絶大な影響を及ぼす力を持っていた。

自己紹介をし、簡単な会話を交わした。

「ミスター・ブラウン、ハーヴェイズもようやく1年目の終わりを迎えます。ミシュランの星は獲得できるでしょうかね」

「あいにく、ミシュランガイドの刊行前に、その手の情報を明かすわけにはいかないんだ」

やっぱりね、と思った。かまをかけただけだった。ちょっとした運試しだ。一つ星を獲得できたかどうかがわかるまで、あと1カ月待つとしよう。あきらめて電話を切ろうとしたとき、ブラウン氏がつけ加えた。

「だが、きっとがっかりはしないと思うよ」

それは人生でいちばん幸せな時期だった……と言いたいところだけれど、この本をこれまで読んできたみなさんなら、もう私の性格をよくご存じだろう。まったくうれしくはなかった。お祝いもパーティーもしなかったし、偉業を達成したつもりもなかった。目標はずっと先にあったからね。私は喜ぶことに慣れていなかったし、自分自身にご褒美を与える方法もわからなかった。私には、パーティーに出席する時間も、ましてやパーティーを主催する時間もなかった。

もしパーティーを開いたとしても、きっと私が1988年元日に出席したパーティーのような大荒れの展開になっていただろう。その日、おおぜいの人々が新年を祝うため、出版業のアンソニー・ブロンドの自宅に集まっていた。そこには、『タイムズ』紙のレストラン評論家のジョナサン・ミーズの姿があった。ジョナサンといえば、私がかつてただひとり恐れていた人物だった。やつは軽く店をつぶすくらいの力を持っている。でも、もはや彼を恐れる必要はなかった。１９８７年のイースターの時期、彼はホッグという偽名でハーヴェイズのテーブルを予約し、後日また電話をかけてきた。

「ホッグという者です。先日の夜、お宅で仔牛の脳のゼリーをいただいたんだが、衝撃的だったよ。どうやってつくったんだ？」

彼の記事を見て初めて、ホッグとジョナサン・ミーズが同一人物だと知った。そして、『タイムズ』の年末の総括で、ハーヴェイズに年間最優秀新規レストラン賞が与えられた。

アンソニー宅でパーティーが開かれたのは、私がジョナサンからこの賞を与えられた数日後のことだった。ジョナサンのほかに、『タトラー』誌に勤務する彼の恋人のフランシス・ベントリーと、もう3人のシェフがいた。私の元ボスのニコ・ラデニス。レストラン〈ケンジントン・プレイス〉のロウリー・リー。そして、テレンス・コンラン所有のレストラン〈ビバンダム〉を開店したばかりのサイモン・ホプキンソン。近年、サイモンの料理本『ローストチキンのつくり方 *Roast Chicken and Other Stories*』は、史上最高のレシピ本に選ばれている。その日の夜は、ふたつの理由で記憶に残った。

ひとつは料理。というよりも、家のなかに4人のシェフがいたことを考えあわせるなら、むしろその料理のシンプルさだ。午後10時、誰もが腹ぺこだった。でも、店はどこも閉まっていて、アンソニーは招待客の食事のことまでは考えていなかった。

「あいにく、すぐに食べられるものがなくってね」とアンソニー。

そこで、私は料理すると申し出た。みんなと話をしているより、料理しているほうが気楽だったからだ。

台所に入り、食材を探した。玉ネギが数個に、パスタが少々、トマトピュレの缶詰がひとつ。ベーコンの薄切りが数枚に、ニンニクひとかけ。そこで、母親に教わったとおりのスパゲッティ・ソースをつくった。色がつかない程度に玉ネギとニンニクを炒め、さいの目切りにしたベーコンを加えてさらに炒める。そこにトマトピュレをたっぷりと入れ、オリーブオイルを加えて煮詰める。そのソースのなかへ、茹でたパスタをそのまま投入。ごくごくシンプルな料理だったが、ジョナサンは今まで食べたなかで最高のパスタ料理のひとつだと絶賛してくれた。私はあまりにも照れくさくて、こう言いそびれた。

「いや、俺のアイデアじゃない。小さいころ、母親がつくってくれたとおりにつくっただけなんだ」

もうひとつ、記憶に残ったのは、ニコとサイモンの口ゲンカだ。ふたりは、料理についてたわいない議論を始めた。私の記憶が確かなら、ケンカのきっかけは、ニコがサイモンの店ビバンダムで提供されているブリオシュを「お粗末」と非難したことだった。ニコは、ロンドン南部のダリッジに自身初のレストランを開店したとき、魚のスープを別の店から購入していたらしい。そのほうが自分でつくるよりもおいしかったからだ。

「君より上手にブリオシュをつくれるやつを見つけ、それを買って店で出したほうがいい」

シェフには最高の料理だけを客に提供する義務があるとニコは言いたかったのだろうが、サイモンは自分のブリオシュに誇りを持っていた。

「君とちがって、私は独学のシェフだ」

ニコは怒りつつも、饒舌にそうつけ加えた。自分は独学だという物言いは、一流シェフの世界では相手に対するそうとうな侮辱だ。一般社会でいえば、クソ野郎と相手を罵るのに近い。すると、サイモンは悔し涙を流しはじめた。その原因が「独学のシェフ」という言葉だったのか、ニコの猛烈な批判だったのかはわからない。ジョナサンの年間最優秀レストラン賞を獲得した〈シェ・ニコ〉の一流シェフに、サイモンが叩きのめされている様子を見るのは、忍びなかった。私はあいだに割って入り、そのへんでやめておこうとニコに言った。ちなみにその後、ニコはミシュランの三つ星を獲得した。論より証拠というやつだ。一方、サイモンは星を獲得することなく、90年代半ばに厨房を去った。彼にとっては、あまりにもプレッシャーが大きすぎた。ある日の営業中、彼は「ちょっとした精神崩壊」を起こしてしまい、療養のため、プロの厨房を離れた。

前に、ハーヴェイズのインテリアデザインが気に食わなかったと書いた。そのあと、オリヴァー・リードに店の内装を絶賛されたと書いた。そのあいだに何があったのか？　レストランを改装したのだ。しかし、まだ内装が気に食わなかった時代に、ちょっとした事件があった。

ある日の営業中、モーファドがキッチンに入ってきて、食堂にいるひとりの客について告げた。その男は、私がハーヴェイズを継ぐ前、店がまだハンバーガー・バーだった時代に、店の内装を手がけたらしい。その貢献の見返りとして、そいつと5人の連れたちに、無料で食事と酒をふるまえと要求してきたのだ。

そいつが手がけたという店の内装は、見るもおぞましかった。陳腐で、面白味がなく、想像力はゼロ。いつもイライラした。朝、昼、晩と、ハーヴェイズの内装を見るたび、早く改装資金が貯まるよう心のなかで祈る毎日だった。そういうわけだから、そいつが店にやってきただけでなく、食事と酒をおごるようぬけぬけと要求していると知ったときの私の反応は、きっと理解してもらえるだろう。

「ダメだ、モーファド。絶対にありえない。お前のために料理するつもりなんてないと伝えてきてくれ。お前の内装は気に食わない、とね」

最初、彼は渋った。ムリもない。でも、私は譲らなかった。彼女は食堂へ戻り、彼と静かに話した。

「なんだって？」

彼女が私の言葉を伝えると、そいつが叫んだ。たぶん、そいつは友人たちの前で大恥をかかされたのだろう。激昂し、厨房に駆けこんできた。ストーヴの前にいた私のところまで、そいつの怒鳴り声が聞こえてきた。私は手を止め、レストランに通じる廊下に向かった。そして、廊下の両端で、そいつと相対した。

そいつはミスを犯した。そのあとの乱闘は、ある意味、鬱憤の発散だった。それまで数カ月間、その陳腐な内装を見るたび、こんなものをデザインしたやつを一目でいいから見てみたいと思っていた。その張本人が今、私の拳を目がけて走ってきている。一つひとつのパンチが（数発は殴ったと思う）、悪趣味への攻撃だったといい。そいつは歯を1、2本失い、鼓膜の破れた耳を押さえながら、よろよろとハーヴェイズを出ていった。結局、厨房の料理人たちに引き離されるはめになった。ウソだと思うなら、モーファドに訊いてみるといい。そいつは歯を1、2本失い、鼓膜の破れた耳を押さえながら、よろよろとハーヴェイズを出ていった。おまけに、裸同然で。乱闘中、私はそいつの上着の袖をまるまる引きはがした。その袖は、まるで戦果のごとく廊下の床にしばらく横たわっていた。そいつは友人たちに連れられて店を出て、ベルビュー・ロードへと踏み出すと、剝き出しの腕を見て泣き叫んだ。

「なんてこった、私のグッチが……」

こんな狂気のなかに足を踏み入れたのが、怖いもの知らずのボブ・カルロス・クラークだった。ボブと出会ったのは1986年だ。私の恋人のローリー゠アン・リチャーズが彼と知りあいで、ある日、彼を紹介してくれたのだ。数年後、料理本『ホワイト・ヒート *White Heat*』の執筆依頼が舞いこんできたとき、ボブに写真撮影を依頼した。そのころ、ボブはファッション写真家として名をなしていた。彼からお茶に誘われると、私はリネンのテーブルクロスを山ほど持っていった。洗濯物でも置いていくつもりなのかと思ったようだが、私はテーブルクロスに絵を描きたいのだと説明した。そのうちの何枚かに、本に登場する料理の絵や、調理の様子のスケッチを描いた。鍋からもくもくとあがる湯気。私は厨房の熱を表現したかった。

ボブは1年間近く、ときどきレストランにやってきては、店内の食事客や私、料理人たちの写真を撮りつづけたが、邪魔だと感じたことは一瞬たりともなかった。むしろ、デシャップ台の内側で起きていることを一般の人々に見せるのは、世界じゅうのシェフたちのためになると思った。ボブはすばらしい観察者だった。『ホワイト・ヒート』は多くの若者がシェフになるきっかけをつくり、一時期はイギリスでもっとも影響力のある料理本とみなされていた。この本が画期的だったのは、料理の写真だけでなく、ハーヴェイズの厨房のルポルタージュ風のムーディーな白黒写真が多数掲載されていたという点だ。１９９０年に刊行されると、この本は熱狂的な支持を集めた。そして、リーズ出身の若い長髪シェフが、南北格差を乗り越え、ロンドンで名声を築けるなら、誰にだって同じことができる、という前向きなメッセージを読者に届けた。読者はボブの写真を通じて、星つきの料理をつくるやつれ果てた料理人たちの姿を垣間見た。と同時に、情熱と消耗が表裏一体であることを知った。

料理人たちが料理をつくったり、タバコを吸ったり、ケンカをしたりしている写真と並んで、私の当時の人生観を示す台詞が書き連ねてある。今になって、パラパラとページをめくっていると、巨大な文字で書かれた私の次の台詞が目にとまった。

「俺は家の台所には立たない。狭すぎる。自由もなければ熱狂もない。家では、30分間で40人ぶんの食事をつくったりはしない。だから、ちっとも興奮しないんだ」

この文章は、私が家の台所、それどころか家自体に寄りつかない理由を、奇妙な形ながらもうまく表現していたのかもしれない。

コラム3

味つけと聞くと、多くの人は塩コショウを思い浮かべる。私にとって、味つけとは塩を加えることだ。塩は食材の風味を増す。一方、コショウは風味を変える。まるでおまじないのようにコショウを振るシェフをよく見るけれど、彼らはそもそもコショウを使う理由を考えていない。ただ、「おっと、塩コショウで味つけしないと」と思うのだ。

私はめったにソースをコショウで味つけしない。料理の最後に、バターを使ってソースを乳化させるよう教わった（これをモンテ・オ・ブールという）。ソースにコクを出すためだ。だが、今ではやっていない。個人的な意見だが、バター自体が強い風味を持つからだ。鳩や仔牛のジュにバターを加えると、新たな風味が加わり、その肉汁が持つ本来の風味が損なわれてしまう。だから、どうしてもという場合には少量のクリームを使ってソースを安定させる。クリームは中性で、特に風味がないからだ。

ここで簡単な料理のレッスンを。

調理したトマトと生のトマト、トマトの味が濃厚なのはどっち？　確かめるため、トマトを切り、半分をグリルしてみよう。まず、生のトマトを味わってみてほしい。おいしいだろう？　次は、グリルしたトマトを味わってみてほしい。

では、トマトの味が濃厚なのはどちらだろうか？　正解は、調理したトマトだ。調理することで、水分が飛ぶ。水分が飛ぶと、酸味が消え、トマト本来の甘味が引き出される。玉ネギを調理すると、風味が引き出されるのも、同じ理由だ。つまり、酸味と水分が飛ぶからだ。好き嫌いの問題ではない。レーズンとブドウ、より風味が豊かなのはどちらだろう？　もちろん、レーズンだ。風味や糖分がぎゅっと凝縮されているから。プルーンとプラムでは？　そう、プルーンだ。ご納得いただけただろうか……。

14

かわいいお人形さん

ひとり目の妻と出会ったのは、〈ハーヴェイズ〉開店からおよそ半年後の1987年夏、ある魚屋でのことだった。キングス・ロードのかつての女王、ローリー＝アン・リチャーズとの関係は、うまくいかなかった。どうやって終わったのかは、よく覚えていない。自然消滅というやつだ。ただ、私はすでにバタシーにある彼女の住まいを出て、ワンズワース・コモンに程近いアパートへと荷物を移していた。新たな住所の持つ意味はただひとつ。たとえハーヴェイズで寝泊まりしていないときでも、私の大切な店と厨房の目と鼻の先で寝ていたということだ。

私はある男と一緒に住んでいた。仮にデレクと呼んでおこう。そいつはキングス・ロードに入り浸っていて、ヘロイン中毒だった。私はクスリを断つという条件でそいつと同居したのだが、彼はやめなかった。私が体じゅうにやけどや切り傷をつくり、くたくたになってハーヴェイズからアパートに歩いて戻ると、必ずといっていいほど、デレクと友人たちがクスリ漬けになり、ぐったりと座りこんでいた。まるでアヘン窟だ。

朝、震える手で部屋のドアがノックされる。私はその音でビクンと目を覚ます。

「なんだ？」

私がそう返事すると、デレクのヤク仲間がおぼつかない足取りで部屋に入ってきて、鏡を貸してほしいとせがむ。といっても、身だしなみを整えるためではなく、お察しのとおり、コカインを乗せて鼻から吸うためだ。ある夜、家に帰ると、女の子がクスリ漬けになり、ソファーにぐったりと横たわっていた。すると、マリファナタバコを巻いてくれないかと頼まれた。私は丁重に断った。

「すまない。できない」

やり方がわからない、という意味だった。その子は目をぐるりと回した。

「はあ？　そんなにラリっちゃってるわけ？」

デレクは、私がどれだけクスリはやらないと言っても、意に介さなかった。彼から見れば、私も立派な中毒者だった。あるとき、デレクがいかにも麻薬中毒者らしい自信満々な口ぶりで言った。

「マルコ、お前だって所詮は中毒者さ。熱に対するね」

たぶん、ストーヴ、料理、厨房、仕事のことをそう表現したのだろう。

そんなある日の朝、魚屋のジョニーのところへ行くと、彼が事務の女性を紹介してくれた。名前はアレックス・マッカーサー。ブロンドの髪に青い目。かわいいお人形さんのような女性だった。あとで知ったのだが、彼女は外科医の娘で、私のような労働者階級ではなくて中流階級の出身だった。でも、話をしているうち、彼女とひとつの共通点を見つけた。オックスフォードつながりだ。彼女は私の友人のピアーズ・アダムと同じ時期、オックスフォードで学生をしていて、短いあいだながらも互いを知る仲だった。そして、私もオックスフォードの〈ル・マノワール〉で働いていた。私は別れの挨拶を言い、オマール海老とスズキを持って店を出た。でも、ハーヴェイズに戻ってきてからも、アレックスのことが頭に引っかかって離れなかった。ハーヴェイズで数々の修羅場をくぐり抜けてきたとはいえ、私はまだ自分に自信が持てなかったし、女性が苦手だった。それでも、勇気を振り絞って、アレックスに電話をかけ、夕食に誘ってみた。

「いつ?」

「今夜は?」

「何時?」

「11時。まずは今日の営業を終わらせないとね」

その夜、アレックスは小型車のフィアット・パンダに乗ってやってきた。私は身長190センチメートルの体軀を助手席に押しこんだ。そこから、ロンドンのウエスト・エンドにある中華街に向かい、深夜の麵料理を食べたあと、ケンジントンにある彼女のアパートに戻ってきた。その夜、私は帰らなかった。ふたりの関係は、たったの20時間足らずで揺るぎないものになったのだ。朝、アレックスと出会い、眠りに落ちるころには、彼女と同棲していた。

アレックスは私の仕事中毒を大目に見てくれた。彼女は私の仕事中毒に喜んでつきあってくれたのだと思う。少なくとも、当時はそう思っていた。実際、夜にハーヴェイズの仕事が終わると、彼女が車で迎えに来てくれた。ふたりとも若く、夢中になっていた。私が25歳で、アレックスが21歳。1年ほど交際が続くと、私はそろそろプロポーズする頃合いだと思った。1988年6月のある日、私たちはチェルシー登記所でこっそりと結婚式を挙げた。ロックスターたちがよく契りを結ぶ場所だ。私の付添人は写真家のボブ・カルロス・クラークで、ボブの妻のリンジーがもうひとりの証人になってくれた。たった4人だけの結婚式だった。登記所からキングス・ロードへと出ると、お祝いでもしようという話になり、〈ディーノズ〉まで走っていき、4人でポーチドエッグのトーストを食べた。ミシュランの一つ星を獲得したシェフだというのに、今回のために豪華な料理をつくろうとは考えてもいなかった。食事が終わると、私は一言、新郎のスピーチを行なった。

「仕事に戻らないと」

花嫁が花婿の失踪に困惑していた記憶はない。でも、私がしたことはまぎれもない失踪だった。私はその場からふっといなくなり、いつもの厨房に戻った。ハネムーン？　そんなもの、あると思うかい？

短い結婚生活のなかでいちどだけ、ヨークシャーで休暇を取ったことがある。私たちは、スタドルブリッジの名レストラン〈マッコイズ〉を経営する兄弟シェフ、トム・マッコイとユージン・マッコイのところに泊まった。すると、アレックスがトムの家の階段の踊り場で足をすべらせた。私が駆け寄ると、アレックスは足が動かないと言った。病院での診察結果は骨折。すぐさま、アレックスは車輪つきの担架で院内のベッドへと運ばれた。それから毎日、マッコイの店のキッチンでつくった料理を持って、骨折した妻の見舞いに行った。高級海老のサラダなどを持って病院を訪れるうち、アレックスの向かいのベッドにいた年配の女性が、病院食に愚痴をこぼすのを聞いた。それでひらめいた。それからというもの、私はアレックスとその女性のふたりぶんの料理を持っていくようになった。すると、その老人が、テレビ制作会社「トークバック」を創設して大成功を収めたコメディアンあがりの実業家、メル・スミスの祖母だということがわかった。なんて狭い世の中だろう、今から数年前、私はそのメル・スミスに会った。ホランド・パークにある私のレストラン〈ベルヴェデーレ〉で、50歳の誕生日パーティーを開きたいと頼まれたのだ。私たちはメルの愛らしい祖母について、楽しい会話を交わした。そのときにはもう、メルの祖母は亡くなっていたが。

１９８９年９月20日、アレックスが出産した。ランチの営業を終えると、私は赤ん坊の顔を見るため、大急ぎでチェルシー＆ウェストミンスター病院へと向かった。私たちは娘をレティシア・ローザと名づけた（ローザは私の母のミドルネーム）。もちろん、ふだんは縮めてレティーと呼んだが。父親になったことはうれしかったが、私の精神状態はめちゃくちゃで、まだ父親になる心の準備ができていなかった。私は仕事にのめりこみ、ハーヴェイズを現実逃避の手段にしていた。

実のところ、私は自分の世界に閉じこもっていた。自分自身とさえまともに向きあえない人間が、どうして父親の責任なんて果たせるだろう？　当時の私はまだ、多くの新米パパや新米ママたちが幸せを感じる環境へと、身を落ち着ける余裕がなかった。私にとっては、ハーヴェイズの厨房に立ち、汗水垂らして一心不乱に働き、料理人たちを怒鳴り散らしているほうが、よっぽどラクだったのだ。

レティーの誕生がきっかけで、久しぶりに父と連絡を取った。70年代後半、私が家を出て、父が再婚して以来、10年間いちども連絡を取っていなかった。でも、レティーが生まれた日ばかりは、電話をしないわけにはいかないと思ったのだ。短い会話だったから、正確な言葉は覚えていない。ただ、父に初めて孫ができたこと、自分の口からニュースを打ち明けたかったことを伝えた。新聞で孫の誕生を知るなんてことになったら、あんまりだ。会話はそれだけだった。父に面と向かって会うことになるのは、それから2年くらい先のことだ。

ハーヴェイズについて、いつも持ちあがる質問がふたつある。ひとつ目に、私は本当にシェフたちに対してそんなに厳しかったのか？　ふたつ目に、私は本当にいろんな人をレストランから蹴り出したのか？　時には、私の弟子だった優秀なシェフが、のちに大成功を遂げることもある。そんな彼らはよくこんなことを言う。

「あなたは本当に厳しい上司でしたが、おかげで、その後の人生がラクになりましたよ」

皮肉でもなんでもなく、本心でこういうことを言うのだ。それから、ハーヴェイズにやってきて、こんなことを言う客もいる。

「昔、あなたに蹴り出されたことがありますけど、あれは私が悪かったんです」

まず、スタッフに関する質問に答えよう。確かに、私は厳しいボスだった。規律には人一倍うるさい私だったが、たとえそうでなくとも、スタッフを見つけるのは難しかった。当時の若いシェフの大半は、テムズ川の南ではなく北、ベルビュー・ロードではなくベルグラビアで働きたがった。ハーヴェイズに採用された人々は、みなその生活にショックを受けた。完璧主義を抑えきれない私は、いつだってピリピリしていた。シェフやウェイターたちにも私と同じ熱意を求め、それを知らしめた。私の仕事中毒、アドレナリンへの絶え間ない渇望が、レストランと厨房の両方のペースを決めた。私は週に１００時間働いていたが、スタッフたちも手抜きはしなかった。〈ル・ガヴローシュ〉で働くことが、外人部隊に所属するのと同じことだとすれば、ハーヴェイズで働くことは、特殊空挺部隊に所属するようなものだった。いわば、タフな人間の精鋭集団だった。

最初のころ、スタッフたちは営業前にゆっくりと座って食事をとることが許されていた。しかし、その習慣も長くは続かなかった。開店から数カ月後、エゴン・ロネイの絶賛レビューが新聞に掲載されると、ひっきりなしに予約が入るようになり、スタッフランチの習慣もいつの間にかなくなった。単純な話、食べる時間がなかったからだ。ある日、モーファドに代わってメートル・ドテルになったジャン＝クリストフ・スローイク（通称ＪＣ）が、話をしたいと切り出した。ＪＣはまだ20代だったが、フランスで私の敬愛するフェルナン・ポワンの未亡人、マダム・ポワンのもとで働いたあと、天才シェフのレイモン・ブランのところで接客係を務めていた経験がある。彼はほかのみんなと同年代だったが、若白髪がところどころ混じっていた。その愛嬌のある饒舌な口調で、彼は重大な問題があると切り出した。

でサンドイッチを買いに行くのだという。

「ＪＣ、どうした？」

ＪＣはいつも、お腹を空かせたウェイターたちのために、現金箱からお金を持ち出し、数軒先の総菜店まで

「レストランで働いているのに、昼食をほかで買ってくるなんておかしくありませんか？」

ＪＣの指摘はいつもいいところを突いている。彼もまた痩せこけていた。

「これ以上痩せると、骨までなくなっちゃいますよ」

それからは、週に数回、営業前に食事をとることを認めた。

私はエスプレッソとマルボロを主食にして生き抜いていた。栄養源は料理中に味見する食材やソースだけ。ほとんどの面々は、チョコレートバーのマースやツイックスが理想的なエネルギー源になると気づいた。それから、食べ残しひとつない状態で食堂から戻ってくる皿にも、秘密があった。私はずっと、客たちがあまりのおいしさに料理を最後の一粒まで完食しているのだとばかり思いこんでいた。実は、皿をきれいにしていたのは、腹ぺこのウェイターたちだった。食堂を出て、厨房につながる廊下を歩いている最中、まるで残り物にかぶりつく飢えたハゲタカのように、お客の食べ残しを平らげていた。

新人ウェイターたちは、出勤初日、店にやってくるなり、目の前の光景に恐怖の表情を浮かべる。慢性的にお腹を空かせ、やつれ果てたウェイターやシェフたちが、ボスの甲高い号令に合わせて動き回っている。1日どころか、1時間すらもたない新人ウェイターも多かった。店が開き、最初のお客がやってくる前に、コートに忘れ物をしたので取ってくると言って、そのまま逃げ出してしまうのだ。意気揚々とやってきた新人ウェイターの多くは、あっという間に興ざめし、あっという間に消えていく。その穴埋めをさせられるのはＪＣだった。

厨房では、最初の3週間が新人にとっていちばんつらい時期だ。3週間が過ぎたころには、すっかり疲れ切り、6、7キロは痩せ、表情はうつろになり、涙は枯れる。すると、精神的に不安定になり、多くの者が辞めていく。ある日、新人がやってきたかと思えば、次の日にはいなくなる。4週目までもてば、たいしたものだ。

ある夜、リチャード・ニートというシェフが突然、目まいを訴え、床に倒れた。肉を調理している場所とストーヴとのあいだを行ったり来たりするうち、パニック発作を起こしたらしい。極度の疲労が彼に牙を剝いたのだ。誰もどうすればよいのかわからなかった。ただ、ひとつだけ変わらないことがあった。リチャードが床で体をピクピクと痙攣させているあいだ、全員がそのまわりで料理を続けていた。

すると、JCがトレイを持って厨房に入ってくるなり、こう叫んだ。

「たいへんだ、リチャードが……」

JCがすぐに救急車を呼ぶと、救急車はものの数分でやってきた。でも、救急隊員が食堂になだれこんできたら、客たちが動揺してしまうので、JCは救急隊員を裏口に案内した。客たちが料理を楽しむあいだ、救急隊員がリチャードを介抱した。リチャードは痙攣を起こしていたので、担架に縛りつけられた。そして翌日、ケロッと厨房に戻ってきた。

私の厳しいリーダーシップについて弁解するつもりはない。すべては私自身の責任だ。それでも、私が厳格なボスたちの影響を受けたことはまちがいない。父。アルベール・ルー。ピエール・コフマン。そして、今は懐かしきスティーヴン・ウィルキンソン。彼は〈ザ・ジョージ〉時代の最初の料理長で、まるで洗礼名のように、私のことを「クソ」と呼んでいた。

勤務中に口を開いていいのはひとりだけだった。この私だ。私の厨房を見学した人は、まるで手術室の外科医を見ているようだと言った。

では、私の残酷劇をご覧にいれよう。

私「ナイフ」［ナイフが手渡される］

私「バター」［バターが手渡される］

私［歯を食いしばる］「そのバターじゃない、澄ましバターだ、このバカ野郎」

間の悪さも、私の怒りを買った。たとえば、6人のテーブルなのに、メイン料理が4人ぶんしか準備できていないとわかると、カチンと来た。そんなときは、シェフを厨房の隅に立たせる。

「あっちへ」

そう言い、部屋の隅を指差した。

「あ・そ・こ・に・立・っ・て・ろ!」

シェフは壁ではなく私のほうを向いて立った。そうすれば、おしおきを受けながらも勉強できる。ある夜、4人のシェフが、ひどく不機嫌だった私を立て続けに怒らせた。そこで、私は4人のシェフを部屋の四隅にひとりずつ立たせた。5人目のシェフが問題を起こすと、私は叫んだ。

「お前も隅に立っていろ」

「どの隅ですか?」

部屋の隅はもう使い尽くされていた。

また、ブリオシュがうまく焼けていないときも、頭に来た。早く焼きすぎると、フォアグラがうまく広がらないし、ゆっくりと焼きすぎると、乾燥してしまう。外がパリパリ、中がしっとりとするためには、グリルと絶妙な距離を保ちつつ焼かなければならない。焦がしてもいけないし、乾燥させてもダメだ。どうでもいいと思うかもしれないが、私の料理人たちにとっては死活問題だった。ブリオシュがうまく焼けていなかったり、野菜の切り方がおかしかったりすると、誰かが陰湿な叱責を受けるはめになった。

「本当に一流になる気があるのか？　もしそうなら、すばらしい。もしその気がないなら、さっさと辞めたほうがいい。時間のムダだから」

夢を叶えるには、軍隊ばりの規律を持つ料理団が必要だと思った。そして、ル・ガヴローシュで学んだように、規律は恐怖から生まれる。恐怖があれば、何事も疑う。恐怖がなければ、同じようには疑わない。そして、厨房に恐怖があれば、手抜きをしようとは思わない。上司を恐れなければ、手抜きもするし、遅刻もする。徹底的に苦しみ抜き、自分を限界まで押しあげなければ、自分がどこまでできるかもわからない。ある意味、私は料理人たちに判断を迫っていた。辞めると言うなら結構。去る者追わず。星つきの厨房が自分に合わないと判断したのは、そいつ自身なのだから。

そういう状況を受け入れ、歓迎すらし、ハーヴェイズの厨房に残ったやつらを見てみるといい。やつらは現在、イギリス屈指のシェフとして名をはせている。みんな、ハーヴェイズの狭苦しい厨房の出だ。そのなかに、忘れちゃならないゴードン・ラムゼイがいる。ゴードンは１９８８年１月から厨房に加わった。その少し前、彼は電話で求人がないかたずねてきた。当時、彼はソーホーにあるレストランで働いていたのだが、休憩中にたまたま私のインタビュー記事を読んだ。ワイルドで、ぶっとんでいて、ちょっとだけイエス・キリストに似ている私を見て、受話器を取らずにはいられなかったらしい。私は彼を雇い、ほかのみんなと同じように扱った。結局は、涙を流して私の厨房を去っていったけれど、その後、独力でミシュランの三つ星を獲得した。星を獲得したハーヴェイズ出身のシェフは、ほかにもいる。フィリップ・ハワードが二つ星。

エリック・シャヴォが二つ星。スティーヴン・テリーが一つ星。一方、ティム・ヒューズは現在、〈アイヴィー〉〈ル・カプリス〉〈J・シーキー〉の総料理長を務めている。ハーヴェイズ出身のシェフたちはみな、あれほどプレッシャーのかかる環境で働いたことがないと口を揃えるだろう。だが、ハーヴェイズで働いたことを後悔していると言う人は、たぶんひとりもいないと思う。シェフは熱狂を愛してやまない生き物なのだ。

ゴードン、スティーヴン、ティムは、ハーヴェイズの数キロメートル先、クラパムでアパートをシェアしていた。私はその3人によくこう怒鳴った。

「お前ら三バカ野郎は、昨晩、家に帰って私への謀反でも企てたのか？　〝どんなバカなことをすれば、マルコを怒らせられるか〟って。そう相談しあったんだよな？　決起集会でも開いて、〝明日、どうやってマルコを怒らせよう？　何をすればあいつをキレさせられる？〟と話しあったんだろう？　なあ、ゴードン、どうなんだ？　スティーヴン、そうなんだろ？　ティム、みんなで陰謀でも立てたんだよな？　そうでもなきゃ、揃いも揃ってこんなクソみたいなことができるか？」

叱責は暴力を伴うこともあった。シェフのエプロンを強く引っ張ることもあったし、気合を入れるために、シェフの襟首をつかんで、10秒間首を絞めたこともある。ある夜なんて、リー・バンティングというシェフを持ちあげて、壁のフックにそいつのエプロンを引っかけたこともある。料理人たちは、私が何をしでかすのかわからなかった。そして、私自身も。あるとき、私がソースや油のボトルを部下に投げつけた瞬間、シリーズ番組『6人の料理人 *Take Six Cooks*』の撮影クルーがたまたま厨房に入ってきた。プロデューサーは、ひょいと身をかがめ、飛んできたガラス瓶をよけると、JCに言った。

「ここで撮影はムリかもしれんね。交戦地帯のほうがまだ安全だ」

厨房の隅に立たされたり、首を絞められたり、飛んでくるソースの瓶をよけたりしなくてすんだシェフも、ゴミ箱に捨てられる可能性はある。厨房には巨大なゴミ箱があって、いつも厨房で出る生ゴミでいっぱいだった。のろまなやつや邪魔なやつは、そのゴミ箱に捨てられた。コメディアンのローワン・アトキンソンの義理の兄弟のアーノルド・サストリーは、オニオン・バジというニックネームで呼ばれていたのだが、しょっちゅうゴミ箱行きになった。

「オニオン・バジにゴミ箱行きの刑」

私がそう言うと、残りのみんなが命令に従った。

こう思うかもしれない。なぜ、そのかわいそうな若者たちは、いじめっ子マルコのもとで働きつづけたのか？　いい質問だ。やつらの多くは、1999年に私が引退するその日まで、何年間も私のもとを離れなかった。それは、叱責が個人攻撃ではなかったからだ。いわば、瞬間的な（時にはそうでもないが）ショック療法だった。あるいは、爆音のモーニングコール、超絶濃厚なエスプレッソタイムと言ってもいいだろう。営業の真っ最中に、「アーノルド、申し訳ないが、もう少しだけ速く手を動かしてくれないかな？　頼むよ」なんて言っている暇はない。「ゴードン君、ホロホロ鳥のほうだが、だいたいあとどれくらいでできそうかな？」なんて丁寧に訊くために、手を止めるわけにはいかないし、目の前の食材から目を逸らすわけにはいかない。「今すぐちゃんとやれ」と伝えるには、厳しく接するしかなかった。全員がそれを理解（わか）っていた。だからこそ、誰かが叱責を受けても、仲間が仲裁に入ったりはしない。下を向いて作業を続けるだけだ。遅かれ早かれ、自分が次のターゲットになるとわかっていたからね。私は恐怖を生み出したが、「マルコ、もうたくさんだ。辞めさせてもらう」と言ってきたやつはひとりもいなかった。まちがいなく、ハーヴェイズではあらんかぎりのＳＭプレイが繰り広げられた。やつらは苦痛の中毒になっていた。それくらいじゃなきゃやっていけなかった。だから、どれだけ叱責を受けても、限界に達することはなかった。

面白いことに、ハーヴェイズの料理団のなかには、私のように、厳しい環境で育ったやつらもいた。母親や父親のいないやつ。公営住宅で育ったやつ。その多くは労働者階級で、貧しい地区からやってきた。当時、シェフというのは、まだ労働者階級が大多数を占める職業だった。ある料理人なんて、まわりに溶けこむためだけに、ずっと労働者階級のふりをしていた。そいつが金持ちの息子で、おまけに私立学校出身だと知ったのは、しばらくたってからのことだった。

夏になると、ガラスの天窓がついているそのむさ苦しい厨房は、ものすごく暑くなった。だから、全員が額や手首に汗よけのバンドを着けていた。ある日、ひとりのシェフが暑すぎると愚痴をこぼしたので、私は突拍子もない行動に出た。今にして思うと、ちょっと危険だったかもしれない。私は肉切り包丁を片方の手に持つと、もう片方の手でそいつの上着をつかみ、ビリビリに切り裂いた。次に、下も。それでも、上下ともに脱げずに残っていた。

「これで、ちょっとは風通しがよくなるだろ」

少しして、そいつがビリビリになった服を着替えてもいいかと訊いてきた。

「いいとも。店が終わったらね」

ある夜、全身汗だくになった料理人たちが、みんなで「暑い、暑い」と連呼しはじめた。その愚痴を聞いているのが、耐えられなかった。

「いい加減にしてくれ」

私はそう言うと、空調機器のところまで歩いていき、電源をオフにした。

「これでみんな一緒に蒸し焼きだ」

その夜以来、みんな不満を口に出さなくなった。暑さに耐えられないやつはたいへんだ。厨房を出るわけにはいかなかったから。

あまりにも気の毒だと思うときは、キッチンの天窓を開けて、熱を逃がすよう指示した。ある朝、ゴードンは天窓の開いた厨房で、パスタを延ばしていると、頭に水滴がかかったのを感じた。とっさに雨だと思ったのだが、そうではなかった。犬が屋上に迷いこみ、脚をぴょこんとあげて、天窓からゴードンと彼のラビオリに向かっておしっこをしたのだ。やつは同僚たちにケラケラと笑われて小っ恥ずかしい思いをしただけではなかった。激怒し、包丁を持って外に飛び出していった。本気で刺すつもりはなかったと思う。ただ、刺すぞと脅かすつもりだった。結局、犬の逃げ足のほうが速かった。

犬を追いかけていないとき、ゴードンはたいてい弟のロニーとケンカをしていた。ロニーはその数年前から、ヘロイン中毒になっては立ち直るという、別の戦いを繰り返していた。

そんなロニーにキッチン・ポーターの仕事を与えたとき、ケンカ続きの毎日が待っているなんて、想像もしていなかった。ふたりは仲良し兄弟だったが、ケンカは壮絶だった。ある日、ゴードンの姿が見当たらなかったので、どこへ行ったのかと料理人のひとりに訊くと、窓の外を見るよう言われた。道路の向こう側の公園に目をやると、ゴードンが激怒したロニーから全速力で逃げ回っていた。ロニーは拳を振りながら、ゴードンをつかまえようとしていた。

ふたりは競争心が強かった。ある日、シンクで仕事をしていたロニーのほうを見ると、皿や食器がピカピカになっていたので、まるで神の手みたいだと褒めた。ちょっとからかったつもりだったのだが、ロニーはそれから数週間、ラムゼイ兄弟のうち才能があるのは自分のほうだといわんばかりに、そのことをゴードンに自慢しつづけた。

もうひとり、マリウスというキッチン・ポーターがいた。今でも、マリウスのことを思い出すと、私のスタッフの扱い方がどれだけひどかったかをしみじみと思い知らされる。ある朝、マリウスが喉の痛みを訴えながら出勤してきた。思いやりのあるベテランシェフなら、家に帰ってベッドで休みなさいと言っただろうが、私はそうしなかった。誰かが喉の痛みにはアルマニャックとポートワインがいちばんだと言うのを聞いて、ブランデーグラスにそのふたつをちゃんぽんにしてそそぎ、マリウスに飲ませた。30分後、彼が意識を失って厨房の床に倒れこむと、凍えるように寒い店の外へと運び、中庭に放り出し、そのまま忘れてしまった。そのうち、吹雪になり、しばらくしてやんだ。すると、誰かが愕然とした口調で言った。

「そういえば、マリウスが！」

大慌てで、震えるマリウスを運び入れた。喉の痛みを訴えてから2時間後、マリウスはアルコール中毒と低体温症で死にかけていた。

マリウスが史上最悪の二日酔いを治すため、しばらく休暇を取ると、代理のキッチン・ポーターがやってきた。初日、私はそいつに数百ポンドを渡し、ブックメーカーへ行って、その日の午後に出走する馬に全額賭けてほしいと頼んだ。そいつは現金を受け取ると、馬の名前を忘れないよう、ぶつぶつと繰り返しながら店を出た。結局、二度と戻ってこなかった。

とにかく、これで私がどんなボスだったのか、よくわかっただろう。陰湿で、意地悪で、攻撃的で、ぶっきらぼう。すべてそのとおり。いや、でも、誤解しないでほしい。その道中で、私は料理人たちの尊敬と忠誠を勝ち取ってきた。そして、厨房の外では、まあまあ思いやりのある人間だったと思いたい。お金の問題を抱えるやつらを何人も助けたし、ゴードンがフランスで働くことになったときには、旅費を貸したりもした。それに、みんながワンズワース・コモンでサッカーをするときには、私も一緒になって遊んだ。むしろ、みんなが疲れていて運動したくないと言ったとき、率先してみんなを外に連れ出したのは、私のほうだった。みんなは私のためならなんでもしてくれた。ときには、私のライバルを殴ることも。1990年夏、あるポロ・イベントで料理をつくるよう依頼されると、当時すでにレストラン業界で名をはせていて、〈190クイーンズ・ゲート〉の料理長を務めていたアントニー・ウォラル・トンプソンが、手伝いを申し出てくれた。

料理人たちを引き連れてロイヤル・カウンティ・オブ・バークシャー・ポロクラブに着くと、最初はすべてがうまくいっていた。ところが、何かの出来事がきっかけで、私の料理人たちがアントニーに一発お見舞いしなければと思った。貴族や裕福なポロ愛好家たちが、屋外のテントの下で食事を楽しむなか、テント付属のキッチンでは、アントニーがレモンタルトを投げつけられていた。たちまち、アントニーの体は甘くて黄色いタルトでべとべとになった。彼はテントへと逃げ出そうとしたが、思い直した。こんなめちゃくちゃな格好で出ていったら大騒ぎになる。そこで、急ごしらえのキッチンからフィールドへと猛ダッシュで駆け出したのだが、私の料理人のひとりが、ヌーに襲いかかるヒョウよろしく、タックルして倒した。結局、アントニーは、ハーヴェイズの料理団から1ダースの卵を頭で割られるという屈辱を受けた。当然、私の大好きなアントニーは、憮然としていた。

もうひとつ、当時のピリピリとしたライバル関係を物語っているのが、ハーヴェイズとルー兄弟の料理団のあいだで起きた事件だ。その事件は、ロンドン北部のイズリントンにあるビジネス・デザイン・センターで開かれたレストラン業界の毎年恒例の見本市で起きた。ハーヴェイズの料理人たちが、ルー兄弟の料理人たちをルー・ロボットやレトルト野郎などとやじっていた。レトルト野郎というのは、ルー兄弟が制作した調理済み食品シリーズのことを指していた。ふたつの料理団のあいだにはピリピリとした空気がただよい、私がステージ上で魚の調理法を実演している最中に、とうとう乱闘が起こった。結局、何人かが会場からつまみ出されるはめになった。それがナイトクラブの酔っぱらい客なら問題なかったのだろうが、事件を起こしたのが、よりにもよって見本市に参加する高級料理のシェフだったのだから、さあたいへんだ。新聞社が話を聞きつけ、「ミシュラン・スター・ウォーズ」と題してその事件について面白おかしく書き立てた。

実際、ハーヴェイズではケンカは日常茶飯事だった。ワンズワースの不良少年たちが、レストランの窓に近づいてきて、パンツをずり下げ、店内の客に向かっていきなり尻見せをしてはしゃいでいると、私はシェフをそこへ急行させて、お尻丸出しのバカ者たちを追い返させた。ワンズワースのチンピラたちは、自分が強いと思いこんでいたが、ケンカにかけてはハーヴェイズの料理団が最強だった。ある日、3人の若いチンピラが店の正面のドアを開け、コーラ缶を振り、蓋を開けて、レストランに投げこんだ。目撃者の話では、ガス爆弾かと思ったという。客たちは、缶から噴き出す泡をよけるため、とっさに身を隠した。チンピラたちは大急ぎで逃げ出したが、間抜けなことに、逃げる途中でレストランの裏手にあるキッチンのドアの前を通らなければならないことに気づかなかった。

「ゴードン、取っつかまえろ」と私は叫んだ。

チンピラたちがドアの前に差し掛かったころ、ゴードンと数人のシェフが中庭でやつらを待ち構えた。ストーヴの前に立っている私のところまで、ドカッ、バン、ボコッというおなじみの乱闘シーンの音が聞こえてきた。しばらくして、ゴードンが拳を握り締めて戻ってきた。乱闘中、彼がひとりのチンピラの口にパンチを見舞うと、抜けた歯が指に突き刺さった。彼は歯を指から抜いたが、あまりの激痛に悶絶していた。敗血症にかかって死ぬまで、あとどれくらいだ？　そんなことまで考えるくらいだった。

「ちくしょう、料理ができそうなのは俺だけか？」と私は言った。

そうこうしていると、メートル・ドテルのＪＣが恐怖で目を見開きながら、キッチンに駆けこんできた。

「あいつら、手榴弾を持ってますぜ！」

手榴弾を持っているって？　誰が？　ＪＣによると、チンピラの父親たちが、仕返しのために手榴弾を持ってやってきたらしい。ワンズワース・コモンに面した小さなレストランが、手榴弾で爆破されようとしている！　全員くたくただったので、ＪＣの話を疑う気力すらなかった。

「扉を閉めて、どこかに隠れろ」

私がそう命じると、ハーヴェイズ特殊空挺部隊の隊員たちは家具の下や厨房の棚の中など、隠れ場所を探した。だが、何も起こらなかった。西部戦線異状なし。全員、隠れ場所から這い出し、夜の営業に備えて、エンドウのさや剝き、ペイストリーづくり、チーズの切り分けを続けた。

イタリアの親戚との交流を再開したのも、ハーヴェイズの初期の時代だった。何かの理由で、叔父のジャンフランコに電話をかけたとき、20代になった私の弟シーモンが、最近スランプ気味だと聞かされた。

「こっちによこしなよ。俺の店で働いてみたらどうだい？」

ガトウィック空港に赴き、到着ロビーの柵の前で、約20年ぶりに会う弟を待った。日曜日の午後で、到着ロビーはガラガラだった。飛行機が到着すると、ひとり目に怪物のような巨人が出てきた。「うわあ、なんて大男だ」と思った。そのあと、同じ飛行機の乗客たちがゾロゾロと出てきた。人がまばらになっても、最初に出てきた大男がまだ立っている。間違いなく身長2メートルはある。私より10センチ以上高い。たぶん、イタリア一の大男だろう。

それがシーモンだった。兄弟だというのに、互いに顔がわからなかったのだ。私たちは握手と、たぶんハグぐらいはしたかもしれない。よく覚えていない。だが、それ以外、まともに意思疎通もできなかった。私はイタリア語が話せなかったし、シーモンの英語も褒められたものじゃなかった。やつは挨拶を言い、私を見下ろすと、開口一番こうたずねた。

「〈ハイ・アンド・マイティ〉って店、知ってる？ 連れてってほしいんだけど」

20年ぶりの再会だというのに、会話はそれだけ。イタリア一の大男の隣に、げっそりと頬のこけたガリガリの兄。まるで歩くフリークショーのように、私たちは風を切って空港を出た。ハーヴェイズでは、シーモンをペイストリー部門で働かせてみたが、うまくはいかず、1週間くらいで帰国してしまった。以前、私がイタリアを訪れたときと同じように、シーモンのイギリスへの旅も、道半ばで終わった。当時、シーモンがなりたかったのは、料理人ではなく警官だったらしく、その後、実際に警官になった。ハーヴェイズで働いている最中、やつがイタリア語を話せるシェフにこう言ったそうだ。

「マルコのスタッフの扱いはあんまりだ。もし警官になったら、ここへ戻ってきてマルコを逮捕してやるよ」

アレックスとの関係もまたうまくはいかず、結婚生活は数年で終わりを迎えた。夫婦には共通の夢が必要だ。私の夢は、ミシュランの三つ星を獲得すること。それが人生で何よりも重要だった。アレックスの夢は……正直、わからない。書類の上でも、ふたりはお似合いのカップルとはいえなかった。母親が死んで以来、私はずっと男性中心の荒々しい労働者階級の世界で生きてきた。その私が突然、中流階級のかわいい女の子と結婚したのだ。私にはそんな状況を受け止める余裕がなかった。絵に描いたような暮らしも、快楽も、そんなものはいらない。私はひたすら、不安と失敗への恐れ、そして最終目標を成し遂げる前に死んでしまうことへの恐怖に駆られていた。厨房だけが唯一、そんな私の安らげる場所だった。

15

お代はミンクで

ある日、マネジャーの女性が緊張した様子で厨房に入ってきた。2番テーブルの男性が、チーズに文句をつけているらしい。彼女はいったい何に緊張しているのだろう？　男性の苦情？　それとも、男性の苦情に対する私の反応だろうか？　私は苦情の内容が気になった。

「チーズに何か問題でも？」

「チーズはいつも自分で選ぶと言うのよ」

「なるほど、じゃあ、うちではそういうサービスはやっていないと伝えてくれ」と私は言った。「うちでは7種類のチーズをプレートに乗せて出している。完璧に熟成したチーズだけを選んでね。それがうちのやり方だと伝えておいてくれ」

彼女は客席へと向かったが、1分くらいして戻ってきた。やはり、7種類のチーズのなかからではなく、自分で選びたいと言い張っているらしい。

「話してきてくれない？」

私は厨房からレストランに出て、その客席へと向かった。そいつはこの上ないくらい不細工な赤毛のチビ男だったが、信じてほしい、私はこの上ないくらい丁寧に応対した。そして、えりすぐりの7種類のチーズを提供していることを伝えた。

「お客様、当店はこのようなサービスになっております」

「だが、ふたつが気に食わないんだ」

「ということは、お気に召すチーズが5種類あるということですよね。どれもたっぷりとご用意しておりますので、ご容赦ください」

そいつはいっこうに譲らなかった。

「チーズはいつも自分で選ぶんだ」

「当店では、そのようなサービスは提供していないんです」

どこに行き着くのかもわからないまま、私はそう繰り返した。

すると、そいつは凄みを利かせながら、一言ずつ言葉を区切ってゆっくりと言った。

「チーズはいつも、自・分・で・え・ら・ぶ・ん・だ」

私の頭のなかで、何が起きたのかはわからない。ただ、これ以上は我慢ならないと思った。ただでさえ厳しい仕事なのに、どうしてこんな客にまでぺこぺこしなきゃならない？　たとえ問題があって、こちらが悪かったとしても、バカにされたり、見下されたりする筋合いはない。だが、そいつはそのとおりのことをした。私を見下していたのだ。

もちろん、そいつを蹴り出したい気持ちでいっぱいだったが、星つきのレストランでどれだけ修業を積んでも、無礼な客や厄介な客の扱い方は教わらない。アルベールは厳しい上司だったし、ピエールは悪名高いくらいスタッフに厳しかったが、ふたりが客に怒鳴る姿を見たためしはない。レイモンはお人好しの典型だったから、彼なら譲歩して、お客にチーズを選ばせたかもしれない。ニコはどうだろう？　彼は客に予約をすっぽかされると激怒し、妻に電話でドタキャンの理由を問いつめさせた。すると、彼は腰に手を当てて電話のそばに立ち、電話の相手に聞こえるくらいの大声で叫んだ。

「二度と来るなと言っておけ。そいつらの金なんて死んでも受け取らん。クソ食らえ。そんな電話、とっとと切れ」

その横柄な小男のせいで、私の大切なお客様たちへのサービスに支障が生じていた。私はそいつを見下ろすうち、いつの間にかこんな言葉を吐いていた。

「そんなに気に食わないなら、帰ったらどうだ？」

無言。そいつは、不敵な笑みを浮かべたままだ。

「お代は結構。出てってくれ」

そいつはすっくと立ちあがり、ハーヴェイズから出ていった。

この「チーズを選ばせろ」事件は、私がキレやすい若者だったという話を裏づけるのによく持ち出されるエピソードだ。第一、チーズを選ばせてくれと頼まれたくらいで、客を店から追い出すシェフなんて、どこにいる？　だが、この事件には面白い裏話がある。あとで聞いたのだが、その客は最初から追い出されるつもりだった。すべては計画のうちだったのだ。しつこく苦情を言い、タダ飯を食うことだけを狙って来店したらしい。無料で昼食を食べるためだけに、みんなの前で立ち去れと罵られる屈辱をみずから受ける男なんて、そうはいない。だから、最大の褒め言葉と受け取ったほうがいいのかもしれない。

もちろん、ハーヴェイズは一流の料理で評判だったが、前にも話したとおり、ショーを見るのもお客の目当てのひとつだった。ショーのひとつの要素が、有名人の常連客だ。有名人のすぐ近くに座り、ちらちらと見ているスター目当ての客たちも多かった。オリヴァー・リードに、一緒に食べないかと誘われたら、一生の想い出にならないだろうか？　料理もそのひとつだが、体験も一流レストランにとっては重要な要素だ。しかも、気分屋で怒りっぽいシェフが厨房で動き回っていると思うと、緊張感がいっそう高まる。お客は私にこんなイメージを抱いていた。獲物に飛びかかろうと待ち構えている長髪のオオカミ。次の獲物は誰だろう？　塩を要求した客だろうか？　肉が生焼けだと言って、料理を突っ返した客だろうか？

正直いうと、私はそんな野獣じゃない。塩がほしいと言われれば渡すし、肉をよく焼いてほしいと言われればそのとおりにする。それはお客の自由だ。人にはそれぞれの味覚がある。許しがたいのは、大声で悪態をつき、店内で騒ぎを起こし、ウェイターを困らせ、隣席の楽しみを台無しにする客だ。そういうお客には、退店をお願いする。お願いするといっても、一言も言葉のやり取りがないことも多い。ハーヴェイズでは、お客を強制的に退店させる5つのステップができあがっていた。そのステップとはこうだ。

①メートル・ドテルのJCから問題のある客の報告があがると、私がその人物を確認しに行き、JCにゴーサインを出す。

②JCがウェイターを集め、問題の客が座っているテーブルをあごで指し示す。

③JCの号令で、ウェイターたちがテーブルに続々とつめかけ、皿、グラス、食器、ワインボトルなど、テーブルの上のものを15秒くらいですべて片づける。残るはテーブルクロスだけ。その客は、次の料

理のためにいったんテーブルが片づけられているのだと勘違いし、見事なサービスに感激しながら、じっと席に座っている。

④ＪＣがワシのようにサッとやってきて、テーブルクロスをつかみ取る。シュッ！　そして、一言もいわずに去っていく。数分前まで、酔っぱらってふてぶてしく座っていたその客は、目の前が木製のテーブルだけになり、急に気まずくなる。

⑤ようやく、その客は意味を酌み取る。いたたまれなくなり、コートを取って、そそくさとベルビュー・ロードに消えていく。お代はなしだ。

それは圧巻の光景だった。ところが、ある夜、強制退店の刑を受けた弁護士、その友人、女性の３人組は、なんと15分もその場に座りつづけていた。ＪＣの見事なパフォーマンスに啞然としながらも、次に何が起こるのかわからず困惑していた。でも、何も起こらなかった。まったく、何事も。こういうときは、言葉よりも行動がものを言う。私たちのメッセージは無視しようがなかった。９番テーブル、終了。タイムオーバーです。お帰りください。

ある夜、ストーヴの前に立っていると、ＪＣが厨房にやってきて、支払いを拒否している客がいると言った。理由は？　スフレが出てくるまで、20分も待たされたからだという。そういう客にはどうすればいいだろう？　そもそも、スフレは注文を受けてからつくるものだ。オーブンから取り出した瞬間から、どんどんしぼんでいってしまうからね。「これはつくりおきです」なんて言うわけにはいかない。その客は、勘定がタダになるのを期待し、私たちの不備をつこうとしていた。猛烈に腹が立った。そこで、そいつの妻からコートを預かっていないか、JCに訊いてみた。JCは確かめに行くと、少しして戻ってきた。

「ミンクのコートを預かってます」

「それを持ってこい。それから、私に会いにくるよう、その客に伝えてくれ」

男は自信満々な態度で、妻と並んで厨房にやってきた。たぶん、俺がビシッと言ってやるから見ておけ、とでも妻に言ったのだろう。

「料理長はどいつだ?」

「この私だ」

「呼んだかね?」

「この料理をつくり終えるまで、そこに立って待っていてくれ」

私は学校の校長の口調をまねて、壁際に立っているよう伝えた。夫婦は1、2分、静かに立って、私が肉を焼くのを見ていた。作業を終えると、私はふたりのほうを向いて言った。

「何か問題でも?」

男は得意げに言った。

「スフレが出てくるまで、20分も待たされた。勘定を支払うつもりはない」

「ああそうかい。お代を支払うつもりがないなら、ミンクをいただく」

私はミンクのコートを持ち、厨房の隅に立っている部下のほうを指差した。ふたりがそちらに目をやる。夫人のコートを誘拐(さら)っておいたのだ。私はもういちど、人質の引き渡し条件を繰り返した。

「お代を支払うつもりがないなら、ミンクをいただく。どちらでもお好きなように」

私が言い終えないうちに、夫人が慌てて口をはさんだ。

「あなた、払って」

私がつむじ曲がりだったとは思わない。上流階級の客とそりの合わない労働者階級の若者、という表現は、私には当てはまらなかった。労働者階級の世界とのあいだに何か問題を抱えていたわけではないし、その世界から逃れたいと思ったこともない。人間は自分の出自を選ぶことはできないけれど、自分自身を向上させることなら、自分の意志でできる。私はそういう信念のもとで育ってきた。だから、お客が私のスタッフに敬意を払えば、私もそれと同じ敬意で応えようとする。だが、もちろん例外はあった。あるとき、12番テーブルの男の感じが悪いとJCが言ってきた。

「何をされた?」

「ただ、なんとなく。感じが悪いんです」

私は手を止め、12番テーブルのところへ行って、男に話しかけた。

「こんばんは。給仕長からちょっとした問題があると伝言がありまして」

「問題なんてないが」と男は答えた。

「おかしいですね。あなたの感じが悪いと、私どもの給仕長が申しているのですが」

すると、隣のテーブルに座っていた男が口をはさんだ。

「その人は別におかしくなんてないですよ。ずっと隣にいましたけど」

なんだこいつは?　黙って食事をしていればいいのに、どうしてわざわざしゃしゃり出てくるんだ?

「では、お二方ともお帰りください」

一石二鳥というやつだ。

ほかの客たちは、こうした行動に大興奮したにちがいない。間近でその様子を見ていた多くの人々が、リピーターになってくれた。あまりの過激さに、私が芝居を打っていると考える人もいた。私がすぐキレるのは、話題づくりのための演出だというのだ。だが、私は自分が真剣にやっていることを邪魔されるのが許せなかった。私は食やハーヴェイズに対して情熱的すぎるあまり、どんな批判にもカチンと来た。チーズにケチをつけられれば批判。代金を支払いたくないと言われれば批判。時には、私の居合わせた場所とタイミングが悪いだけのこともあった。

ある夜、私がフロントで翌日の予約を確認していると、お客の呼ぶ声がした。私は帳簿に目をやったまま言った。

「すぐにまいります。少々お待ちを」

すると、こんな返事が返ってきた。

「俺を侮辱するつもりか?」

見上げると、目の前に身長2メートルはあろうかという大男が立ちはだかっていた。横幅も同じくらいある。男は連れと一緒に夕食にやってきて、明らかに飲みすぎたようだ。

「お客様、侮辱をお求めでしたら、求める相手をおまちがえでは」

「逃げるのか?」

男はケンカがしたくてうずうずしているようだった。

「お客様を侮辱するなら、時と場所を選びますよ。今はその時と場所ではありません。どうぞ、夕食をお楽しみください」

その大男はテーブルに戻ると、1時間近くたって、連れと一緒にハーヴェイズを出た。ふたりは右に曲がり、セント・ジェームズ・ドライブを歩いていった。時刻は夜の12時近く。とうとうその時が来た。私はシェフのリー・バンティングと、もうひとりの部下に、バケツ2杯の水を用意させ、先ほどの大男にそれをぶっかけてくるよう指示した。ふたりは大急ぎで店を出ると、すぐに戻ってきた。作戦成功。しばらくして、私がエスプレッソを飲んでいると、大男が戻ってきた。体はまったく濡れていないが、びしょ濡れの服がつまった袋をふたつ抱えている。おそらく、いったん家に帰って着替え、私にびしょ濡れの服を見せるために戻ってきたにちがいない。

「お前、さっきバケツの水を俺にぶっかけただろう」

「さあ、知らないね。犯人を追いかけたのかい?」

「びしょ濡れのスーツで走ったことがあるか?」と男は答えた。

名台詞だ。

こうして、私とお客との悶着の噂は知れ渡ったが、レストラン・ガイドの評価にはなんの影響もなかった。ある日など、私に二つ星をくれていた『エゴン・ロネイ・ガイド』の主任調査員を店から追い出したこともある。彼はランチを食べに来たのだが、食事の途中、いきなり厨房に入ってきて、シェフ全員の前で言った。

「牡蠣のひとつが少し傷んでいたんだが」

それは彼なりのジョークだったのだが、当時の私は意味がわからず、カチンと来た。

「それなら、お帰りいただいて結構」と私は怒鳴った。「『エゴン・ロネイ・ガイド』には、あんたのケツの写真でも載っけておけ」

数カ月後、刊行された『エゴン・ロネイ・ガイド』を見て少しびっくりした。三つ星に昇格していたのだ。あるとき、私の元ボスのニコ・ラデニスが、ハーヴェイズにやってきた。彼もまた厨房にやってきて言った。

「すばらしい料理だったよ」

私がお礼を言うと、彼がこうつけ加えた。

「仔牛とパセリのピュレは、少ししょっぱかったけどね」

私はゴードン・ラムゼイのほうを向いて言った。

「ゴードン、帰れと伝えておけ」

ゴードンは従った。

「ニコ、お帰りください」

それは、ゴードンが初めてお客をいじめた瞬間だった。

ある日の夜遅く、ゴードンと私がレストランに座っておしゃべりをしていると、店の外からガチャンという物音が聞こえた。急いで歩道に出ると、ひとりの男が突っ立っていた。その男が隣の不動産会社の窓にレンガを放り投げたらしい。男が逃げ出すと、ゴードンが追いかけた。私が追いついたときには、フェンスを乗り越えようとする男をゴードンがつかまえ、ボコボコにしていた。

ゴードンはケンカっ早かった。いちど、店内で大騒動が起きたとき、ゴードンの手を借りることになった。店内では、男女3人ずつの6人が同じテーブルでランチをとっていた。遅い時間だったので、店に残っていたのはその客だけだった。私がフロントで電話をしていると、客のひとりがやってきて言った。

「電話を貸してくれ」

そいつが電話中の私の胸をドンと押すと、私は椅子へと倒れこんだ。まだ手に受話器を持ったままだったので、電話の相手にあとでかけ直すと伝え、電話を切った。

ラムゼイという若者を教育中（BOB CARLOS CLARKE）。

「押しやがったな。心外だ」

私がそう言うと、そいつはもういちど胸を押してきたので、全力で殴り返した。そいつは床に倒れた。その出来事を見ていたJCが、大声で応援を求めた。

「ゴードン！　ゴードン！」

ふたり目の刺客が、拳を振りあげて駆け寄ってきたので、同じように殴ると、そいつも床に倒れこんだ。同じテーブルの3人目の客も飛びかかってきて、やはり床に倒れた。3人が床で悶絶していると、ゴードンはキッチンから出てくるなり、床に転がった3つの体を見て、困惑した表情を浮かべた。

「どういうことだ？」

3人は帰っていったが、不思議なことに、数時間後、仲直りの握手をするために戻ってきた。

一方、ゴードンが初めてキレたのは、ハーヴェイズで過ごした最後の夜だった。ゴードンが何をしたのかはよく覚えていないが、私がやつに向かって怒鳴ると、やつは我を失った。厨房の隅の床にうずくまり、両手で頭を抱えて、すすり泣きを始めた。

「さあ、好きにしてくれ」とゴードンは泣きながら言った。「殴れ。好きなだけ。クビにしろ。どうぞご自由に」

クビにするつもりなど、毛頭なかった。どうせ、次の日には辞めるのだから。その少し前、私がアルベール・ルーの〈ル・ガヴローシュ〉の仕事を彼に紹介したのだった。


ミシュラン調査員の匂いは、1キロメートル以上先からでも嗅ぎ分けられる。調査員のなかの最重要人物が、ミシュランUKのトップに立つふたりだ。ひとりは主任調査員のデレク・ブラウン。もうひとりは、ナンバー2のデレク・バルマー。ふたりのデレクだ。いやむしろ、ふたりのミスターBと呼ぶべきだろうか。私はその有力者コンビを、ファーストネームで呼ぶ気にはなれなかったからね。

調査員は、夕刻の早い時間、たとえば午後7時に2名ぶんの席を予約する傾向があった。この時点で匂う。7時というのは、ワンズワースの夕食の時間にしては少し早いからだ。すると、彼らはワインをボトル半分だけ注文する。これまた怪しい。高級レストランで夕食をとるような人は、ふつうボトル単位でワインを注文するからだ。何より、私たちはふたりの顔を知っていた。一つ星を獲得したあと、私はふたりのミスターBに会ったことがある。それでも、ふたりは来店を事前に悟られないよう、予約時に偽名を使っていた。

ふたりはつけひげやカツラで変装したりはしていなかったので、ふたりが来店したことは丸わかりだった。それでも、彼らの裏をかくのは難しかった。ふたりは魚のスープやテリーヌのように、その日の早い時間からつくりおかれていて、手の加えようがない料理を注文したので、ふたりにだけ特別な料理をつくるチャンスはなかった。

　私は１９８８年に初の一つ星を獲得すると、翌年もその星を守った。そして、１９８９年の最後の数カ月で、私が昇格の候補に挙がっているという予感がした。ミシュランの調査員が何回も来店したからだ。

　一つ星を獲得してから、ハーヴェイズをもっとよい店にするべく、いろいろな努力を重ねてきた。１９８９年夏には、１カ月半ばかり店を閉め、まるまる改装した。前の経営者から引き継いだ田舎くさくて陳腐で忌々しい装飾は、すべて撤去し、その後の私のレストランの大半を手がけることになるインテリアデザイナー、デイヴィッド・コリンズにデザインを依頼した。手のこんだ漆喰や鏡で美しく装飾された壁。柔らかな照明。控えめな壁紙。デイヴィッドは、アメリカの高級ホテル〈ウォルドルフ＝アストリア〉をデザインの手本にして、ハーヴェイズをそれまでとは比べものにならないほどスタイリッシュで、優雅で、シックな店に変えてくれた。

　ある日、店内でデレク・ブラウンを見かけた私は、二つ星を獲得するには何が必要かを訊いてみた。

「レストランの経営法を教えるのは、私の仕事じゃない。ただ、アミューズブーシュを出すといい。あとは、コーヒーに磨きをかければ、二つ星もそう遠くないかもしれないね」

　その日を境に、ハーヴェイズではアミューズブーシュ（アミューズグールともいう）を提供しはじめた。つまり、口を楽しませるための軽い前菜のことだ。たとえば、焼きホタテとサクサクのイカフライ、イカスミ・ソース。牡蠣とクレソンのシャンパンゼリー寄せ。赤座海老、ポロネギ、トリュフの串焼き。こうしたアミューズブーシュは、前菜だからといって決してお飾り程度の料理であってはならず、豪華でなければならない。お客が口にする最初の料理なのだから、もっと食べたいと思わせなければならない。翌週、私は最高級のコーヒーマシンを購入し、一流ブランドのコーヒー豆を注文した。こうして、ハーヴェイズはロンドン一のコーヒーを提供する店になった。ブラウン氏の言っていたことの意味が、ようやくわかった。食事の第一印象を決めるのがアミューズグールなら、最後にお客の口に残るのはコーヒーだ。

元ボスのアルベール・ルーにも、どうすれば次の星が取れるのか、意見を訊いてみた。

「メニューはすばらしい。バランスも申し分ない。あとはひたすら料理を磨くだけ。そうすれば、きっと二つ星がもらえるさ」

ミシュランは、毎年恒例のミシュランガイドの刊行に合わせて、必ず報道関係者向けの昼食会を主催する。ふつう、昼食会は昇格予定のレストランのひとつで行なわれる。当然、ミシュランは誰にも怪しまれないよう、こっそりと大人数のテーブルを予約しなければならない。

そういうわけで、毎年1月になると、シェフたちは互いに電話をかけまくって、ミシュランガイドの刊行記念昼食会の当日、不審な予約が入っていないかを確かめあう。しかし、１９９０年1月、私は電話をかけて回る必要はなかった。すでに12人の団体予約が入っていて、予約の主は昼食会の主催者の名前をなかなか明かそうとしなかった。ミシュランの昼食会だと確信した。だとすれば、二つ星を獲得できた可能性が高い。

12時半ごろに厨房へと入り、ランチ営業の準備をしながら、午後1時に予約を入れた謎の団体客の到着を待っていると、ＪＣがやってきて告げた。

「ミシュランのミスター・ブラウンが会いたいと言っています」

ブラウン氏は、厨房のドアのそばに立っていた。私が歩み寄って握手すると、彼が刷ったばかりのミシュランガイドを差し出した。彼はパラパラとページをめくると、こんな項目のページを開いた。

「ハーヴェイズ：☆☆」

大偉業だった。当時、私は28歳。ミシュランの二つ星を獲得した史上最年少シェフとなった。イギリスのレストランが一つ星から二つ星に昇格したのは、実に6年ぶりのことだった。こうして、私は二つ星シェフの仲間入りを果たした。私以外は、レイモン・ブラン、ピエール・コフマンと、みんな私の元ボスばかりだった。当時のイギリスの三つ星レストランは、私の恩師のアルベール・ルーが経営するル・ガヴローシュと、アルベールの弟のミシェルが取り仕切るウォーターサイド・インだけだった。

おまけに、ハーヴェイズはかなり繁盛していた。インフレ抑制のために導入された高金利と景気後退を踏まえれば、大健闘だろう。マーガレット・サッチャーの人気は下がる一方で、人頭税の導入がそれに追い討ちをかけた。彼女はハーヴェイズが開店した１９８７年に3期目の首相に当選したものの、状況を考えれば、彼女がダウニング街10番地の首相官邸を去ったずっとあとも、私の店は営業を続けているだろう。

涙が目にあふれた。私はブラウン氏に礼を言った。しかし、ブラウン氏の吉報を聞いても、店を飛び出してお祝いしようとはちっとも思わなかった。私は厨房に戻り、居心地のよい激務と規律の世界に閉じこもった。その日、ボブ・カルロス・クラークが撮ってくれたのが、疲れ果てた様子でタバコを吸う私の傑作写真だった。

ブラウン氏の招待した報道関係者たちが、ぞろぞろとハーヴェイズにやってきて、席に着き、グラスに飲み物を満たすと、楽しげに料理が運ばれてくるのを待った。アミューズグールは牡蠣とキャビアのタリアテッレ。続いて、ポロネギと赤座海老のゼリー寄せ。豚足。そして、クラックリング・ピラミッド。いわば、液状にしたヌガティーヌだ（そうしたら、ベーキングトレイにパウダーをまぶし、オーブンに入れて溶かし、十分に熱くなったら、オーブンから出して冷ます。それをピラミッド形に切り、ビスキュイ・グラッセのまわりに組み立てる）。ごちそうの締めくくりは、お金で買える最高級のコーヒーだ。きっと、ブラウン氏も気づいてくれただろう。

一つ星を獲得すると、たちまちそのシェフにスポットライトが当てられる。しかし、二つ星を獲得すると、スポットライトはもっと大きくなる。メディアからいろいろな話が舞いこんできたが、私は大金を稼げていたであろうテレビやメディアの出演依頼を、ことごとく断った。私には、お金を払って料理を食べに来てくれる客たちのために働く義務があった。デレク・ブラウンがミシュランを取り仕切っていた時代は、ストーヴの前に立ちつづけるようなシェフに星が与えられていた。最近では、シェフが厨房にほとんど（時にはまったく）立たなくても成り立つようなレストランに、星が与えられるらしい。当時の私には、メディアの依頼に応じる義務などひとつもなかった。

ごくまれに私がインタビューを受けるときは、記者がハーヴェイズまでやってきて、ストーヴのそばに立ち、私に質問を浴びせた。もちろん、私が火をいじり、食材を切り、調理をしている横で。その1年くらい前、ハーヴェイズのランチの営業中に、撮影クルーが私を撮るためにやってきた。どういう理由だったかは覚えていないが、撮影の途中で、私は腹を立て、帰れと怒鳴りつけた。撮影クルーが店を出て、機材をバンに積みこもうとしていると、レストランで昼食をとっていた優秀なシェフで私の親友のキース・フロイドが、席を立って厨房へと入ってきた。

「あいつらが気に食わないのはわかるけど、絶対にテレビの人間を敵に回しちゃいけない。店が繁盛するもしないも、あいつら次第だからね」

私は店の外へ行き、クルーと会話を交わした。数分後、クルーはハーヴェイズに戻ってきて、カメラを回した。

キースいわく、私は愛すべき人間だが、ときどきだだっ子のようになるという。でも、弁解させてほしい。当時、私はまだ20代の若者で、有名人ではなく一流シェフになろうとしていた。一方、キースはテレビ界のスターになると決め、当時すでに有名シェフの王として君臨していた。

でも、私が厨房を離れ、インタビューや番組づくりに精を出していたら、誰が厨房に立って料理をする？ミシュランの夢を追いかけるだけでも、そうとうなプレッシャーなのに、今ではイギリスじゅうのカメラマンや記者が私を追いかけ回し、私の一挙一動やプライベートな会話をイギリス国民に伝えている。私には、現代の有名シェフのように、おおぜいのお抱えのマネジャーがいたわけではない。アラン・クロンプトン＝バットというPR担当こそいたが、私は現代の有名シェフのように、スポンサー、テレビ・プロデューサー、出版社、エージェントとの会合に明け暮れる日々を送っていたわけではない。テレビのスタジオをはしごして、ソファーにふんぞり返ってインタビューを受けたり、セットのキッチンに立って視聴者のためにベイクド・アラスカのつくり方を実演したりしていたわけでもない。現代のシェフがテレビタレントになりたければ、どうすればいいのかだいたい見当がつく。いくらでも前例があるからね。でも、私の場合、まわりを見渡して、「あそこに脚光を浴びている若手シェフがいる。有名人になるのはどんな感じなのか、相談してみよう」と考えるわけにはいかなかった。若い有名シェフというもの自体が存在しなかったのだ。おまけに、私は労働者階級の若者だったが、当時のビッグネームだったキースは、上品で、弁が立ち、ウィットに富み、いかにも中流階級らしかった。

ひとたび厨房を出ると、自分ひとりの時間を持つのは難しかった。私はいつも、尾けてくる新聞記者たちをまくことばかり考えていた。記者たちがいちばん五月蠅かったのは、私がニッキー・バーソープとつきあいはじめたときだ。チェルシーに住む上品な女の子で、ちょっとした貴族であるニッキーは、レストラン評論家エゴン・ロネイの娘で、ファッションデザイナーでもあるエディナ・ロネイのもと、私の妻アレックスと一緒に働いていた。当初、ニッキーは私の妻の友人という立場だったのだが、妻との結婚生活が終わりを告げると、私のガールフレンドになった。すると、『デイリー・メール』紙の芸能記者、ナイジェル・デンプスターが私たちの交際の噂を聞きつけ、記者のケイト・シソンズをよこした。ケイトは、ニッキーと私が同居していたチェルシーのタイト・ストリートのアパートまで押しかけてくると、玄関の呼び鈴を鳴らし、インタビューを求めてきた。ふたりのツーショットを撮らせてくれないか？ 冗談じゃない。私は断った。30分くらいたち、窓から数階下の道路を見下ろすと、ケイトがオープンスポーツカーに座っていた。運転席には女性カメラマンがひとり。私が遅かれ早かれ出てくると踏んで、1日じゅう張りこむつもりらしい。私は家に閉じこめられた。唯一の出口は、『デイリー・メール』のやつらが待ち構える正面玄関だけ。でも、どうにかして逃げ出す必要があった。

そこで、ハーヴェイズの厨房に電話をかけ、リーを電話口に出すよう言った。リーは私のいたずら心を誰よりも理解してくれる腹心の部下だ。

「いいか、リー、よく聞け。俺のアパートの外に、写真を撮ろうと待ち構えているふたりのやつらがいる。『デイリー・メール』の連中だ。オープンカーに乗っている。今から、適当なやつを2、3人見繕って、バケツをひとつずつ渡せ。バケツに小麦粉をたっぷり入れて、水を加えて、ぐちょぐちょにかき混ぜるんだ。そうしたら、タイト・ストリートまで来て、そいつらにバケツの中味をぶちまけてくれ。わかったか？」

「了解です」

窓際に座り、ショーの開演を待った。ケイトに手を振ると、向こうも振り返した。すると、とうとうリーの一味の乗る車が現われ、甲高いブレーキ音を響かせて、カメラマンのスポーツカーの横で停まった。リーたちは車から颯爽と飛び降り、バケツ3杯ぶんの中味を、ケイトとカメラマン、そして革張りの座席へとぶちまけた。そこらじゅうが粘っこい小麦粉でべちょべちょになった。ふたりは、黒いアスファルトの上に置かれた白い彫像のように、その場に立ち尽くしていた。道路の反対側にある老人ホームから、老人の入居者たちが集まってきて、その光景に息をのんでいた。でも、その次の出来事は想定外だった。どこからか、1台の赤い車が現場に駆けつけ、銃を持った4人の男が飛び出してきた。

「警察だ!」

警官たちはそう叫ぶと、リーたちを壁に押しつけ、銃をしまい、警棒と手錠を取り出した。しばらくして、数台のパトカーが到着し、私の料理人たちを車内に押しこみ、走り去っていった。

私がケイトに電話し、告発を思いとどまるよう頼まなければ、たいへんなことになっていたかもしれない。

「ハーヴェイズに来ないか。夕食をごちそうするから」

ケイトは笑い飛ばしてくれたが、カメラマンのほうは納得しなかった。一方、ナイジェルは絶好のネタを手に入れ、ケイトは念願の独占インタビューの機会を得た。数日後の晩、私はリーの一味と並んで厨房に立ち、私たちが小麦粉まみれにした記者のため、二つ星レストランの料理をつくった。こんなに不思議な罪滅ぼしは、今までなかったよ。

コラム4

料理人の脳。それは、心のなかで、皿の上の料理を絵として思い描き、そこから時間を逆再生する能力だ。家庭で料理をつくる人にも、同じことができない理由はない。料理は簡単だ。今、これから何をしようとしているのか、なぜそうするのかを考えるだけだ。だが、自分が何をしようとしているのかを考えもしないプロのシェフは、あまりにも多すぎる。

たとえば、目玉焼きについて少し考えてみよう。最高の料理ではないけれど、逆に言えば、卵ひとつ満足に料理できなくて、何を料理できるだろう？　実際、完璧に料理された目玉焼きはとても美しい。

料理人の脳を使って、皿の上に乗った理想の目玉焼きを思い浮かべてみてほしい。まわりは焦げているだろうか？　白身はクレーターだらけだろうか？　黄身はハンマーがないと割れないほど固そうだろうか？　ちがうはずだ。それでも、ほとんどの人が熱々の油の上に卵を割り、そのまま強火で調理してしまう。耳栓でもしたくなるくらい大音量でジューッという音を響かせて。こうして、皿の上に乗る目玉焼きは油まみれになる。卵というすばらしい食材がすっかり台無しだ。そういう目玉焼きがお好きなら、せいぜいその気持ち悪い料理をつくりつづけてほしい。

しかし、そうでない人は、皿の上に乗った理想の目玉焼きを想像できるはずだ。誰だって、見た目が美しくておいしそうな目玉焼きをイメージするだろう。そういう目玉焼きを食べると、幸せになるから。白身はつるんとしていて、まわりは焦げていない。黄身はピカピカしていて、薄い膜をフォークで軽く刺しただけで、中味がとろんと流れ出てくる。そんなイメージだ。

では、そういう目玉焼きをつくるには？　まず、厚底のフライパンを、5分間くらい、ごくごく弱火でじっくりと温める。十分に熱くなったら、バターを入れて優しく溶かす。次に、卵をバスケットから取り出し、フライパンに割る（冷たい食材を使うと、調理に時間がかかるだけなので、卵は冷蔵庫にしまわないのが鉄則）。フライパンが熱すぎる場合は、火からおろし、何秒か冷ます。目安として、調理の音が聞こえてくるようでは、火が強すぎる。注意深くバターをスプーンですくい、卵の上からかける。5分もすれば、イメージどおりの最高の目玉焼きの完成だ。どちらかというと、バターでつくったポーチドエッグに近い。

料理の前に、皿の上に乗った料理をイメージすることができれば、必然的に、分量も正確になる。夕食に6人ぶんのロースト料理をつくろうとして、12人ぶんをつくってしまった経験は何回あるだろう？　最初に完成形をイメージすれば、よりおいしい料理がつくれるだけでなく、ムダも減らせる。ただし、おかわりを想定しておくのをお忘れなく。

16

満身創痍

ハッと目を覚ました。胸に刺すような痛みが走った。その痛みはどんどん強くなり、息をするのもやっとになった。酸素が入ってこない。どうした？　いったい俺の体に何が起きているんだ？　１９８９年冬の雨の朝だった。覚えているのは、昨晩、〈ハーヴェイズ〉から帰宅するなり、家の鍵を握って服を着たまま、ベッドに倒れこんだということだけだ。手にその鍵が見当たらない。そして、胸の痛みはひどくなるばかり。もしかして、飲みこんじまったのか？　家の鍵を飲みこむなんてこと、ありえるのか？　そのとき、睡眠不足でアドレナリン中毒、料理漬けでワーカホリックな私の存在が、奇妙な形で姿を現わそうとしていた。まだ死ぬわけにはいかない。ミシュランの三つ星を獲得するまでは。

ベッドからよろよろと起きあがり、とっさに合鍵をつかんで、家から路上に出た。合鍵をつかんだのは、食道に引っかかった鍵が、保安官の体内に残った錆びた銃弾のように、永久に取り出せなくなり、家に入れなくなったら困ると思ったからだ。

私は片手で胸を掻きむしりながら、もう片方の手をあげてタクシーを止めた。

「チェルシー&ウェストミンスター病院まで」

救急救命室の医療チームにとって、私はなんて哀れな姿に見えただろうか。ボサボサの髪をした顔面蒼白の大男が、ゼーゼーと喘いでいる。

「どうしました?」と医師は訊いた。

「家の鍵を飲みこんだみたいで」

本当かどうかはわからないが、変態プレイの最中に、おかしなものを体の穴につめこんで取れなくなり、よろよろと病院にやってくる人々の話はよく聞く。家の鍵を飲みこんでやってきた寝癖頭の男の話は、まちがいなく、チェルシー&ウェストミンスター病院の食堂の定番の話題になるだろう。その光景が目に浮かぶようだ。

医師は私を診察室に連れていき、X線検査を行なうと、立ったままX線写真を詳しく調べた。

「ご覧のとおり——」と医師はX線写真を上から下に指でなぞりながら言った。「体内に鍵は見当たりませんね」

ああ、よかった。医師の見立てによると、私は睡眠中にパニック発作を起こしたようだ。同じことは今後も起こりうるらしい。血圧は、上が210、下が180と極度の危険水準で、もう少し年配なら心臓発作を起こしていてもおかしくなかった。結局、セカンドオピニオンを求めなくて正解だった。その後、ベッドサイドテーブルで家の鍵が見つかったからだ。

いったい、私がこの体に何をしたというのか? 当時は受け入れていなかったが、私はまちがいなく、肉体的にも精神的にも感情的にも、ボロボロな状態だった。恐ろしいのは、それでも疲れ知らずだったことだ。次なるアドレナリン噴射への欲求が、私を動かしつづけていた。私は、いわば限界以上に自分を駆り立てる能力を持っていた。私の心は体よりも強かった。体が「少し休ませてくれ」と言っても、心が「もっと速く走れ」とせき立てる。ほとんど毎日、私は朝ベッドから飛び起きると、家のなかを駆けずり回り、靴を履きながら、歯を磨き、コーヒーを淹れ、マルボロレッドに手を伸ばした。

1日じゅう、そんな調子だ。午前9時から翌朝2時までレストランで働き、そのあと家に帰って、3、4時間の睡眠を取る。まるで息つく暇がなかった。そのうち、私がコカイン中毒なのではないかという噂が広まった。私を飲みこんでいた嵐のような日々を考えれば、そう思われてもしかたないと思う。しかし、実際には、ドラッグをやっていたら、そんなに長く働けるはずはなかった。あるとき、噂を知った私は、ハーヴェイズで椅子に座りながら、冗談で前腕に塩を線状に並べ、鼻から吸いこんだ。それを見ていたやつらは、コカインを吸っていると勘違いしただろう。でも、鼻から塩を吸うのはもうこりごりだ。当時は、酒もあまり飲まなかった。本格的な酒飲みになったのは、38歳からだ。

ある日の午後、どんくさい部下か誰かを小突いていると、JCがドアからひょっこりと顔を出して言った。

「ボスのかかりつけ医が来てますぜ」

えっ？　かかりつけ医が？

「そいつはおかしいな」

ワンズワースは、彼女の往診の範囲から少しはずれていた。

「食事に来たってことか？」

「いや、ちがいます。ボスに会いに」

レストランに入ると、確かに、私のかかりつけ医が席に座っていた。びっくりしたが、彼女の席まで行き、話をした。どうやら、恋人のニッキー・バーソープが私の健康状態をひどく心配して、彼女を私のところによこしたらしい。おかしな話だ。

私はマルボロに火をつけ、エスプレッソのダブルを喉に流しこむと、口をもごもごとさせながら、体調に問題はないと答えた。だが、彼女に言わせれば、私はアドレナリン中毒で（もちろん、そんな言葉は使わなかったが）、がんばりすぎだった。慢性疲労に抑うつの症状もあるらしい。

彼女は私のことを見抜いていた。

「しばらく安静にしてちょうだい」

彼女はそう言い、錠剤を処方した。

「これをのんで、3日間はベッドで安静にすること」

彼女は私に指示を守ると約束させた。私は錠剤をのみ、ベッドに潜りこむと、一晩たっぷりと睡眠を取った。しかし、結局、彼女の説得はムダに終わった。翌朝、私はさっぱりとした気分で目を覚ますと、ベッドから飛び起き、ハーヴェイズに急行した。

平穏な時間なんてものは、ほとんどなかった。ある夜、ニッキー・バーソープがハーヴェイズまで私を迎えに来た。チェルシーの自宅まで車を走らせていると、後ろからパトカーのサイレンが聞こえてきた。車を停めると、警官がニッキーに車から出るよう促したので、私も同時に車を降りた。どうやら、ニッキーが左折禁止の場所を曲がったらしい。警官に酒を飲んだかと訊かれると、ニッキーは一滴も飲んでないと答えた（それは本当だった）。続けて、ドラッグをやっていないかとたずねられた（もちろん、摂取していなかった）。少し前まで、厨房でタフな一夜を過ごしていた私は、いい加減にしてくれと思った。今回もまた、居合わせた時と場所が悪かった、というやつだ。ドラッグに関する質問が警官の口から飛び出したとたん、私は警官につめ寄った。おそらく、げっそりとやつれ、汗をびっしょりとかきながら。

「その質問は余計だろう。撤回してくれ」

警官たちは、ニッキーから、闇夜にたたずむ怪物のほうへと顔を向けた。正直、警官が質問を撤回するなんて、これっぽっちも期待していなかった。警官のひとりが鼻で笑った。

「なんだって？」

「ドラッグを吸ったかという質問は余計だろう。質問は撤回して、謝るべきだ」

警官は車に戻れと言った。面倒を避けたかったのだろう。

「乗らない。謝罪してもらうまではね」

それから3秒くらいだったと思う。気がつけば、パトカーの温かいボンネットの上に顔を押しつけられ、手錠をかけられ、バタシー警察署の留置所へと向かっていた。それから7時間にわたって勾留されたのち、午前10時に法廷に来るよう言われて釈放された。私は約束をすっぽかした。代わりに、弁護士のところへ行って、事情を話した。私が出廷しなかったことを打ち明けると、彼は心配と不安をあらわにした。

「逃亡犯になるか、おとなしく出頭するか、ふたつにひとつだ」

「ちょっと大げさすぎるよ。俺は女性に謝れとポリ公に言っただけなのに」

結局、私は出頭し、また数時間ばかり勾留され、治安判事裁判所に出廷した。そして、向こう半年間は揉め事を起こさないよう、誓約させられた。すると、3人の治安判事のうちのひとりが言った。

「ホワイトさん、帰る前に、本にサインいただきたい」

てっきり、少し前に出版された私の著書『ホワイト・ヒート』のことだと思った。

「あいにくですが、本は持参しておりません」

その治安判事は怪訝な顔をした。右隣にいた判事から何かを耳打ちされると、彼女はこちらを向いた。

「あなたの本ではなくて、私どもの本です」

彼女は苛立った様子でそう言うと、書記事務所のほうを指差した。彼女の言う本というのは、出廷者がサインしなければならない裁判所書類の山のことだった。

メディアが飽きることはなかった。私は連日新聞に載った。ある日、「高級料理界のやんちゃ坊主（アンファン・テリブル）」と評されたかと思えば、次の瞬間には「イギリス料理界のやんちゃ坊主」、しまいには「料理界のやんちゃ坊主」になった。いつの間にか世界征服だ。挙げ句の果てには、「ほぼサイコパス」に近い「料理界のアナーキーなバイロン男爵」とまで言われる始末だ。まぎれもなく、ほとんどの人は私のことを「ロンドン一不作法なシェフ」とみなしていた。商売への悪影響はひとつもなかったけどね。

新聞やテレビで私の顔写真や映像を見た女性たちは、居ても立ってもいられなかったらしい。自宅のタンスの引き出しからパンティーをあさり、卑猥な手紙とともに送りつけてきた。ミシュランでいくつ星を獲得したとしても、シェフが郵便でパンティーを受け取るなんて、ふつうはありえない。そのクッション入り封筒の中味をすべて取っておいたら、ランジェリーショップが開けたかもしれない。

代わりに、営業前のキッチンで、パンティーのオークション大会を開いた。開始価格は1ポンド。毎回、最高値をつけるのは、私からの叱責で精神的にへこんでいた若きゴードン・ラムゼイだった。やつは、のちに恩師と呼ぶことになる男と過ごした日々の想い出に、かぐわしいレースの下着を持ち帰った。

ハーヴェイズで17時間を過ごしても、家に帰って寝たいとは特に思わなかった。私は早起きで、なおかつ夜更かしだった。数年前、初めてロンドンに上京してきたころは、仕事のあとにキングス・ロードへ行き、ポストパンク系のやつらとつるんだ。しかし、ハーヴェイズ時代は、チェルシー族ではなくメイフェアのマフィア（といっても、ギャングではなく裕福な若者のこと）と交流するようになり、ナイツブリッジのパビリオン・ロード沿いにあるアパートに居を移した。

よく訪れたのは、〈トランプ〉という店だ。そこは、ピカデリーのすぐ裏、ジャーミン・ストリート沿いにあるロックスターに人気の有名ナイトクラブで、「クラブの帝王」ことジョニー・ゴールドが所有していた。私は踊りもお酒も苦手だったが、それでもその店が好きだった。ジョニーはとても親切な男で、会員でもない私を店に入れてくれたうえ、美女だらけの彼のテーブルに、いつも私を誘ってくれた。

ジョニーが隣に座っていないときを見計って、私は遊び半分で、部屋の向こう側にいる有名人にフライドポテトを投げつけることがあった。ある夜、店でローリング・ストーンズのビル・ワイマンを見かけたので、ちょっとからかってやろうと思った。やつが金髪の女性を口説こうと近づき、女性の腰に腕を回しかけたとたん、私はフライドポテトを投げつけた。フライドポテトがビルの手に勢いよく当たると、やつは慌てて手を引っこめ、そそくさと立ち去った。たぶん、その女性にピシャリとやられたと思ったのだろう。

トランプは、2番目の妻、リサ・ブッチャーとの出会いの場所でもあった。1991年終盤のある夜、私が店に入ろうとすると、3人の若い女性が入り口の前で揉めていた。ジョニーはトランプをナンパスポットではなく、カップルや男女の友人向けの店にしたかった。だから、通常、同性だけのグループは入店お断りだった。私は女性たちを不憫に思い、受付を通りすぎるときにこう言った。

「あれは俺の連れだよ」

結局、女性たちは入店することができた。階段を下っていると、女性のひとりが話しかけてきた。

「お久しぶり、マルコ」

振り返って、その子の顔を見た。名前が出てこない。それどころか、まったく見覚えがなかった。

「誰だっけ？」

「いちど、ハーヴェイズで会ったでしょ。リサ・ブッチャーよ」

それで思い出した。１９９０年にハーヴェイズで開かれた、写真家ノーマン・パーキンソンの誕生日パーティーの招待客のひとりだ。そのとき、同じくパーティーに出席していたボブ・カルロス・クラークが、その子をキッチンに連れてきて、紹介してくれたのだ。そのときの状況が頭によみがえった。当時、リサは18歳のモデルで、セーラー服に艶やかに身を包んでいた。彼女はすでに、よく話題にのぼる有名人だった。在学中、彼女は雑誌『ＥＬＬＥ』の年間最優秀モデルに選ばれ、ハーヴェイズにやってきたころには、ある種のセレブになっていた。というのも、その少し前に、パーキンソンが彼女の写真を撮り、「90年代の顔」になるだろうと公言したからだ。要するに、ロネイが私に対してしてくれたことを、パーキンソンがリサにしたわけだ。ハーヴェイズで自己紹介を交わした時間は短かったが、トランプの階段での会話も、それと同じくらいあっさりしたもので、その夜、二度とリサを見かけることはなかった。

翌日、リサからハーヴェイズに電話がかかってきた。彼女は前日の礼を述べたあと、いつかコーヒーでも飲みましょう、と言った。

「午後はずっとハーヴェイズにいる。こっちへ来ないか。ぜひ君とコーヒーが飲みたい」

相手がどれだけの美女でも、店の営業の邪魔をさせるわけにはいかなかった。その日の午後、私たちはハーヴェイズでコーヒーを飲んだあと、ワンズワース・コモンを散歩した。とてもロマンチックな一時（ひととき）だった。すぐにディナーの約束を交わし、気づいてみれば、ふたりはパートナーになっていた。

まちがいなく、リサは世界有数の美女だった。私はリサの美しさに魔法をかけられた。悪い魔法を。まだ若くて見た目重視だった私は、リサの美貌の虜になった。リサを見るだけでうっとりとしてしまい、性格などまるで度外視していた。もう少しじっくりと考えていれば、ふたりがお似合いのカップルでないことに気づいていただろう。共通点らしき共通点が、ほとんどなかったから。トランプでの再会から３週間足らずで、私はリサにこんなプロポーズの言葉をかけていた。

「ふたりで駆け落ちして、結婚しないかい？」

いったい何を考えていたのだろう？　私は自分が幸せだと思いこんでいたが、実際にはそれまでになく孤独だった。正直に言うと、リサに対してなんの感情も抱いていなかった。それは彼女の責任ではない。ふたりには共通点がひとつもないばかりか、年の差がかなりあった。当時、リサが21歳で、私が30歳。もちろん、私はたったひとつの情熱を捨てるわけもなく、ハーヴェイズで犬のように働きつづけた。そのあいだ、リサが結婚式と披露宴の準備を始めた。結婚式はナイツブリッジのブロンプトン祈禱所で開かれるカトリック教会式のもので、披露宴はフラムのテムズ川のほとりにある〈ハーリンガム・クラブ〉で、70人を招待して行なわれる予定だった。

結婚式の前夜、ラフィク・カチェロという男と記憶に残る会話を交わした。ラフィクはハーヴェイズが開店して間もないころからの常連客で、おまけにかなり気前がよかった。エゴン・ロネイの絶賛レビューが載るまでは、彼のおかげで店がもっていたくらいだ。彼は世界一裕福なマンゴー栽培者といっても過言ではなく、彼ほど金払いのよい男は、今まで会ったことがない。店の誰もが、彼を愛してやまなかった。

ラフィクは、ハーヴェイズにやってくると、1本2000ポンドの1955年産ペトリュスをボトルで注文した。それも、単なる食前酒として。ラフィクの支払いだけで店の売り上げの半分を占める週もよくあった。私がアレックスと結婚したとき、彼は私たちともう1組の夫婦を、ミシェル・ルーの〈ウォーターサイド・イン〉まで昼食に連れていってくれた。勘定は5人でなんと1万ポンドにもなった。彼は週7日、とにかくお金を使いまくった。身なりもそれにふさわしく、常にぴしっとした格好をしていた。大酒飲みではあったが、酔っぱらった姿を見せることもなく、ウェイターの話では、彼がトイレに立つところさえ見たことがないという。彼は「酒豪」という言葉に新たな意味を与えた。

結婚式の前晩、ラフィクと一緒に座って話をしていると、なぜか、結婚式にどんなカフスボタンを着けていくのかと訊かれた。

「ヤバい。カフスボタンなんて持っていない」

それまで、カフスボタンが必要になったことがなかった。すると、ラフィクが自分の着けていたカフスボタンをはずし、差し出した。まるで化け物みたいだった。重くて、巨大で、それぞれに50個ずつのダイヤモンドがちりばめられている。あまりにも美しい出来だったので、悪趣味には見えなかった。

別れ際、ラフィクが唐突に言った。

「本当にこれでいいのかね？」

もちろん、よくなかった。でも、当時の私にはそれを認める勇気がなかった。

「あ、ああ」

ラフィクはよく名言を吐いた。彼のお気に入りの台詞のひとつが、「思い違い（イリュージョン）を思いこみ（ディリュージョン）に変えるなかれ」だ。１９９２年８月14日、ブロンプトン祈禱所で、花嫁が私と付添人のアルベール・ルーのほうに向かってバージンロードを歩いているとき、その言葉がフラッシュバックした。ロックスターが上流階級の若いモデルと結婚。芸能レポーターが飛びつきそうな話題だ。私がよきシェフと同じくらいよき夫にもなれるという思い違いは、思いこみへと変わりつつあった。

私は場違いだ。そう思ったのを覚えている。しかし、結婚式をドタキャンするよりは、そのままどこおりなく結婚式を続け、リサに晴れの日を満喫してもらい、そのあとで自然消滅に持っていくほうがいいと思った。多くの人々が、私のめちゃくちゃな論理に呆れ返ったのは認める。でも、そのほうがショックは少ないと思ったのだ。

結婚生活が破綻するまで、そう長くはなかった。結婚生活が始まった直後から、破綻の兆しはありありと見えていた。あるとき、記者から花嫁のドレスについて感想を求められた。ブルース・オールドフィールドがデザインした、背中の開いた床丈の白いドレスだ。私は言葉につまり、思わず、バージンロードよりもランウェイ向きだとかなんとか口走ってしまった。すると、「結婚相手の男性にウェディングドレスをけなされたらどう思う？」という見出しで、私の冷たい発言が新聞に載った。披露宴で、招待客がシャンパンを飲みながら歓談しているときも、私は結婚式の朝食を準備している私の部下たちの様子を確かめるため、ハーリンガム・クラブのキッチンへと消えた。鮭と赤座海老のテリーヌ、ソーテルヌのゼリー寄せ。スコットランド産牛フィレ肉のパイ包み焼き、ジャガイモのフォンダンとサヤインゲン添え、ペリグー・ソース。私が安心できるのは、厨房の熱、匂い、雑音、プレッシャーのなかだけだった。

リサと夫婦ゲンカをした覚えはない。自然消滅だった。ほとんどの時間を、私はハーヴェイズ、リサは海外で過ごした。3カ月とたたないうちに、私たちは離ればなれになっていた。結婚の誓約をする直前、私は自然消滅させようと心のなかで思った。そして、そのとおりになった。

結婚式のあと、カフスボタンをラフィクに返すと約束した。ところが、いざそのときになると、彼は受け取るのを拒んだ。

「もともとプレゼントのつもりだったから」

数カ月後、私の荷物からカフスボタンを探して返してほしいとリサに頼むと、なくしたと言われた。

今から5年くらい前、3番目の妻のマティとともに、ノッティング・ヒルのレストラン〈ファーマシー〉にいたときのこと。私たち夫婦は、『タトラー』誌の編集者ジェーン・プロクター、その夫トムとともに、夕食をとっていた。すると、ひとりの女性が店に入ってきた。目を惹くその金髪女性を見ようと、全員がそちらを向いた。女性は友人たちと一緒に、テーブルへと向かい、着席した。

店内の客たちはその女性に釘づけになり、「うわあ、誰だろう、あの女性は」などと口々につぶやいていた。私も女性に目をやったが、よく見えなかった。何をそんなに騒いでいるのだろう？　気がつけば、その女性を凝視していた。あの表情。あの姿。どこかで見覚えがあるぞ。

数分後、騒ぎになったその女性が、私たちのテーブルへと近づいてきた。

「お久しぶり、マルコ」

そのときようやく、前妻のリサだと気づいた。あの夜、〈トランプ〉の階段を下りていたときとまったく同じように、私はそれがリサだと気づかなかった。リサは、話しかけられなければ誰だか気づかないほど、私の人生のなかでちっぽけな存在だったのか？

「キスしてちょうだい」

リサが唇をとがらせ、キスをしようと身を屈めると、私はとっさに頭を引っこめた。

「やめてくれ、リサ」

リサとの結婚はまちがいだった。よい想い出はあまりない。リサは黙って自分の席へと帰っていった。それっきりだった。ところが、数分後、胸にミサイルが飛んできたようなドサッという衝撃を感じた。リサのテーブルの誰かが、氷を私に向かって投げつけたのだ。マティ、ジェーン、トムはゾッとしていた。昔の私だったら、つまりリサと結婚したときのような衝動的な男だったら、きっとロックスターのようにキレて、バケツ一杯の氷を持ってそのテーブルへと殴りこんだだろう。でも、何もしなかった。リサ（あるいは同席していた射的の名人）は、ようやく私への復讐を果たしたのだ。

17 秘密

1991年3月か4月のある日、ハーヴェイズのキッチンにいたとき、ジェームズ・ボンド映画のプロデューサー、ハリー・サルツマンの息子のスティーヴン・サルツマンから電話がかかってきた。彼が店の常連客になったのは、ある出来事がきっかけだった。あるとき、彼は『サンデー・タイムズ』でハーヴェイズの記事を見て、予約の電話を入れてきた。その記事には、「ハーヴェイズで食事をする客は、みんなぶくぶく太っている」とかなんとかという私の挑発的な発言が載っていた。私が満席だと伝えると、彼はこう返した。

「僕はぶくぶく太っているけど、それでもダメかい？」

見事な切り返しだ。その夜以降、私はスティーヴンが来たいと言えばいつでもテーブルを空けるようになった。

その春の日、スティーヴンは世間話をするために電話をかけてきたのだが、出し抜けに、最近は何をしているのかと訊いてきた。私はレストランの開店場所を見繕うため、ワンズワース橋を渡り、チェルシー・ハーバーまで下見に行ったことを伝えた。それから1、2分、私たちはその地区について話をした。チェルシー・ハーバーといえば、豪華な高級アパート、数軒のブティック、そこそこのレストランが建ち並ぶ急成長中の地区だ。マーガレット王女の息子、リンリー子爵と、貴族出身の写真家、パトリック・リッチフィールドが、ハンバーガー・バー〈ディールズ〉を開店して成功し、話題を集めていた。また、テラスに座ってマリーナに浮かぶヨットを眺めながら、カクテルを飲める高級ホテルもあった。

電話を終えて10分後、スティーヴンからまた電話がかかってきた。

「このあとマイケル・ケインから君に電話が行く」

「なんのために?」

どうやら、先ほどの会話のあと、スティーヴンはマイケルの妻のシャキーラ・ケインに電話をかけ、私がチェルシー・ハーバーに店を開く予定だと伝えたらしい。電話の近くでうろちょろしていたマイケルは、妻が私の名前を出すのを聞き、耳をピンとそばだてた。お互い面識はなかったが、彼は何度かハーヴェイズで食事をしたことがあった。シャキーラが電話を切ると、マイケルは訊いた。

「なんの話だい?」

私がすぐ近くに店を開こうとしているとシャキーラが告げると、マイケルは興味を持った。当時、彼は何軒ものレストランを所有して荒稼ぎしていたが、私と組んでもうひと儲けするチャンスだと考えた。だが、私には、チェルシー・ハーバーに店を開く予定なんてなかった。ただ下見に行っただけで、それ以外の何物でもない。スティーヴンに話した内容が、シャキーラへと伝わるうちに見事に盛られてしまったわけだ。

子どものころは、ヘアウッドの森で鳥獣を生け捕りにしたり遊び回ったりするのに忙しくて、あまりテレビを観なかった。でも、マイケルの主演映画のうち、『狙撃者』と『ミニミニ大作戦』のふたつだけは観たことがある。だから、マイケルから電話がかかってきたとき、すぐに彼の声だとわかった。

「マルコ・ピエール・ホワイトはいるかね?」

私はちょっとしたいたずら心で、こう訊き返した。

「どちら様?」

「マ、イ、ク、ー、ル・ケインだ」

彼はそう答えると、すぐさま本題に入った。

「チェルシー・ハーバーに店を開くと聞いたんだが」

つい15分前まで、チェルシー・ハーバーに店を開く予定なんてまったくなかったのに、今ではそういうことになっていた。

「ええ、そのとおり。それがどうかしましたか?」

「私も仲間に入れてくれないか」

マイケルはスパイのハリー・パーマーよろしくそう言った。

こうして、すべては始まった。1回くらいは会ったはずだが、よく覚えていない。その後、クラウディオ・プルツェも仲間に加わった。彼はロンドンに所有する数軒のイタリアン・レストランですでに大儲けしていて、私がスティーヴンと話をする前の朝、下見に行った物件の賃借権を所有していた。そういうわけで、彼も仲間に加わった。その結果、メンバーの顔ぶれはこうなった。

まず、ビジョン担当がマイケル。彼はテムズ川を見下ろすチェルシー・ハーバーのペントハウスに住んでいたので、かねてからチェルシー・ハーバーに店を持ちたいと思っていた。自分の部屋の目と鼻の先にレストランを所有するというのは、魅力的な考えだった。彼はずっとタイミングをうかがっていたのだが、ようやく絶好のチャンスが巡ってきた。マイケルは必要な開店資金も持っており、ビジネスの出資金を私にくれた(手渡しで)。

次に、物件を所有し、飲食業界について熟知しているのがクラウディオ。渡英する前は、イタリアのトリノでベルボーイをしていた経験があり、1975年には、ナイツブリッジに最初のレストラン〈モンペリアーノ〉を開いた。ちなみに、その店は今でも同じ場所で営業している。

そして、食への情熱を持ち、もっぱら仕事中毒と評判だった人物が、この私だ。マイケルはそんな私を気に入ってくれた。完璧だ。

私たちは、3人で物件を見に行った。とんでもない広さだった。ロンドン史上最大の一流レストランになりそうだ。席はぜんぶで200席。つまり、忙しい週には合計3000人ぶん近い料理をつくることになる。そして、最終的に店がオープンすると、その目標に到達した。お客が来れば来るほど儲かる。この店はレストラン業界に革命を巻き起こすだろう。今後は、規模が重要になる。当時は、ガストロドーム（巨大レストラン）という単語が生まれる前だったけれど、私たちが思い描いていたのは、まさしくガストロドームそのものだった。

ところが、ひとつだけ、すぐ開店できない事情があった。当時、イギリスは20世紀最悪級の不況をさまよっていて、特にレストラン業界は不景気の煽りを強く受けていた。そんななか、私たちは巨大なレストランを開店し、おまけにそこを連日連夜お客で満杯にしようとしていた。あいにく、世の人々は金欠に喘いでいた。私の父の言い回しを借りるなら、都会のヤッピーたちはすっからかんになっていた。首相は保守党のジョン・メジャーだったが、退陣の日が近いという雰囲気が漂っていた。そうなれば、絶対多数の与党がなくなるか、労働党の不遇時代も終わりを迎えるだろう。

「少し様子を見よう」とマイケルが言った。

今なんて？　彼は戦略を説明した。総選挙の結果が出るまで待ち、それから行動を決めるというのだ。彼は成功の確信が持てるまで、投資したくなかった。彼は決定的な疑問を自分自身に投げかけていた。もし労働党が勝ったら、景気はいっそう悪くなり、チェルシー・ハーバーに巨大レストランを開店できる見込みはなくなるのでは？　文字どおりの重大問題（メジャー）だった。

そこで、しばらく様子を見ることにした。そのあいだ、マイケルと私は固い絆で結ばれていった。マイケルはシンプルでおいしい料理が好きな美食家で、レストランの話をするのも好きだ。彼は私になんでも打ち明けてくれ、自宅や社交界へと誘ってくれた。彼にとって、私はただのビジネスパートナーだったので、そこまで親切にする義理はなかったのだが、総選挙の結果を待つあいだ、私たちはよく一緒に過ごすようになった。ケイン夫妻はよくハーヴェイズに夕食をとりに来てくれたし、私もオックスフォードシャーのウォンテージ近郊にある夫妻の自宅で昼食をごちそうになった。

マイケル宅での昼食には、お決まりのパターンがあった。日曜日の昼食をつくるのは、シャキーラではなくマイケルの仕事で、しかも彼は並の料理人ではなかった。彼は私がよく言うところの正統派の料理人だ。奇をてらわないシンプルな料理を、ものの見事につくってみせる。つけあわせまでばっちりと揃ったロースト料理はそのひとつだった。彼とつきあいはじめた当初は、ときどき、少しだけ彼に恐縮していた。彼が役者界のレジェンドだからというのもあるが、30歳も年上の人と食事をするのに慣れていなかったせいもある。

食事を終えると、マイケルは「フェルネット・ブランカ」という、恐ろしいほどハーブの効いたお酒のボトルを1本、取り出してきた。その後、席を立ち、ふたりで彼の家の美しい庭を散歩するのが毎回のならわしだった。庭を歩くあいだ、マイケルは波瀾万丈の人生のなかで出会ってきた人々の面白い話を聞かせてくれた。彼がよくしたのは、伝説的なレストラン経営者で、マイケルの元ビジネスパートナーであるピーター・ランガンの話だ。

マイケルは懐かしそうな笑顔を浮かべながら、ピーターの想い出を語った。ピーターは酔っぱらうと、自分の店をよろよろと出て、歩道に寝っ転がり、縁石に足を投げ出して車道の側溝に足先を入れるクセがあった。ある日、マイケルが店内にいると、ピーターがおぼつかない足取りで入ってきて、アイルランド訛りで言った。

「どうしてだろう、足が死ぬほど痛い」

マイケルは私にこう説明した。

「ふとやつの足を見てみると、両足の靴に血だらけのタイヤ痕がついていた。誰かがやつの足を轢いたのさ。しかも、やつは轢かれたことに気づいてもいなかった」

総選挙の結果を待つあいだ、マイケルは首相のジョン・メジャーを昼食に招いた。場所はマイケルのペントハウスだ。

「料理をつくってくれないかね?」

マイケルにそう訊かれると、もちろん私は快諾した。当時の私は、雇われ料理人のようなこともしていた。外部の料理人を自宅に呼ぶ余裕のある有名人からお声がかかると、何人かのハーヴェイズの部下と一緒にその家に出向いた。私はミニ料理団を引き連れて、マイケルのペントハウスに到着すると、さっそく料理に取りかかった。メイン料理以外は、何をつくったのか覚えていない。先ほども話したとおり、マイケルは凝った料理をあまり好まない。なので、ローストチキンとつけあわせをつくるよう頼まれたときも、まったく驚きはしなかった。

マイケルがドアの前で客人たちを出迎えると、ジョン・メジャーとノーマ・メジャーの夫妻が入ってきた。お次がミック・ジャガーとジェリー・ホール。そして最後が、ブライアン・フォーブスと、妻で女優のナネット・ニューマンだ。私は部下たちと一緒に台所に立ち、料理をしながら、マイケルの主演映画『ミニミニ大作戦』についておしゃべりをしていた。そのときは、珍しく料理中の私語を許していたのだ。作中、マイケルの一味がミニを爆破し、マイケルが「吹っ飛ばすのはドアだけのはずだぞ」という名台詞を言う有名なシーンについて話をしていると、私たち自身がドラマのような出来事に見舞われた。調理器具から煙があがりはじめたのだが、空調機器が働いていなかった。気づけば、全員が煙に包まれ、ゴホゴホと咳をしていた。すると、火災報知器が作動した。息苦しさのあまり、部下のひとりが少し空気を入れようと台所の扉を開けると、どす黒い煙が台所からリビングのほうへと流れ出た。その部屋では、マイケルが首相や芸能界のスターたちと並んで立っていた。まちがいなく、これからミシュランの星つきシェフの料理が食べられると自慢していたことだろう。煙の奥から、彼のショックそうな表情が見えた。消防隊のホースは最上階まで届かない。するとマイケルは、みんなの大好きなアクションヒーローに変身した。リビングに保管してあった窓の鍵をつかむと、台所に猛然と駆けこんで叫んだ。

「開けるのはドアじゃなくて窓だろう」

ジョン・メジャーは、その日のランチデートを生き抜き、1992年4月の選挙でニール・キノックを破って首相に再選した。これで、イギリスの総選挙では保守党の4連勝となった。世論調査員や評論家はジョン・メジャーの勝利に驚いたが、マイケル、クラウディオ、私は喜んだ。結局、メジャーは景気の後退こそ止められなかったものの、それでも私たちはレストランを開店した。マイケルは、労働党の勝利という最悪のシナリオだけは回避したと思ったからだ。

その店〈ザ・キャンティーン〉は、1992年11月にオープンした。ちょうど、アメリカ大統領選で、ビル・クリントンがジョージ・ブッシュ・シニアを破ろうとしているころだった。店は明るく、広々としていて、期待どおりお客で賑わい、週に数千食を量産していった。私たちの店ができた直後、もうひとつのガストロドームが開店した。テレンス・コンランの〈クァグリーノズ〉だ。イギリスは不況の真っ只中だったが、私たちの勢いは止まらなかった。私たちの店は、いわゆるデスティネーション・レストランのひとつになった。つまり、客たちは、最高の食材を完璧なまでに調理したザ・キャンティーンの料理を味わうためだけに、わざわざチェルシー・ハーバーまでこぞって旅をしたのだ。

山鳩のロースト、セップ茸と白トリュフオイル風味。仔羊鞍下肉のロースト、ジュニパーベリー・ソース。ポーチドサーモン。サーモンのソテーには、サボイキャベツの葉を調理してピュレ状にし、鶏の出汁、クリームと混ぜ、白トリュフオイルを加えたソースをつけあわせた。こうして、ザ・キャンティーンはミシュランの一つ星を獲得した。この規模のレストランにしては、史上初の偉業ではないかと思う。

といっても、ハーヴェイズを離れたわけではなかった。昼と夜の営業中はハーヴェイズにいたが、残りの時間は、もともとハーヴェイズのシェフを務めていたスティーヴン・テリー、ティム・ヒューズとともに、ザ・キャンティーンで過ごした。私がハーヴェイズから身を引いたのは、翌年、１９９３年後半になってからのことだ。私は持ち株を売却し、ハーヴェイズ初日から私のアシスタントを務めていたマーク・ウィリアムズが料理長に昇格した。しかし、結局、ワンズワース・コモンにあった私の小さな宝石はなくなってしまった。ハーヴェイズは、数々の一流シェフたちのキャリアに大きな影響を及ぼしたが、消えてしまった。とはいえ、そこには今でもレストランがある。それも、並のレストランではない。ブルース・プールがシェフを務める一つ星レストラン〈シェ・ブルース〉だ。でも、その想い出の場所に戻って食事をしたことはいちどもない。人間は、常に前に進むものだろう。店を離れることを淋しいとは思わなかった。今こそ前進する時だと感じていたのだ。

コラム5

毎日、全国少なくとも100万を超える家庭がローストチキンをつくる。鶏がオーブンに入れられ、2時間ほど焼かれ、焼き色がついたらオーブンから取り出される。

だが、それは正しいローストチキンのつくり方とはいえない。私がハーヴェイズやその後のレストラン、そしてマイケルの家で使った方法は、次のとおりだ。

まず、最高級のチキン、ブレス鶏を用意する。そうしたら、鶏を真空調理(スー・ヴィッド)、つまり圧力のもとで調理する。真空調理では、鶏を真空パックに近い状態に密封して、80℃で10分間、茹でる。こうすることで、全方向から熱がじんわりと伝わっていく。そうしたら、お湯から出してしばらく冷ます。次に、澄ましバターの入ったフライパンで、鶏の両面に焼き色をつけたあと、背中側を下にして、30分程度オーブンで焼く(時間は鶏の大きさによる)。これで、完璧に火の通った黄金色のローストチキンの完成だ。

単純に、鶏をオーブンに入れて焼くと、焼き色がつく前に、火が通りきってしまう。私のレストランには、真空調理器があったが、家庭では、鶏にラップを巻いて完全に密封し、20分間茹でるのでも、まったく同じ効果がある。おいしい肉汁がラップの内部に溜まるので、オーブンで調理する前に、肉汁を鶏の上からかけてやることができる。

真空調理の場合、詰め物をする必要がない。詰め物は、ローストチキンの重要な一部で、私が子どものころは、鴨やガチョウに詰め物をし、お尻の穴を縫いあわせてからローストするのがふつうだった。そもそも、なぜ詰め物をするのか？　火の通りを遅らせることで、外側から内側へと火を通らせるためだ。しかし、詰め物をしなければ、熱は内部の空洞へと入り、内側から外側へと火が通る。おかげで、表面に火が通りすぎず、とてもジューシーに仕上がるのだ。

18

史上最高の出来事

私の特技はルール破りだ。ボスとして、私はひとつの絶対的なルールを守っていた。スタッフとの交際は禁止。１９８７年1月のハーヴェイズ開店日から、１９９2年の最終日まで、なんとかそのルールを守り抜いた。ビジネスはビジネス。店のウェイトレスや女性のマネジャーとつきあえば、仕事に支障が出ると思った。いかにも危険な香りだろう？　秘書に手を出した会社の上司の災難話は山ほどある。そんな理由もあって、女性の料理人はあまり雇わなかった。女性シェフは非常に優秀だ。手抜きをしないという点でいえば、男性シェフよりも料理の腕は優れているかもしれない。でも、経験上、女性の料理人は店の男性と交際することが多い。すると、厨房の規律が大きく崩れかねない。

私はまるまる5年間、魅力的な女性スタッフとデートしたいという衝動を必死で抑えた。でも、ルールを破るときには、スマートに破った。

物語は、１９９2年の〈ザ・キャンティーン〉ではなく、その1年くらい前に始まる。当時、友人のアントニー・ウォラル・トンプソンがよく電話をかけてきて、チェルシーにある店〈チャー・バー〉に行かないかと誘ってきた。

「スペイン人の美女がそこで働いているんだ」

まるで、そう言えば私が尻尾を振ってテムズ川を渡ってくるといわんばかりの物言いだった。しかし、アントニーの目論見は、私をその「スペイン人の美女」と引きあわせることではなかった。友だちのいない男と思われるのが恥ずかしくて、ひとりでバーに行きたくなかったのだ。アントニーからどれだけ電話でせがまれても、私はいちどもつきあわなかった。だから、当時はまだその女性と会ったことはなかったし、アントニーもマティという女性の名前をはっきりと明かさなかった。

ある夜、ハーヴェイズでの仕事を終えた私は、アントニーの人気レストラン〈190クイーンズ・ゲート〉に一杯やりに出かけた。そこはシェフたちのクラブのようなもので、仕事を終えた市じゅうのシェフたちが、一息つくためにその店に集まってきた。少し話が脱線するけれど、ある夜、その店で激怒して殴りあいのケンカをしたことがある。私は車を運転しなかったが、トレバーという運転手を雇っていた。彼にはジプシーの血が流れていたので、190クイーンズ・ゲートで飲む一部の上流階級の客からは、場違いだと思われていた。すると、ひとりの客がトレバーをバカにしはじめた。私はやめろと言ったが、男は聞かず、殴る構えをした。

「四の五の言わずにぶん殴れ」

ふと、父の教えが頭をよぎった。私は男の鼻をへし折った。誰も私を責めなかった。そいつは、いちどはぎゃふんと言わせなきゃならない上から目線のクソ野郎だった。

そんなことはさておき、マティに対するアントニーの猛アピールは、実を結んでいた。チャー・バーでアントニーにドリンクをついでいたマティは、今や彼と同じ席で長い夕食を楽しむ関係になっていた。

マティはタバコを吸おうとしたのだが、店の自動販売機が故障していた。すると、アントニーが言った。

「大丈夫。友だちのマルコに頼んでみるから」

ふたりがこちらに向かってきた。マティの記憶によれば、白いシャツとシェフ用の白いジャケットを着た大男が、両隣の女の子に腕を回し、前のめりで席に座っていたという。テーブルの上にはいろいろなブランドのタバコの箱が散乱していて、灰皿は吸い殻であふれ返っていた。

「マルコ、友人のマティだ。彼女にタバコを1本くれないか?」

「どれがいい? 本格派ならマルボロ。どぎついのがお好きならベンソン。へっぽこスモーカーならシルクカット」

「私はシルクカットかしら」

あいにく、シルクカットは切らしていたので、マティはマルボロ・ライトを1本持っていった。それっきりだ。目も合わせなかった。今なら、マティはきっとこう言うだろう。

「印象的といえば印象的だったわ。会ったこと自体は覚えていたから。でも、特にいい印象はなかった」


マティはザ・キャンティーン支配人のトーキルと知りあいだった。あるとき、彼から電話がかかってきて、近々マイケル・ケインの出資する新しい店がオープンするので、ウェイトレスをやらないかと誘われた。彼女はウェイトレスの仕事に興味がなかったので、オファーを断ったのだが、2週間後、トーキルからまた電話がかかってきて、こんどはバーのマネジャーが辞めたのでそちらをやらないかと持ちかけられた。彼女は了承した。ザ・キャンティーンを立ちあげる慌ただしさもあって、私はマティの存在に気づかなかった。ところが、開店から数週間がたったころ、私はすっかりマティの虜になった。店には、連日連夜、ばっちりとおめかしをした美人女性客たちがたくさんやってきて、私に色目を使ってきた。でも、私の目に映っていたのは、お酒を飲んでいる女性たちではなく、お酒をつくっている女性のほうだった。

マティ・コネヘロは、オリーブ色の肌をした美しい女性だった。スペイン人の両親のもと、マヨルカ島で生まれたが、育ちはロンドンなので、言葉はパルマ訛りではなくロンドン訛りだ。最初、私はマティに気があることを伝えるため、ちょっとした誘惑テクニックを使った。といっても、いっさい言葉を発さずに。レストランの夜の営業が終わると、私はバーカウンターに座り、接客中の彼女に向かって、マッチ棒や丸めた紙を投げつけた。首にマッチがコツンと当たるたびに迷惑そうにしていたけれど、きっと夜の営業が終わり、床掃除をしているとき、イヤでも私の顔を思い浮かべるはずだと思った。

1カ月くらいたつと、マッチ投げはやめて、会話をするようになり、マティと仲良くなった。マティが休憩に出るのを見ると、店の外まで追いかけていって、後ろから話しかけた。

「コーヒーでもどう?」

マティが行くというと、タクシーを拾って、チェルシー・ハーバーからキングス・ロードのカフェ〈プッチズ〉へと走った。

最初は、ふたりとも、190クイーンズ・ゲートですでに会っていることに気づかなかった。そんなある夜、アントニー・ウォラル・トンプソンがふらりとザ・キャンティーンにやってきて、バーに向かい、一緒にシャンパンを飲まないかとマティを誘った。仕事中だからムリだと彼女が答えると、アントニーが言った。

「大丈夫。友だちのマルコに頼んでみるから」

その瞬間、マティは私が190クイーンズ・ゲートでタバコを吸っていた「大男」だと気づいた。そして、アントニーがマティにお酒を飲ませてもいいかと訊きに来た瞬間、私はマティが彼のずっと言っていた「スペイン人の美女」なのだと気づいた。

マティの好きなところのひとつは、彼女が私と同じく貧しい家庭で育ったという点だ。母親のラリは裁縫婦で（しかも、あとで知ったことに、いっぱしの料理人だった）、父親のペドロはウェイターだった。それまで、私は上流階級の女の子と何人もつきあってきたけれど（何を血迷ったのか、そのうちふたりとは結婚までしちまった）、人間が心の底から愛せるのは、自分と同じ境遇の相手だけなのだと思う。あくまでも私の個人的な意見だが、貧しい家庭で育った人は、上流階級の相手とは結婚できない。永遠に理解（わか）りあえない壁があるのだ。

マティと私が友人から恋人へと発展するためには、ふたつのハードルを乗り越えなければならなかった。

ひとつ目は、マティのボーイフレンドの存在だ。

マティは2年近く、その男とくっついたり離れたりを繰り返していた。ある夜、マティはその男からこう訊かれたという。

「マルコのこと、好きなのか？」

「好きなわけないでしょ。バカなこと訊かないで」

マティはそう答えたが、そのあとでじっくりと考えたのだろう。少しして、そのボーイフレンドとは別れ、男の家からホランド・パークにある実家へと戻った。ところが、1日じゅうおならをしている飼い犬のことで父親と揉め、犬と一緒に実家を出ると、タワー・ヒルにある友人のアパートに居候した。

私はその話を聞くと、ナイツブリッジのパビリオン・ロード沿いにある私のアパートの合鍵をマティに手渡した。

「よければうちに来いよ」

「おなら連発の犬がいるのよ」

「かまわないさ」

数週間後、マティはやっぱりいいと言って合鍵を返した。

ときどき、マティは店から私のアパートまで車で送ってくれた。いつもはすぐに車を降りて、アパートに帰るのだが、ある夜、車を出る前に彼女にキスをした。それから2日間、マティは私と顔を合わせてくれなかった。私もあの日のキスについては何も言わなかった。やっぱり、私は女性が苦手だったのかもしれない。

こうして、マティは独り身になった。ひとつ目のハードルはクリアだ。ふたつ目のハードルは、前妻のリサ・ブッチャーの存在だ。彼女が私とよりを戻したがったのだ。１９９2年の春から秋にかけて、私はリサを口説き落とし、婚約し、ブロンプトン祈禱所で結婚式を挙げ、そして離婚した。結婚式の祝辞よりもあっという間だった。それからというもの、リサは私と会話するためにときどきザ・キャンティーンにやってきたのだが、12月のある日、こう言った。

「ねえ、もういちどやり直してみない？　試すだけでもいいから」

振り返ってみると、やり直しを考えた自分がバカらしく思える。ふたりの相性がよくないのは目に見えていたし、結婚したこと自体、まちがいだとわかっていた。そのあいだ、マティとはたまにキスするくらいの関係にとどまっていたが、どんどん絆が強まっている気がした。それなのに、どういうわけか、気づけばリサの提案を受け入れていた。

リサと私は、ウィルトシャーにある〈マナー・ハウス・ホテル〉でクリスマスを過ごした。数百エーカーもの緑に囲まれたそのホテルは、ロマンチックなムード満点だったのだが、結果はさんざんだった。単純に、うまくいかなかったのだ。離婚の原因を何から何まで思い出させられた。最大の原因のひとつは、ふたりのあいだに共通点がまるでないことだ。私はリサのことを知らなかったし、リサも私のことをまるで知らなかった。

これ以上の進展はないだろう、と私は思い、リサに言った。

「ロンドンへ帰る」

私たちは滞在を早めに切りあげ、友人のギャリー・ベントリーに車で迎えに来てもらい、ロンドンへと戻り、それぞれのアパートで車を降りた。こんどこそ、これで終わりだ。こうして、ようやく完全な自由を手に入れた。大晦日もリサと一緒に過ごす約束をしていたので、その約束は守ったが、リサが私のアパートにやってくる前、マティと電話で話をした。

「今夜は何をするの？」

「リサと一緒に過ごすんだ」

「そうなの」とマティは優しい声で言った。「じゃあ、もういちどよりを戻すつもりなのね？」

「もうリサのことは愛していない。別に愛している人がいるからね」

「誰？」

それがマティだとは言わなかった。あとで聞くと、マティも自分のことだとは思わなかったらしい。

「君のことはすごく好きだよ」

そう伝えて、電話を切った。

しかし、マティへのそんな煮え切らない態度が、永遠に続くわけもなかった。マティは私の優柔不断な態度に、しびれを切らしていた。ふたりの関係が揺るぎないものになったのは、1993年1月上旬だった。早朝、私たちはふたりきりで店内に座っていた。客たちはとっくに支払いをすませて帰り、スタッフも片づけを終えていなくなっていた。この巨大なレストランのバーの片隅にあるテーブルに、ふたりきり。私たちがたわいもない話をしていると、マティが突然立ちあがり、テーブルに身を乗り出し、キスをしてきた。その日、私たちは一夜をともにした。私がもういちど家の合鍵を手渡すと、マティは受け取った。

マイケル・ケインは、私たちのことに口出ししなかった。私が「スタッフとの交際禁止」という掟を破ったことについて、何か意見を言うこともなかった。もともと、前妻のリサとの結婚にも大賛成というわけではなかった。マイケルはとても礼儀正しい人物なので、私がリサとの結婚を打ち明けたとき、「よしたほうがいい」とは言わなかった。反面、「そいつはすばらしい」とも言わなかった。

マティと私の交際の噂が漏れると、新聞社は記者たちを続々と送りこんできた。特にしつこかったのが、『サンデー・エクスプレス』紙のデボラ・シャーウッドという女性記者だ。彼女は朝、昼、夜と私を尾け回していたが、ある晩、話を聞きたいと言ってカメラマンと一緒にザ・キャンティーンまで押しかけてきた。デボラは、内心、どう転ぶかはふたつにひとつだと思っていた。一緒にお酒でも飲もうと言われるか、帰れと怒鳴られるか。私がグラスを持って彼女のほうへと近づいていくと、彼女はお酒を勧められるのだと思った。しかし、私はそんな気分じゃなかった。カメラマンの手からカメラをもぎ取り、タイル張りの床にたたきつけ、粉々に砕いた。彼らはその意味を酌み取り、引きあげていった。だが、デボラは最後まで私に質問を浴びせつづけていた。なかなか気概のあるやつだ。結局、私はカメラ代を弁償するはめになった。彼女はよりにもよって、私がいちばん機嫌の悪いときにやってきたのだ。

その後、マティは妊娠し、１９９３年12月、ルチアーノが生まれた。その数カ月前、マティと私は、何人かの友人を連れて、ヨークシャーまで休暇に出かけた。その帰り、Ａ１号線を車で南下しているとき、私は後部座席でうとうとしていた。きっと、悪夢でも見ていたのだろう、私は自分の叫び声で目を覚ました。

「停めてくれ！　高速から下りろ！」

私は我に返り、大声をあげたことを詫びた。それから15秒くらいしたころ、私たちの車が車線変更してきた大型トラックに巻きこまれた。車はトラックのトレーラー部分と運転席部分のあいだにはさまれた格好になり、あたりに煙や火花をまき散らしながら引きずられていき、道路の反対側へと投げ出された。やっとの思いで車から這い出ると、どうやって助かったんだろうと思うほど、車が大破していた。現場に駆けつけた警察も、私たちが生きていることに驚いた様子だった。私たちは警察に高速道路沿いのカフェまで送ってもらい、そこでタクシーを呼んでロンドンまで戻った。ようやく家に着くと、回転窓が開けっ放しになっていて、室内が凍えるほど寒かった。窓台に立ち、窓を閉めようとしたとたん、窓が突然ガタンと跳ねあがり、窓と窓枠のあいだに頭がはさまった。ああ、死ぬかと思った。恐ろしい自動車事故で九死に一生を得たあと、窓を閉めようとしていてまた死にかけるなんて、いったいどうなっているのだろう。

19

夢、叶う

私の夢は、言うまでもなく、ミシュランの三つ星を獲得することだった。そして、マイケル・ケインがいなければ、3つ目の星は獲得できなかったと思う。マイケルはまさしく仕掛け人的な存在だった。友人のサー・ロッコ・フォルテを紹介してくれたのも彼だった。ロッコはその少し前に、父親で偉大なホテル王のチャールズ・フォルテ卿が興したホテル会社の経営を引き継いだばかりだった。1993年のある日、マイケルとロッコが一緒に昼食をとったとき、私の名前が話題にのぼったらしい。

ロッコはミシュランの星を持つシェフと手を組むという考えが気に入った。少し前、ロッコはニコ・ラデニスと契約を結び、〈グロブナー・ハウス・ホテル〉内のレストランをニコに貸しつけていた。その店〈ニコ・アット・ナインンティ〉は、のちに三つ星を獲得する。つまり、ニコはロッコと契約したおかげで成功したわけだ。しかし、ロッコの側にもいくつかメリットはあった。ひとつ目に、自身のホテルに一流のシェフがいることは、絶好のPRにつながった。ふたつ目に、ニコのレストランのおかげで、ホテルのメインダイニングを利用したくはないが、遠くまで食事に出かけたくない宿泊客に選択肢が生まれた。ロッコはビジョンに富んだ人物で、シェフにホテルスペースを貸し出すという妙案を考えた先駆者ではないかと思う。ニコとの契約がうまくいき、グロブナー・ハウスの件が落ち着くと、ロッコは〈ハイド・パーク〉へと注目を向けた。そのホテル内に古くからあるグリルルームは、つぶれかかっていた。たぶん、お客がほとんど来なかったからだろう。永遠に続くものなどないのだ。

マイケルは私をロッコと引きあわせてくれた。ロッコは礼儀正しくてチャーミングな、正真正銘の紳士だった。

「君の二つ星を〈ハーヴェイズ〉からハイド・パークに移してはどうだろう?」

ミシュランの星を移すことは可能だった。たとえば、レイモン・ブランは、二つ星を彼の都心の店から〈ル・マノワール〉に移したことがある。ミシュランの承認は必要だが、不可能ではない。また、ハーヴェイズとワンズワースが私にとって手狭になったというのも、新たな店に興味を持ったひとつの理由だった。ハーヴェイズの場合、お客はどんなに多くても44人。二つ星は獲得できたが、3つ目の星を獲得するには少なすぎた。私には、ハーヴェイズが15席そこそこのちっぽけな店にしか見えなくなっていた。一方の〈ザ・キャンティーン〉は、もともと三つ星を狙った店ではなかった。しかし、ハイド・パーク・ホテルのレストランは、まぎれもない大舞台だった。ナイツブリッジとハイド・パーク・コーナーにまたがる敷地に堂々とそびえ立つそのヴィクトリア様式の壮大な建物は、フォルテ・グループの旗艦ホテルであり、裏側からはハイド・パーク、正面からは老舗百貨店の〈ハーヴェイ・ニコルズ〉や〈ハロッズ〉が見渡せる。ミシュランガイドで三つ星を獲得するのにふさわしい舞台であり、私の夢が叶うかもしれない（そして、のちに叶う）場所でもあった。

ロッコと一緒に現地を訪れ、契約を結んだ。すべてはとんとん拍子に進んだ。1993年7月、私はハーヴェイズを去り、そのわずか2カ月後、ハイド・パーク・ホテルに〈レストラン・マルコ・ピエール・ホワイト〉を開店した。ハーヴェイズではせいぜい8人だった料理団が、ハイド・パークでは16人、時には18人になった。そのなかには、ハーヴェイズで最後まで一緒に働いていた5人のシェフたちもいた。ハーヴェイズの前、ミシェル・ルーの〈ウォーターサイド・イン〉で働いていたロビー・マクレーと、料理人になるために生まれてきたような名前のドノヴァン・クック。ふたりと同じくウォーターサイド・インと、〈ロルトラン〉でも働いた経験のあるマイキー・ランバート。ハーヴェイズ時代にペイストリー・シェフ・オブ・ザ・イヤーの受賞歴があるロジャー・パイジー。ウェイターとして長続きせず、16歳か17歳でハーヴェイズにやってきたリー・バンティング。ちなみに、ドノヴァンとマイキーは、のちにオーストラリアへと移り、国内最高のシェフに選ばれたほどの逸材だ。

ハイド・パークの料理団には、ほかにも錚々たる顔ぶれが並んでいた。パリの〈ロブション〉を辞めたばかりのロバート・リード。名店〈ハンブルトン・ホール〉からやってきたスペンサー・パトリック。リチャード・スチュワートとロバート・ウェストン。〈ル・ガヴローシュ〉に勤めたあと、ペイストリー部門のロジャーとコンビを組んだティエリー・ビュセ。かつてハーヴェイズで働いていて、今回また戻ってきたチャーリー・ラシュトン。

シェフの平均年齢は25歳だった。みんな子どもじゃない。料理の知識と経験がいっぱいつまった頭と、1日16時間や17時間、フル回転で働きつづけられる強靱な肉体。その両方を兼ね備えた強力なチームだった。また、今回は、ル・ガヴローシュのときのような伝統的な階級制も設けた。私の下に、料理長、4、5人の副料理長(スー・シェフ)、魚料理部門、肉料理部門、ペイストリー部門に3人ずつ、ガルド・マンジェに4人。それから、部門シェフ、主任コミ・シェフ、コミ・シェフもいた。一人ひとりが一人前の料理長だった。

キッチンは巨大だった。ハーヴェイズのキッチンは狭すぎて、野菜を中庭の納屋に保管するしかなかった。

その規模こそが、三つ星獲得の足かせになっていた。さまざまな料理手法を発揮するためには、それなりの数のスタッフとスペースが必要だが、キッチンが狭いと、それが不可能になってしまう。しかし、ハイド・パークなら、蒸し煮、コンフィ、ココット、ヴェッシー包みなど、ハーヴェイズでは不可能だったさまざまな料理がつくれた。ハーヴェイズでは、メイン料理がたったの数品だったが、ハイド・パークでは、魚料理部門だけでも6、7品あったので、メニュー全体ではメイン料理が15品程度にもなった。

古典的なフランス料理をもとにしつつも、そこにシンプルさを取り入れた。人気料理のひとつが、鳩肉とフォアグラのキャベツ包み、ジャガイモのピュレ添え、黒コショウ風味だった。オマール海老はグリルし、少量のトリュフバターとともに、豚足は胸腺肉とペリグー・ソースとともに提供した。ほかにも、フランス産フィレステーキのワサビ風味や、ホロホロ鳥の白トリュフ・リゾットなどがあった。

メニューのいちばん上には、サルバドール・ダリの言葉を載せた。

「6歳のとき、シェフになりたいと思い、7歳になると、こんどはナポレオンになりたいと思うようになった。それ以来、私の夢は膨らむ一方である」

デザートのメニューには、18世紀の美食家ブリア゠サヴァランの言葉を載せた。

「おいしい食事を味わうにはどうすればよいか。まずは待つを知ることだ」

これは、注文した料理がなかなか出てこないと言って大騒ぎする客たちに向けた警句だった。

(その後、〈シュガー・リーフ〉というレストランに投資したとき、私はメニューにカスター将軍の台詞として「金髪たれ」という言葉を載せた。もちろん、私の創作だが。実際には、船が沈む際、「英国人たれ」と叫んだとされるタイタニック号の船長に対する献辞のようなものだった。デザートのメニューには、デルモンテの社員の台詞として「これだ」という言葉を載せた。その効果か、デザートの注文がひっきりなしに入った)

初めは悪戦苦闘した。問題は、ランチタイムに大人数の客をさばき慣れていないということだった。ハーヴェイズの場合、夜は連日大忙しだったけれど、街の中心からはずれた場所にあったので、ランチタイムはせいぜい15人か20人ぶんを膳立てするだけですんだ。ハイド・パークでは、その3倍、つまりランチだけで50人や60人ぶんにもなった。ようやくランチの営業が終わってホッと一息ついたところで、こんどは多いときで100人ぶんの夕食が待っている。ハーヴェイズでバリバリと仕事をこなしていた料理人たちも、ハイド・パークでは通用しなかった。成長することも、前に進むことも、ギアをあげることもできなかった。2部リーグから1部リーグに昇格したサッカーチームみたいなものだ。ギアをあげなければ、残留はできない。

一貫性は、相変わらず重要だった。ある日、ミシュランUKの主任調査員のデレク・ブラウンが、ザ・キャンティーンにやってきたので、少しだけ会話を交わした。私はル・ガヴローシュが三つ星から二つ星に降格した理由をたずねた。

「それは、その年に食べた4品のうち3品が、三つ星の基準を満たしていなかったからさ」

ブラウン氏は妥協を許せなかった。厨房から客席へと届けられる料理は、すべて三つ星レベルでなければならない。ブラウン氏の台詞は、私のその信念を裏づけていた。

「三つ星を獲得するのが私の長年の夢です。そのために、いつもロンドン唯一の三つ星レストラン〈ラ・タント・クレール〉を研究しています。すべての面であの店を上回ることができれば、三つ星をくれない理由はありませんよね?」

「さもありなん、てところか」

私はラ・タント・クレールを訪れては、目の前に出された料理を研究した。必死で努力すれば、アミューズグール、オードブル、魚料理、肉料理、チーズ、ペイストリー、デザート、プチフールではピエールに勝てると思った。しかし、ラ・タント・クレールのほうが絶対的に勝っているものがひとつだけあった。パンだ。ピエールのパンはまちがいなくイギリス一だった。彼にはパンへの深い情熱があった。情熱があれば、必然的に自分のつくるものを深く理解することになるので、完璧なものがつくれる可能性も高くなる。ピエールと私を隔てていたのは、レシピでも、環境でも、彼がどこかから輸入していた小麦粉でもなく、情熱だった。パンづくりにふさわしい両手が必要なのだ。

私はしばらくのあいだ、ハイド・パークの客たちよりもピエールの店の客たちのほうがおいしいパンを食べているという点が気がかりだった。そんなとき、ニコ・ラデニスの決め台詞をふと思い出した。

「自分よりもうまくつくれるやつを見つけられるなら、そいつにつくらせろ」

パンづくりを学びたいという気持ちはなかったし、単純にワクワクしなかった。そこで、私は店のレシピどおりにパンをつくってくれるベーカリーを見つけた。

しかし、私は料理面に手をつける前からすでに、豪華さへの幻想に取り憑かれていた。最高の皿や銀食器、美しいテーブルクロスにこだわり、店の壁には一流の絵画を並べた。私はハイド・パークを画廊に見立てた。もちろん、それで料理がおいしくなるわけではないが、そのすべてが料理をかたどる額縁となり、豪華なレストランに座っている感覚をお客に与える。また、いちばんの見せ場を厨房から食堂へと持っていき、肉の切り分けをお客の前で行なうようにした。たとえば、ミルクフェッド・ラムのもも肉と焼きパイナップルのバニラ風味をふたりぶんつくったら、シルバートレイに乗せて食堂へと運んだ。インパクトはラ・タント・クレールを超えていた。たとえば、ホタテを5枚提供するとしたら、当時は半分にしたホタテを皿に5枚並べ、コストを節約するのがふつうだった。代わりに、私は中サイズのホタテをまるまる5枚並べ、料理に立体感と存在感を出した。レストランに入るだけで、三つ星の香りがした。私はミシュランが三つ星を与えずにはいられない状況をつくったのだ。

休む暇なんてなかった。私たちは週6日働いていたので、厨房以外で過ごす時間はないも同然だった。私はポント・ストリート沿い、店から徒歩10分ほどのところに住み、毎朝8時45分に家を出た。厨房に着くと、食肉の処理を手伝い、なんなら下準備（ミーザン・プラス）も行ない、その日の料理について部門シェフたちと打ちあわせをし、料理長のロバート・リードと料理のアイデアを話しあう。午前11時45分になると、マティが赤ん坊のルチアーノを連れてやってきて、デシャップ台に座らせ、デシャップ台をはさんで私と反対側でコーヒーを飲む。15分後、ランチの営業が始まり、午後2時半ごろに終わる。すると、私は必要な事務作業をこなし、時には業者と会う。やってくるのはいつも相手のほうだ。私は一歩も厨房を離れなかった。午後遅くになると、マティがまたやってきて、子どもをデシャップ台に座らせたまま、ふたりでコーヒーを飲む。ディナーの営業が終わると、夜じゅう料理人たちと話をし、それから帰宅する。枕に頭を乗せるのは午前1時ごろだ。つまり、月曜日から金曜日まで、1日15時間か16時間は働く。ほかのスタッフは朝の7時半か8時には仕事を始める。土曜日、私は午後2時にやってきて、真夜中まで働き、日曜日に寝だめする。

レベルの高さという点でいえば、接客チームも厨房チームに引けを取らなかった。共同マネジャーのピエール・ボルデッリとニコラス・ムニエは、ともに30代前半のイケメンで、驚くほどお客を扱い慣れていた。もうひとりは、ベテランのジャン・コタだ。彼は長年ルー兄弟のところで働いた経験があり、本当かどうかはともかく、ル・ガヴローシュ史上最高のメートル・ドテルとして、ロンドンじゅうに名を轟かせていた。その後、ラ・タント・クレールで職を得たのだが、なんとも不思議な形で仕事を失った。ある日、女性客からトイレの場所をたずねられたジャンは、その女性をトイレのドアの前まで案内し、こう言った。

「奥様、次の料理に備えて、たっぷりと出してきてくださいね」

いったいなんでそんな言葉をかけたのかは、知る由もないが、最終的には、ジャンの息子シモンが知りあいのニコラス・ムニエに電話をかけ、ジャンのために仕事を見つけてやった。ジャンと仕事ができるのはうれしかった。結局、彼はキャリアの最後の10年間を私と一緒に働いた。

こうした神経のすり減る毎日のせいで、私はいつもピリピリしていた。特に、料理が一定の水準を満たしていないときには、思わずカチンと来た。ある夜、ひとりのシェフがスープの入ったボウルをデシャップ台に置き、私の最終チェックを待っていた。私はいつも、小指をスープにつけて温度を確かめるのだが、そのシェフがつくった魚のスープは熱々ではなく、生ぬるかった。私はそいつを呼び寄せた。

「なんだ、これは?」

「魚のスープです」

「魚の冷製スープのまちがいじゃないのか?」

私はそう言うと、胸まであるそいつのエプロンをぐいっと引っ張り、そのなかにボウルの中味を流しこみ、ついでにクルトンもひとつかみして放りこんだ。仕上げに、エプロンとコック服のあいだにボウルを突っこみ、そいつをストーヴの前へと返した。ボウルでエプロンを膨らませ、しょんぼりと戻っていくその若いシェフを、厨房の全員が面白がっていた。でも、そいつは、5分後には自分が別の同僚を笑う立場になるとわかっていた。

一方で、客のなかにも癪に障るやつはいた。店に入ってくるなり、友人たちの前でこれみよがしに、「マルコにつくらせろ」とメートル・ドテルに注文をつける客だ。これには無性に腹が立った。ある日、男が店にやってきて、フライドポテトを注文した。

「マルコにつくらせろ」

たぶん、高級レストランでメニューに載っていないフライドポテトを注文したらどうなるか、面白半分で試してみたのだろう。なあに、かまわないさ。お望みどおり、フライドポテトをつくってやろう。ただし、俺様に料理しろと言うからには、それなりの料金は覚悟しろよ。私は勘定書に25ポンドと書きこんだ。まったくバカなやつだ。男は勘定書を受け取ると、びっくり仰天し、メートル・ドテルを呼びつけて苦情を言った。私はメートル・ドテルにこう伝えさせた。

「お客様のご要望どおり、マルコがジャガイモを切り、マルコが湯通しし、マルコが調理し、マルコが銀の皿に盛りつけ、マルコがトマトケチャップを添えております。ご承知のことと思いますが、マルコの時給は高額でして……」

おそらく、このエピソードはやつのお得意のネタになっただろう。25ポンドの元は十分に取れたはずだ。

ある日、レストラン・マネジャーのひとりのニコラス・ムニエが厨房に入ってきて、レストランで問題が発生したと告げた。どうやら、私の大事な食堂で、ケンカが起こりかけているらしい。ふたりの男性客がレストランで食事をしていると、チンピラ男（チャラチャラしていて粗暴な感じのタイプ）と、ふたりの金髪女性という3人組の客がやってきて、隣のテーブルに着いた。その3人があまりにも下品で人目もはばからない態度だったので、ふたり組の男性は相手に聞こえるような声で、金髪女性たちの悪口を言いはじめた。チンピラ男はそれが気に食わなかったらしく、私が食堂に入ったころには、ふたり組の男性のネクタイをつかみ、目の前にひざまずかせていた。

「連れに謝れ。でないと、ふたりともぶん殴るぞ」

男がネクタイを強く引っ張っていたので、ふたりは首が絞まって声が出なかった。だから、謝ろうにも謝れなかったのだ。

「お客様、ここは私にお任せを」

男がネクタイを離すと、私はふたり組の男性を立ちあがらせ、店の外へ連れていった。

「たいへん申し訳ありません。予約を承る段階では、相手がどういう方なのかわからないもので。たいへんご迷惑をおかけし、お詫びのしようもありません。もしかすると、誰かが代理で予約したのかもしれません。あのお客様は二度と入店させないことをお約束します」

ふたりは暴力を受け、絞め殺されそうになったせいで動揺していたが、なんとか落ち着きを取り戻した。私がお代はいらないと伝えると、ふたりは闇夜へと消えていった。

次に、食堂へと戻り、チンピラ男と連れの女たちの席に向かった。

「たいへん申し訳ありません。予約を承る段階では、どういう方が来店するのかわからないもので。今回は、えらいふたり組と遭遇してしまいましたね。あのお客様は二度と入店させないことをお約束します。それから、お代は結構ですので」

しかし、そこまで愛想よく対応できるケースばかりではなかった。ある日の夕食時、50代前半くらいの身なりのよいフランス人夫婦が店にやってきた。その夫婦を接客したのは、若くして完璧な礼儀作法を身につけているレストラン・マネジャーのピエール・ボルデッリだった。ピエールが聞いた話では、夫婦は長年、〈ジョエル・ロブション〉や〈ギー・サヴォワ〉といった一流のフレンチ・レストランで食事をしてきたが、私の評判を聞いて料理を味わってみたくなり、ハイド・パークまでやってきたらしい。夫婦からオススメのメニューを選んでほしいと言われたピエールは、喜んで了承した。前菜は、蟹とトマトのサラダに、鶏肉、ポロネギ、フォアグラのモザイク風。ピエールが感想をたずねると、ふたりは「がっかりした」と答えた。メイン料理は、鳩肉のキャベツ包み、フォアグラ添えに、タラの香草パン粉焼き。ピエールが再び感想をたずねると、ふたりは同じくらいがっかりしたと答えた。すると、ピエールがふたりの言葉を私に伝えた。

「お帰りいただけ」

ピエールがテーブルへと戻って言った。

「申し訳ありませんが、ホワイト氏がおふたりに今すぐ退店いただきたいと言っております。お代は結構です。当方で負担させていただきますので」

ピエールは、もう時間だといわんばかりに、テーブルを少しだけ引き寄せた。夫婦は驚いた様子で座っていた。

「この30年間、世界じゅうの高級レストランで食事をしてきたが、出ていけと言われたのは初めてだ」

ピエールはもう少しだけテーブルを引き寄せ、愛想たっぷりで言った。

「何事にも最初はございますから」

厨房から食堂へと出るときは、なるべく冷静でいるよう努めた。ある日の午後7時ごろ、予約台帳に目を通すために食堂を歩いていると、6人組のアメリカ人が早めの夕食をとっていた。彼らは楽しそうにおしゃべりをしていたが、近くを通りかかったとき、ひとりの男の言葉が聞こえてきた。

「ここのシェフはクレイジーなんだ。超がつくほどのね」

私はそのまま歩きつづけたが、予約台帳を見ていると、そいつの言葉がフラッシュバックした。おい待てよ、俺のことじゃないか？　私は帰りしなにそのテーブルの前で立ち止まり、そいつに言った。

「私にもいろいろな呼び名があるが、クレイジーはちがうんじゃないかな？」

そいつはなんと言えばいいのかわからず、石のように固まっていた。私は沈黙をさえぎった。

「ここに残って夕食を楽しむか、今すぐ出ていくか。ふたつにひとつだ」

彼は気まずそうにもぞもぞと体を動かすと、かしこまった様子で訊いた。

「料理をいただいていってもよろしいですか?」

翌日、そいつから素敵な手紙が届いた。そこには、謝罪の言葉とともに、人生最高の食事だったという感想が書き添えられていた。

しかし、ある男にとっては、人生最高の食事とはならなかった。ある日、『グッド・フード・ガイド』編集者のトム・ジェーンが、汚らしい格好でやってきた。客のひとりが苦言を呈するほどだった。サイクリング用のズボンクリップをテーブルまで持ってきたのは、彼が初めてだった。私が退店をお願いすると、彼はショックの表情を浮かべた。すると、彼はすっくと立ちあがり、店を出ていく途中で、ズボンクリップを頭上に掲げ、私に向かって振りながら叫んだ。

「今に見てろ、お前に呪いが降りかかるからな!」

そんなどんよりとした空気を、見事に振り払ってくれたのが、ウィンストン・チャーチルの孫で政治家のニコラス・ソームズだった。彼はグルメ評論家のA・A・ジルとの昼食を終えると、テーブルからクロークルームへと歩く途中、食堂のど真ん中で立ち止まって叫んだ。

「この店こそ、すべてのレストランのお手本だ!」

1995年1月、私は気が気でなかった。ミシュランガイドの刊行は月曜だったが、その前の木曜を迎えるころには、生殺しの毎日に耐えきれなくなっていた。俺は三つ星を獲得できたのか? そのことが気になり、プレッシャーに押しつぶされそうになった私は、ある日、幼なじみのティム・スティールと友人のエドガー・バーマンを連れて、釣りに出かけた。午前11時ごろ、ブラウン氏とバルマー氏が私と会うためにハイド・パークに立ち寄ったという連絡が入った。午後2時半に再訪するという。

大急ぎで釣り具を片づけ、車に積みこみ、街まで戻った。三つ星を獲得できたにちがいない。でなきゃ、どうしてふたりでわざわざ会いに来る？　でも、確信するのはまだ早い。午後2時半ちょうど、ふたりはハイド・パークに戻ってきた。

「内密に話がしたいのだが」

ブラウン氏にそう言われ、料理長室に案内した。コーヒーが運ばれてくると、ブラウン氏が切り出した。

「1995年のミシュランガイドで、レストラン・マルコ・ピエール・ホワイトが三つ星に認定される」

三つ星……。その瞬間、私はイギリス料理界初のイギリス人三つ星シェフになることが決まった。33歳にして、私は史上最年少三つ星シェフになったのだ（ちなみに、その記録は現在も破られていない）。同じ年、私の旧友のニコ・ラデニスも三つ星を獲得した。つまり、ロッコのホテルにはふたりの三つ星シェフがいることになる。

そのときに飛来した感情は、うまく表現できない。三つ星を獲得するだけの努力はしてきたつもりだったが、それでも少しだけショックを受けた。レースを走り終えた気がした。ボクサーがヘビー級王者になったとたん、燃え尽きるのと同じだ。シェフもそれと何がちがうだろう？　頂点までのぼりつめたシェフが、急に引退して第二の人生を送るのもわかる気がする。理由は単純だ。厨房に立つことに飽きてしまうのだ。

ブラウン氏がミシュランUKを辞める直前、後任のデレク・バルマーから電話があった。

「ブラウン氏を送別食事会に誘おうと思って、希望の場所をたずねたら、ハイド・パークがいいと答えてね」

ブラウン氏が最後の晩餐の場所に私の店を選んだと聞いて、胸が熱くなった。私たちの店が三つ星を獲得したのは、何かの手違いなんかじゃなかった。夕食後、私はブラウン氏を客席からホテルの階段の下まで送った。どうしても、別れと感謝の言葉が言いたかった。夜も遅くなり、私たちが歩道に立つと、ドアマンがタクシーを呼んだ。ブラウン氏は私の手を握って言った。

「君が偉大なシェフになれた理由を決して忘れないでくれ」

偉大というのは言いすぎだけれど、煎じつめれば、私が厨房で過ごしてきた時間と、皿の上に乗せてきた料理にこそ、成功の理由があると言いたかったのだろう。

「絶対にストーヴの前を離れちゃいけない」

それが彼のメッセージだった。

1995年夏、ザ・キャンティーンの風向きが悪くなった。マイケルと私のあいだで見解の相違のようなものがあり、私たちは別々の道を歩むことにした。法廷闘争が巻き起こり、結果的には、私が仲違いの理由をいっさい口にしないという条件で、和解が行なわれた。ひとつだけ言えるのは、私たちのあいだにはケンカも罵りあいもなかったということだ。パートナー関係の解消は、みんなが信じているように、マイケルがフィッシュ・アンド・チップスをメニューに載せたがったとかいうこととはなんの関係もない。

関係を解消して以来、マイケルと会ったのはただのいちどきりだ。数年前、私は〈カフェ・ロイヤル〉で開かれたエリザベス・テイラーの誕生日会に招かれた。部屋に入ると、マイケルが映画会社ミラマックスの創設者ハーヴェイ・ワインスタインと同じテーブルに座っていた。なんてこった。でも、いちおう挨拶をしておかないと。私はふたりの席まで歩いていき、話しかけた。

「こんばんは」

ハーヴェイはマイケルと私のいざこざについて知らなかったのだろう。私と握手するなり、マイケルを指差しながら、私に言った。

「たぶん、彼ほど頑固なやつはこの世にいないと思うよ」

マイケルは映画プロデューサーの友人のほうを見ながら、こう言い返した。

「ハーヴェイ、私を頑固者だと思うなら、彼とビジネスしてみてはどうかね」

私にはマイケルというビジネスパートナーがいたが、ロッコには壮大な計画があった。私たちはピカデリー・サーカスにある巨大レストラン〈クライテリオン〉を買収する契約を結んだ。それはふたりのジョイントベンチャーになる予定だったが、書類に署名する直前、フォルテがグラナダ・グループによる敵対的買収の餌食になり、フォルテのビジネスは頓挫した。ひとたび敵対的買収が始まると、何もかもが止まってしまう。ロッコが気の毒でしかたなかった。彼が自分の会社を失うなんてバカげている。それは、彼にとって特につらい出来事だった。

私の未署名の契約書には、フォルテの経営陣が変わった場合、私にはクライテリオンの株式の50パーセントを買収する権利があるという条項が設けられていた。なので、私はそうなるものだと思っていた。グラナダが経営を引き継ぐと、私は最高経営責任者のチャールズ・アレンに招かれた。招かれたという言い方は正確ではないかもしれない。実際には、ル・ガヴローシュで夕食をとったのだ。食事中、私はチャールズにこう言った。

「私の手元に未署名の契約書がある。だが、クライテリオンはもう営業している。契約書には、私にあなたの会社を買収する権利があると明記されているのだが」

「身売りするつもりはない。君とビジネスがしたい」

おっと、意外な展開だ。

こうして、グラナダのジェリー・ロビンソン会長に会いに行くことになった。彼は礼儀正しく魅力あふれる人物で、紅茶がオフィスへと運ばれてくると、私のほうを見て言った。

「つごうか?」

前日の晩から、私はずっと考えつづけていた。なぜジェリーが私に会いたがるのか? きっと、私とロッコとの関係について探りを入れるためだろう。グラナダは公開有限会社なので、マルコ・ピエール・ホワイトのような危険人物に、訳のわからないことを言いながら動き回られるのだけは避けたかった。紅茶を飲みはじめてから7、8分したころ、ジェリーがこう切り出した。

「ところで、ロッコ・フォルテについてどう思う?」

「サー・ロッコ・フォルテは、いちども約束を破らなかった唯一の男でしょうね」

私はロッコをかばったが、私とグラナダとの関係は続いた。契約は、私がフォルテ・グループの主要ホテルのレストランを賃借するという内容だった。そのなかには、〈メリディアン〉〈ピカデリー〉〈キャピトル〉〈リージェント・パレス〉〈ウォルドルフ〉に加えて、父が若いころシェフとして働いていたリーズの〈クイーンズ・ホテル〉も含まれていた。1999年ごろ、私がグラナダの幹部と一緒にリーズを訪れると、ホテルのマネジャーがロビーで私たちを出迎え、館内を案内してくれた。

昔の父と同じホテルにいるなんて、不思議な気分だった。フランスで修業を積み、父の想い出話に数えきれないほど登場した友人のポール・ラ・バルブも、ここで父と一緒に働いていた。私はそのホテルの最盛期の雄大な姿を思い浮かべようとした。そして、バーへと入ると、マネジャーが言った。

「これからご覧いただくのは、世界最大のミニバーですよ」

世界最大のミニバーだって? 何を言っているんだ? 室内に目をやると、自動車のミニが天井から吊り下げられていた。グラナダの幹部と私は、そのおぞましい光景に唖然とし、無言で立ち尽くしていた。そのマネジャーは「ミニバー」を心の底から誇りに思っていたようだが、私に言わせれば、今まで見たなかでいちばん低俗なもののひとつだった。そして、グラナダの幹部も呆れていた。

結局、クイーンズ・ホテルにはタッチしないことに決めた。ロンドンのホテルのレストランに専念したかったからだ。詳しくは後の章で話すが、この際なので言っておくと、グラナダとの関係は２００２年で終了した。私は初めて企業の世界を経験し、とんでもないところだと思った。一流企業は完璧に運営されていると思うだろう。でも、個人的な意見では、小企業よりもむしろひどいと思う。取締役会議は苦痛でしかない。コーヒーの価格に関する会議が1時間も続く。役員たちはコーヒーの原価を1杯5ペンスに抑えたいと思っていて、60分間かけて節約の大切さについて話しあうのだ。

「1杯12ペンスなら最高のコーヒーが出せるんだけどね」

私はそう言い、思考停止状態で会議室を出た。やつらはどうすればお客が喜ぶかよりも、原価率のことばかり考えている。最終的に、私はクライテリオンだけを残してすべてを手放した。

途中で、面白い出来事があった。メリディアンで開かれたチャールズ・アレンの40歳の誕生日パーティーに出席したとき、歌手のシャーリー・バッシーのそっくりさんがキャバレーショーに出演した。あるとき、グラナダの幹部のひとりが私のほうに身を乗り出して言った。

「これが影響力と権力というやつさ」

彼はそう言い、舞台上で飛び跳ねているそのドラァグクイーンを指差した。

「よくわからない。影響力と権力というのは？」

「こうして40歳の誕生日にシャーリー・バッシーを招いて、歌ってもらえるということだよ」

コラム6

前に、古典料理の改良という話をした。それには別の呼び名がある。ヌーベル・キュイジーヌだ。あなたが80年代にレストラン通いをしていて、あの少量でおかしな組みあわせの恐ろしい料理を覚えているなら、この言葉を聞いただけで背筋が凍るだろう。まるで、その料理に喜んで大金を支払う客たちの味覚に対する攻撃だった。しかし、情けないことに、大半のシェフや食通たちは、ヌーベル・キュイジーヌの真の意味を理解していない。たぶん、99パーセントのシェフがその意味をわかっていないと思う。ヌーベル・キュイジーヌとは、コンセプトを軽くした古典料理なのだ。40年代から50年代にかけて、フェルナン・ポワンはフランスでまさしくそれを実践し、私が〈ボックス・ツリー〉の厨房で働いていた10代のときに見つけた本『我がガストロノミー』でものの見事に説明した。

ミシェル・ルーの〈ウォーターサイド・イン〉では、仔牛のカツレツ、バナナのキャラメリゼ添え、ラズベリーヴィネガー・ソースという料理を提供していた。あまり賢明とはいえない。アルベール・ルーのル・ガヴローシュでは、牛ヒレ肉のトゥルヌド、マンゴー、オレンジ、レモン添え、ラム・ソースを、揚げバナナを乗せたライスタンバルと一緒に提供した。これも、あまりおいしそうに思えない。このふたつの料理をヌーベル・キュイジーヌと表現しても、批判されることはないだろう。しかし、どちらも本当のヌーベル・キュイジーヌではない。古典料理のコンセプトを軽くしたものとはいえないからだ。

ハーヴェイズでは、軽くすることがすべてだった。そこで、私はソースから小麦粉を抜き、食材の汁を使った。本来、古典料理のひとつであるホタテのムースリーヌは、卵とクリームを使ってつくられる。しかし、卵を使うと、風味を軽くするためにクリームを使わざるをえなくなる。すると、あっという間に、本来のお目当てであるホタテの味が薄まってしまう。だが、ホタテは自然なたんぱく質を含有しているのだから、卵なんて使う必要はない。卵を取り去るだけで、あら不思議、ヌーベル・キュイジーヌの完成だ。古典料理が新しく生まれ変わるのだ。

20 平凡な1日

私がフランスの土をいちども踏まないまま、誰もがうらやむミシュランの三つ星を獲得したと知ると、多くの人たちが不思議がった。よく、私のインタビューにやってきた記者たちから、フランスのレストランで食べたお気に入りの一品をたずねられた。

「ない。フランスへは行ったことがないから」

すると、記者たちは「そうですか」と言い、そそくさと次の質問へ移る。ほかの一流シェフたち、アルベール、ミシェル、レイモン、ピエールは、みんなドーバー海峡の反対側からやってきたが、私はミシュランのスターダムに駆けあがるきっかけとなったパリの一流レストランの料理を食べることもないまま、イギリス一のフランス料理を提供していた。

「ほうら、見ろ。フランスになんて行かなくても、ミシュランの三つ星は取れるって証拠さ」

ジャン＝クリストフ・ノヴェリ（JC）と出会ったのは、80年代終盤だった（以来、彼はヘレフォードシャーのブロケット・ホールにある〈オーベルジュ・デュ・ラック〉をはじめとして、数々のレストランを運営している）。JCの話では、彼は私の店の厨房で働きたいと言い、〈ハーヴェイズ〉まで自己紹介にやってきた。すると、床のモップがけをしている男がいた。その男が、マルコ・ピエール・ホワイトは不在だとＪＣに伝えたらしい。モップがけをしていた男が実は私だったとＪＣが知ったのは、ニコが私たちを彼に紹介したときだった。だが、私の記憶はちがう。ＪＣはいちど、彼のレストラン・マネジャーのジュゼッペと一緒に私の店にやってきたのだが、それからしばらくして、こんどはキース・フロイドと一緒に来店した。ＪＣはジャージのパンツにトレーナー姿だったので、恥ずかしがっていた。

「そんなこと、気にするな」

私はそう言って、彼らを6番テーブルに座らせた。こうして、私たちのすばらしい友情は始まった。

１９９5年10月1日、フォルテ・グループが凱旋門賞のスポンサーをしていた関係で、ロッコがロンシャン競馬場で開かれる最終日のイベントを主催しようとしていた。彼はパリに数人のシェフを用意していて、ハイド・パークの料理団からも、私の数人の部下が現地に向かう予定だったのだが、ロッコの要請で、私が彼と２００人の招待客のために、料理を監督することになった。

私はＪＣを誘った。といっても、手伝ってもらうためではない。私にとって彼は兄弟同然で、単純に彼がいてくれると楽しいのだ。世界一ロマンチックな街を訪れるとなれば、マティにも来てもらわないわけにはいかない。私は自動車免許を持っていなかったので（試験を受けたことがない）、ふたりが交代で運転をしてくれることになった。暗雲が立ちこめはじめたのは、午前2時半ごろ、ドーバーの手前にある車両輸送列車「ユーロトンネル・シャトル」のターミナル駅に到着したときだ。私たちは切符を買い、車で列車に乗りこむ準備を整えた。ＪＣがフランスの憲兵たちのいるオフィスへと呼ばれる。パスポートの提示を求められると、ＪＣは車まで戻ってきて、窓から頭を入れて言った。

「パスポートを」

「ない」

私がそう答えると、JCは完全に混乱していた。冗談だろう？　またからかっているのか？　でも、パスポートは出てこなかった。

「何を言っているんだ？　マルコ、海外に行くなら、パスポートがいるだろう？」

パスポートなんて、持っていなかった。海外へ行ったのは、イタリアにいるジャンフランコおじさんとパオラおばさんの家を訪れた10歳のときが最後だ。私はそう説明したけれど、JCは私の子ども時代の冒険譚など聞いている気分じゃなかった。彼は少し緊張した様子で憲兵たちのところへ引き返すと、こう伝えた。

「パスポートを持っていないらしい。だが、彼は世界最高のシェフで、これからパリの食事会で料理をすることになっている。信じてほしい。彼は本当に重要な人物なんだ」

「ミッテラン大統領のために料理をつくるって？　そんなのは関係ない」

憲兵たちは、JCが私をフランスに不法入国させようとしていると考え、逮捕までちらつかせた。JCは車のほうを振り返ると、私がパスポートのようなものをひらひらさせているのに気づいた。彼は車まで駆け戻ってきて、私の手から書類をもぎ取り、大急ぎで戻っていった。

「すまない。見つかったらしい」

でも、それはパスポートではなく、表に私の顔写真が載っているフィッシング・ライセンスだった。憲兵たちはJCに向かって怒鳴りはじめた。

「なんだ、これは！」

レンジローバーに乗っていたマティと私のところまで、憲兵たちが「クソ野郎」を連発するのが聞こえてきた。JCがその場をうまく収めて、私たちは尋問されずにすんだが、追い返されてしまった。時刻は真夜中。昼には、ロッコと２００人の招待客のため、昼食をつくることになっている。ピンチを救ってくれたのは、ＪＣだった。偶然にも、彼はフェリー会社とのコネがあった。どうやったのかは知らないが、彼はフェリー乗り場まで車を走らせると、再び私のフィッシング・ライセンスを提示した。こんどはうまくいった。

なんとかフランスのカレーに着くと、一路パリへと車を走らせた。パリへ着くなり、ＪＣは街を案内してあげると言った。エッフェル塔まで車を走らせ、違法駐車すると、ＪＣはマティと私を車から引きずり出し、エッフェル塔の真下に立たせた。

「ほら、ロマンチックだろう?」

それが終わると、私たちはレンジローバーに乗りこみ、ものすごいスピードでパリの道路という道路を駆け抜けた。その途中で、危うくフランス人俳優のアラン・ドロンを轢きかけた。クロワッサンとコーヒーを持って道路を渡ろうとしていたアランが、急に立ち止まったのだ。まるでヘッドライトに照らされたウサギのようだった。ＪＣが急ブレーキをかけると、車はキキキーというものすごい音を立てて停止した。実を言うと、ＪＣはアランと瓜二つだ。それから数秒間、アランはクロワッサンを手に持ち、車の窓の奥を凝視しながら、ボンネットのすぐ先にじっと立ち尽くしていた。

「私の分身に殺されかけた」

きっと、そう思っていたにちがいない。

私たちは、パリの繁盛店〈ラ・クーポール〉で朝食をとった。壁には悪趣味な絵が飾られていたが、店はおしゃれで賑わっていて、いかにもフランスという感じだった。その後、ロンシャン競馬場に向かうと、駐車場へと続く長い車列ができていた。これでもかというほど待ったあと、私は歩道を横切って駐車場に入るようＪＣに指示した。ＪＣが私の指示に従うと、警察が車を取り囲み、道路に車を戻せとＪＣに怒鳴りはじめた。結局、私たちは車のクラクションや、車をよける歩行者たちの「クソ野郎」という怒号を浴びながら、再び歩道を横切って長い車列のなかへと戻るはめになった。

ようやく目的地に到着しても、状況はちっともよくならなかった。私たちが料理を任されたのは、馬券売り場の真上にある狭苦しいキッチンだった。おまけに、到着して初めて、オーブンがないことを知った。それでも、ガス式の巨大なホットプレートならあったので、火の真上にあるいちばん下の段だけを残して、すべての段を取りはずし、簡易的なオーブンに変えた。メイン料理は、タイムの葉を使ったスズキの香草焼きで、調理には45分かかった。幸い、前菜（フォアグラのテリーヌ、ソーテルヌのジュレ添え）とデザート（赤いフルーツのゼリー）は冷製だった。でなければ、間に合わなかっただろう。苦情はひとつもなかった。むしろその逆で、JCによると、招待客たちは「すばらしい」と絶賛していたようだ。

私たちはくたくたになり、帰国の途についた。カレーの港までやってくると、税関職員にパスポートの提示を求められた。

「ない」

「そもそも、どうやってイギリスから出国したんだ？」

「車で」

イライラした職員は、もういいといわんばかりに、手を振って車を通した。

「行け、行け！」

ドーバーでも車を停められ、パスポートの提示を求められた。私が持っていないと説明すると、何か身分証はないかと訊いてきた。私はダッシュボードの小物入れを手で探り、自信満々でフィッシング・ライセンスを提示した。税関職員は、「ピエール」という名前を見て不審に思ったようだ。

「そもそも、どうやってイギリスから出国したんだ？」

「車で」

これで2回目だ。結局、職員はもういいといわんばかりに、手を振って車を通した。

「それから、ちゃんとパスポートを取っておけよ」


キッチンは私にとって逃避の場所だったが、私はレストランのビジネス面にも興味を持っていた。マイケル・ケインやロッコ・フォルテらから起業家精神と自信をもらった私は、レストラン帝国を築きはじめた。１９９６年夏のある夜、ロンドンを走っているとき、ふとカーゾン・ストリート沿いの店〈ミラベル〉の前を通り過ぎたことに気づいた。少しだけ店内をのぞいてみたいという衝動に駆られ、運転手に車を停めてもらった。


ミラベルには、前にいちどだけ行ったことがある。といっても、食事目的ではないが。それは１９８１年夏、私が初めてロンドンにやってきて、アルベール・ルーのもとで働いていたころだった。19歳だった私は、初めての休日、バスでテムズ川を越え、ハイド・パーク・コーナーまで北上し、パーク・レーンを横切って、メイフェアの路地、そしてカーゾン・ストリートへと歩いていった。数分間、ミラベルに目が釘づけになった。目の前には、かつてロンドン社会でパリの〈マキシム〉に匹敵すると言われた、壮大で由緒ある店がたたずんでいた。戸口を通り抜け、階段を下り、受付の人物に優しく話しかけた。

「メニューを集めているのですが、古いメニューをひとつ譲っていただけませんか？」

夜、家に戻ると、そのメニューに目を通した。アーノルド・ベネット風オムレツ。カワカマスのクネル。トリュフを使ったウィリアム王子風ラムカツ。古典的なフランス料理が並んでいた。メニューは長年変わっておらず、オーギュスト・エスコフィエや、プロの料理人必携の本『フランス料理総覧』の影響を色濃く受けていた。1936年開店のミラベルは、ロマンスの象徴だった。マリリン・モンロー、ジャクリーン・オナシス（いつも1番テーブルに座っていた）、マリア・カラスはこの店を愛していたし、マーガレット王女、グレース・ケリー、エリザベス・テイラーもここで食事をした。モーリス・シュヴァリエは常連客だったし、ルーカン伯爵はミラベルの個室で婚約パーティーを開いた。この店の扉を抜けた人々、この店で交わされた言葉、この店で結ばれた契約を思うと、胸がいっぱいになる。

それから時は過ぎ、1996年のその土曜の夜、私はかつてロマンス、神秘性、活気であふれていたそのレストランをこの目で確かめるため、店に入った。店は死んでいた。メニューはフランス料理と日本料理がごちゃ混ぜになっていて、お客の少なさを見れば、ミラベルが売りに出されるのは時間の問題だということがわかった。レストラン・マネジャーのタカノリ・イシイに自己紹介し、2時間ばかり会話した。ミラベルは日本企業が所有していて、ミスター・イシイは経営状態が芳しくないという私の直感を裏づけてくれた。それでも、彼らは身売りに興味がなかった。ミスター・イシイはチャーミングで、礼儀正しく、物腰の柔らかい男で、その日から、私は彼につきまとった。週に1、2回、暇を見つけてはミラベルに立ち寄り、店を売りに出すことになったら知らせてほしいと釘を刺した。彼らはもうすぐ店を売りたくなるはずだと思った。

一方で、同じカーゾン・ストリートにある別の店にも目を奪われた。〈レ・サヴール〉もまた別の日本企業が所有していたが、提供していたのはフレンチだけで、日本料理をいくつかメニューに載せる勇気はなかったようだ。ミラベル方面にまったく動きはなかったし、私はどうしてもメイフェアに店を構えたかった。だから、レ・サヴールが売りに出されるという噂を聞いたとき、すぐに飛びついた。

すると、レ・サヴールを買収してからわずか2カ月後、ミラベルが売りに出された。ただ、ひとつだけ問題があった。今回は、購入希望者がほかにもいて、しかもみんな私より財力が上だったのだ。結局、４者での争いとなった。イギリス美食界のドンとして有名なシェフのアントン・モジマン。〈ル・カプリス〉や〈アイヴィー〉のオーナーであり、「ブラック・ジャック」こと金融王ジャック・デラルの金銭的支援を受けていたジェレミー・キングとクリス・コービン。シェ・ジェラール・グループ。そして、私。まるで大きな池を泳ぐ雑魚だ。ミラベルを手に入れようと思ったら、知恵を使うしかない。

それまで、さんざんミスター・イシイにつきまとい、一晩じゅう料理やレストランの話をしてきたことは、決してムダにはならないはずだ。また、レ・サヴールとの取引を通じて、日本人好みのビジネスのやり方についても、少しだけ理解していた。

私は日本人への接客の知識を頼りに、戦略を立てた。日本人は控えめな人たちなので、店内で騒いだりはしない。食事を食べ終え、コーヒーを注文したら、お勘定だ。それ以上、何かを注文することはないから。コーヒーを１杯頼んだら、２杯目を頼むことはまずありえない。

こうした経験から、日本人は公開取引ではなく、内々での取引を好むと推理した。ビジネスが失敗したことを公にしたくないのだ。私の見立てでは、ふたつの日本企業がカーゾン・ストリートに開店したレストランは、どちらも経営に苦しんでいたが、企業はバツが悪くて店を売りに出せなかった。でも、１社目がレ・サヴールを私に売却したのを見て、もう１社はようやくミラベルを売りに出す気になった。それまで、プライドが売却の邪魔をしていたのだろう。

すでに私とすっかり親しくなっていたミスター・イシイは、ブラック・ジャック、ジェレミー・キング、クリス・コービンがつけていた最高入札額よりも50万ポンド低い値をつけるよう、私に勧めた。私は彼のアドバイスに従ったが、私のオファーには、まちがいなくミスター・イシイと彼の上司たちをその気にさせる条件が含まれていた。もし私に店を売却してくれたら、スタッフをそのまま雇うと約束したのだ。

「俺がミラベルを買収したら、ミスター・イシイ、あなたの仕事も一生面倒を見よう」

日本文化では、上司が部下の面倒をできるかぎり見ることが重要だ。いわば、私はブラック・ジャックが大金では買えないものをオファーした。ミラベルの日本人従業員をそのまま雇うという意思を示したことで、私がオーナーの行動規範を理解しているだけでなく、心の底から支持しているということを、暗黙のうちに伝えたわけだ。

すると、ミスター・イシイから電話がかかってきた。

「乗ったよ」

ミスター・イシイはそう言うと、日本の上司にこう伝えた。

「マルコに店を譲るべきでしょう。店の従業員全員の面倒を見てくれると言っていますから。今までどおり仕事を続けられます」

こうして、私は日本式のゴーサインを取りつけた。そして、メイフェアにオープンする新店舗の計画を練りながら、幸せいっぱいで眠りに落ちた。

翌朝、目を覚ますと、恐怖で頭がいっぱいになった。よくよく考えれば、まったく同じ通りに、2軒のライバル店舗を所有することになったわけだからね。ちくしょう。こんなはずじゃなかったのに。これからどうすりゃいいんだ？　自分から滑稽な状況に足を突っこんじまった。でも、運は私にあった。ちょうど、ロッコ・フォルテもメイフェアに店を持ちたいと思っていたらしく、私に電話をかけてきた。

「レ・サヴールを売ってくれないか？」

ああ、いいですとも。

私は、ミラベルのかつての姿を取り戻したかった。もういちど、店にロマンスを吹きこみたかった。

私は壁を取り壊し、タペストリー・ルーム、会計スペース、ワインセラーをひとつの巨大な部屋に変え、チャイニーズ・ルームと名づけた。それまで10人も入れば満席だった空間は、40人が座れるようになった。クロークルームもしつらえられたが、実際に見てみると、バーの一部を占拠していたので、これはまずいと思い、クロークルームを取り壊してバーを巨大にした。バーには柱が入れられたが、レストランの雰囲気と合っていなくて、しっくりと来なかった。そこで、柱を取り壊し、交換した。木製の床も敷いたが、数日後、あまりにもきつく敷きつめたせいで床が曲がっていることに気づいた。もうすぐ開店だ。床を丸ごと剝がす時間はない。そこで、業者は夜の営業終了後にやってきて、午前2時から8時まで、木の床をタイルに交換していった。それは時間と根気の必要な作業で、完成までに3カ月近くかかった。加えて、壁にかけた絵の青が映えるよう、天井の色を塗り替えたかった。いちど塗ってみたが、合わなかったので、塗り直した。それでもまだピンと来なかったので、もういちど塗り直した。3回目でようやく完成した。

料理はフランスの古典料理へと戻したが、そこに現代的な工夫もつけ加えた。パセリとトリュフのスープには、ベーコンと鶏の出汁を加えた。それから、マッシュルーム・スープのカプチーノ仕立て、アンディーブとホタテのタルト、スプリングラムのプロバンス風もあった。シェフたちのなかには、チャーリー・ラシュトン、スペンサー・パトリック、リー・バンティング、カーティス・ストーンといった、今日のテレビ界のスターたちの姿もあった。どうしてもこの店でミシュランの星を獲得したかった。そして、実際に獲得することができた。

しかし、ミラベルのロマンスが通じないやつらもいた。ある夜、マネジャーが私のところへやってきた。何やら、フロント係のマリアンヌが大泣きしているという。その少し前、ある客が妻と友人たちの待つ店内へと入ってきた。マリアンヌは、席に案内するので少し待ってほしいと伝えた。だが、その男には待つ余裕すらなかった。

「消えろ」

男はマリアンヌにそう言うと、テーブルまですっ飛んでいった。その男からひどい扱いを受けて、マリアンヌは泣きだしてしまった。

私が男の席まで行くと、そのテーブルの客たちは、シェフがわざわざ挨拶に来てくれたと思い、喜んでいた。私は丁寧にたずねた。

「お客様、何か問題でも?」

男はいぶかしげにこちらを見上げ、答えた。

「何も」

「それはおかしいですね」

「何が?」

「当店のフロント係がお客様からかけられた言葉のせいで、私の部屋で泣いているのですが」

「私が何を言った?」

「消えろとおっしゃったそうですね。立派な侮辱ですよ。バカにされた気分だと言っています。勇気を出して彼女に謝るか、店を出ていくか。5分以内にご決断ください」

バーで待っていると、その無礼な男がやってきた。男はカンカンに怒っていた。

「妻や友人たちの前で、クソ野郎扱いしやがって」

「だって、クソ野郎だろう?」

「帰らせてもらう」

男がコートを取る前に、私は言った。

「正真正銘のクソ野郎さ。ちょっとでも分別があれば、謝りに行くだろうよ。消えろ」

重要なのは最後の言葉だった。私は男がマリアンヌにかけたのとまったく同じ言葉を、そいつにかけてやった。男は「君の言うとおりだ。謝りに行くよ」と言うべきだった。私の店に来て、フロント係を罵るとすれば、明らかに来る店をまちがえている。

ところで、ミスター・イシイはどうなったのか？　彼はミラベルを去ったが、数年後、私のもとで働くために戻ってきた。現在、彼は私の運転手兼助手を務めている。運転の腕は、ジャン＝クリストフ・ノヴェリといい勝負だ。ハンドルの前で居眠りをしたこともあるし、歩行者の女性を轢き殺しそうになったこともある。私はびっくりしてたずねた。

「ミスター・イシイ、もう少しで轢くところだったな。あとどれくらいだった？」

「ざっと15センチです」

ミスター・イシイは、私がいたずら好きだというのをよく知っている。以前、私は彼の携帯電話をこっそりと使って、自分のあそこの写真を撮り、それを壁紙に設定したことがある。別の日には、ホテルの駐車場から車で出る途中、肩から吊り下げたオーバーオールの作業着を着たふたりの大男が、大型のトレーラーに乗っているのを見かけた。それを見て、面白いことを思いついた。

「停めてくれ、ミスター・イシイ」

彼が車を停めた。

「あのふたり組に、サスペンダーを着けているか訊いてくれないか？」

ミスター・イシイは窓を下げ、訊いた。

「すみません、サスペンダー着けてます?」

男のひとりがきょとんとした顔をした。

「はい?」

ミスター・イシイは訊き直した。

「サスペンダー着けてます?」

「着けていないけど」

「どうもありがとう」

窓を閉め、車を走らせた。

そうやって、ミスター・イシイはいつも私の笑いの犠牲になるのだが、私にとってはかけがえのない存在だ。いわば、二人三脚というやつだろう。気まぐれで無神経なのが私なら、正直で、驚くほど礼儀正しく、バランス感覚に優れているのがミスター・イシイだ。私の生活が混沌としかけているとき、ミスター・イシイは持ち前の冷静さで、安定をもたらしてくれる。私が陽なら、彼は陰だ。彼と知りあって10年間、私は彼にいくらでもケンカの材料を与えてきたが、ケンカになったことはいちどたりともなかった。実際、彼が声を荒らげるのを聞いた覚えがない。ミスター・イシイは、完璧な紳士なのだ。

とりわけ長い1日を終えたあと、私が彼に手間を取らせたことを詫びると、彼は必ずこう答える。

「とんでもない。光栄ですよ」

ミスター・イシイは私にとって最高の代理人だ。彼の揺るぎない忠誠心は、私にとってメリットしかない。彼のような人間がもうひとりいれば、明日にでも雇うだろう。でも、ミスター・イシイはただひとりだ。

なぜいまだにタカノリではなくミスター・イシイと呼ぶのかとよく訊かれる。理由は簡単。それだけ尊敬しているからだ。

理由はもうひとつある。私がレストラン経営者の道を歩むことができたのは、彼のおかげなのだ。彼の助力がなければ、ミラベルは手に入らなかっただろう。そして、それ以来、私は30軒ものレストランを開店してきたのだ。

私のハーヴェイズ時代の弟子、ゴードン・ラムゼイは、オーナー・シェフとして独り立ちする準備ができていた。そこで、90年代、私はチェルシーに〈オーベルジーヌ〉を開店する手助けをした。店名を考えたのも私だ。開店から数カ月間、厨房はうまく回らなかった。だからしばらくは、〈ザ・キャンティーン〉で働く私のシェフたちがオーベルジーヌのために大量の料理をつくり、ゴードンの料理人たちがそれを受け取りに来ていた。

ある日、私はゴードンが一つ星を獲得した『エゴン・ロネイ・ガイド』を彼に見せようと、オーベルジーヌを訪れた。ゴードン、彼の当時の恋人のロス、マティ、私の4人で、店の外で立ち話をしていると、がっちり体型でいかにもガラの悪そうなスキンヘッドの男が、こちらに向かって歩いてくるのが見えた。

「おい、あれを見ろよ」

そう私に言われ、ゴードンが顔をあげると、スキンヘッドの男が怒鳴り声をあげた。

「何、ガン飛ばしてんだよ」

たちまち、険悪なムードになった。ゴードンは頭突きを食らうと、お返しとばかりに、強烈な右フックをそいつに見舞った。ふたりは取っ組みあったまま、その場を少しぐるぐると動き回ったあと、歩道へと倒れこみ、ゴードンは駐車中の車に頭をぶつけた。すると、いつの間にか、厨房で働いていた弟のロニーが店から飛び出してきて、スキンヘッドの男をものすごい勢いで蹴りはじめた。私が止めに入り、ようやくケンカが収まると、スキンヘッドの男は起きあがり、埃を払い、よろよろと立ち去っていった。ゴードンも、茫然とし、困惑しきった様子で、やっと立ちあがった。

ゴードンは有名シェフになるばかりでなく、テレビの世界にも進出しようとしていた。彼は「ボイリング・ポイント *Boiling Point*」という密着ドキュメンタリーに出演し、大忙しの厨房で働く様子をイギリス国民に披露した。制作陣から休日を楽しむ様子を撮影したいと言われると、ゴードンは私に電話をかけてきた。

「いつもマルコと釣りに行くと答えてしまったんだ」

「でも、そいつはウソだろう」

「わかってる。でも、つい口がすべって……。釣りにつきあってくれないか?」

マーロー堰(せき)に到着すると、ゴードンが釣り具の扱い方さえ知らないことに気づいた。私は彼のウソにつきあい、プロデューサーに聞こえないくらいの小声で、指示をささやいた。私はちょっとしたお遊びで、水深2メートル半くらいしかないのに、彼の釣り糸を3メートルに調節した。これで、彼の釣り糸は川底にべったりと横たわり、どうがんばっても錆びついた缶くらいしか釣れない。堰を歩いて渡るとき、彼は何度もすべって転びかけ、そのたびに石のように固まっていた。釣果は、私が10尾で、ゴードンが0尾。帰る時間になると、不思議に思ったプロデューサーが私を引き止めて言った。

「ゴードンは本当に釣りの経験があるのか?」

「あるさ。数えきれないくらいね」

1996年夏のある日、チャールズ皇太子が私に料理をつくってもらいたがっている、とアラン・クロンプトン＝バットから伝えられた。もちろん、ロイヤル・ファミリーのために料理をするのは光栄だが、それはかなり盛大な行事で、チャールズ皇太子の200人の招待客を楽しませるため、ヴァネッサ・メイがヴァイオリンを演奏する予定だった。メニューについてはなんの不安もなかった。夏だったので、イギリスらしい料理で問題ないだろう。ただ、堅苦しい儀式に参加することを考えると、背筋がゾッとした。だから、タイミングをうまく見計らう必要があった。前菜（鮭のバロティーヌ、香草と赤座海老添え）をつくるのに間に合うよう到着し、メイン料理（仔羊のオゼイユ風味、イギリス風）がデシャップ台からテーブルへと運ばれていく瞬間に逃げ出さなくてはならない。デザート（赤いフルーツのゼリー）が運ばれるのを見届けてはならない。でなければ、厨房から引っ張り出され、皇太子や招待客たちに挨拶させられるはめになるだろう。

私は皇太子の私邸であるハイグローヴの外にレンジローバーを停め、運転手と一緒に座り、マルボロを吸いながら、ダッシュボードの時計を見つめた。見世物にされるのだけはごめんだった。会場では、チャールズ皇太子が招待客たちに挨拶していて、テントに隣接するキッチンでは、私が到着して、指示を出し、いつものようにみんなを怒鳴り散らすのを、チームの面々が待っていた。そして、頃合いになり、門の前まで車を走らせると、警備員が手を振って車を中に入れた。車を降りた瞬間、恐れていたことが起きた。チャールズ皇太子の補佐官に腕をつかまれ、皇太子に会いに行かされたのだ。最悪だ。でも、むこうもプロだった。マルコはメイン料理をつくり終えると、挨拶を避けるためにいつも逃げ帰るということを知っていた。チャールズ皇太子はがっしりと私の手を握ると、温かい笑顔を浮かべて言った。

「ボンジュール。ムッシュー・ホワイト……」

それから3分間、皇太子のフランス語での独白が続いた。私は話をさえぎるのは失礼だと思い、じっとうなずきながら聞いていた。話を終えると、皇太子はハイグローヴにまつわる本を何冊か手渡した。そのすべてに、「ムッシュー・ピエール・ホワイトへ」と書かれていた。

こうなったら、打ち明けるしかない。

「たいへん恐縮ですが、私はフランス人ではありません。リーズの公営住宅で育ったもので……」

皇太子は、「いったいなんてことをしてくれたんだ。これじゃあまるで、私が前代未聞のイヤミ野郎みたいじゃないか」とでも言いたげに、補佐官の顔を見た。私は顔を真っ赤にした皇太子と並んで写真を撮ると、料理をつくるため、厨房へと消えた。

21
料理一筋

ミシュランの三つ星を獲得しても、私のレースはまだ終わらなかった。むしろ、ゴールラインはもう少し先であることに気づかされた。星の数でいえば、3つが最高だ。

星は料理に与えられるものだが、ミシュランのもうひとつの評価「快適度」についてはどうだろう？　ミシュランガイドでは、交差したナイフとフォークの小さな絵で表現される。なので、レストラン業界では「ナイフとフォーク」と呼ばれているわけだ。このマークは、心地よさ、豪華さ、美しさ、雰囲気に対して与えられる。5本のナイフとフォーク（しかも、黒ではなく赤）を獲得することが、私の次の執着になった。その夢を叶えてくれたのが、ロンドンの〈メリディアン・ホテル〉にあるレストラン〈オーク・ルーム〉だった。オーク・ルームは、三つ星だけでなく、5本の赤いナイフとフォークも獲得することになる。つまり、ミシュランガイドによれば、イギリスで最高のレストランということだ。三つ星を獲得したレストランはほかにもあれど、赤いナイフとフォークが5本きれいに並んだのは、前にもあとにもオーク・ルームだけで、〈ウォーターサイド・イン〉〈ル・ガヴローシュ〉〈ラ・タント・クレール〉は、いずれも4本止まりだった。

そこは世界最高の部屋のひとつと言ってまちがいない。舞踏室のような壮大さに、亘厚感のある鏡、柔らかな照明、そして、テーブル間の贅沢なゆとり。まるで夢の世界に足を踏み入れたようだ。オーク・ルームは、美食の殿堂だった。最高の卵のナージュ風に、絶品の焼きパイナップル。テーマは創造というよりも完璧の追求だった。アミューズグールから前菜、メイン料理からプレデザート、チーズからコーヒー、本物のチョコレートまで、すべてが完璧。まるで、ひとつのイベントだった。もちろん、ワインリストもイギリス一だ。お金さえ出せば、あらゆるヴィンテージのムートン・ロートシルトが味わえた。ペトリュスのヴィンテージに関していえば、2、3種類を提供している三つ星レストランはほかにもあったが、オーク・ルームでは1世紀前までさかのぼり、70～80種類を取り揃えていた。シャトー・ディケムのワインリストは5ページにもおよび、古いものになると1850年までさかのぼる。ヴィンテージと価格は、視覚に訴えかけるよう、すべて鉛筆で美しく書かれた。ソムリエがおよそ3週間がかりで書きあげたものだ。

料理は厨房から銀の大皿に乗せて運ばれ、肉はテーブルで切り分けられた。たとえば、鳩がテーブルまで運ばれてくると、スタッフが2分間かけて皿に切り分け、それから野菜が運ばれてくる。鳩を食べない人も、まちがいなくそのショーを楽しめるはずだ。

婦人が席につくと、ハンドバッグを床に置かなくてすむよう、小さなテーブルが横に置かれる。ハンドバッグ専用のテーブルがあるレストランなんて、いくつあるだろう？　また、現金支払いの際には、新札と新硬貨でお釣りを手渡される。折り目のついたくしゃくしゃの5ポンド紙幣や、手垢のついた50ペンス硬貨を渡されたりはしない。しわひとつないお札と、汚れひとつないキラキラの硬貨でお釣りが返ってくるのだ。

フランスの一流レストランを訪れたことはなかったが、それが刺激になったことはまちがいない。オーク・ルームで、私はパリの人々が体験しているであろう洗練性を再現することにした。そのためには、究極の体験をつくる必要があったが、私は幸運にも、それを実現する絶好の機会を得た。1997年8月、私は

〈ハイド・パーク〉からオーク・ルームへと三つ星を移した。店を準備してオープンするまで、あと6週間だ。

私はハイド・パークから料理団を連れていった。私の夢を叶えてくれ、〈ハーヴェイズ〉からわざわざついてきてくれた一蓮托生の部下たちだ。一つ星から三つ星、そしてその先へ。私たちはいっそう強力なチームになった。およそ25人の料理団で、70人のお客をさばいていた。料理長はロバート・リード。その下に5人の副料理長（スー・シェフ）。オーク・ルームでは、6人のテーブルがあれば、6人の料理人で6人ぶんの料理をつくることになるので、タイミングが重要だった。接客部門は、ソムリエが6人、メートル・ドテルが4人、主任ウエイターがふたり。12人全員がスーツを着ていて、うち6人は黒服だった。

いちどだけ、オーク・ルームの完璧さにほころびが出た。1997年12月の土曜の夜、ある客がレストラン・マネジャーのピエール・ボルデッリを手招きした。苦情だった。男は天井のほうを指差して言った。

「シャンデリアのあそこの電球が切れている」

ピエールが天井を見上げ、再び客のほうへ視線を戻すと、その客はつけ加えた。

「交換したほうがいい」

ピエールは困惑した。

「お客様、申し訳ございません。あの電球のせいで、ご気分を害されたということでしょうか？」

男はうなずいた。

「そのとおりだ。それから、ほかのシャンデリアにも、交換の必要な電球がふたつばかしある」

ピエールはキッチンにやってきて、事情を話した。

「つまみ出せ」

その客の前菜のフォアグラがまさに席へと運ばれようとしているとき、ピエールはテーブルに歩み寄り、それを自分のほうへと引き寄せて、こう言った。

「シェフが、ご気分を害されたようでたいへん残念だと申しております。どうぞお帰りになってください」

私の料理団(ブリガード)は、よく働きよく遊んだ。ある日、ランチの営業が始まる1時間前、私がオーク・ルームの厨房に入ると、もぬけの殻だった。下っ端の料理人がひとりかふたりだけで、ほかは見当たらなかった。

「みんな、どこへ行った？　もう少しでお客がやってくるぞ。いったいどこへ行ったんだ？」

事情はこうだ。前日の夜の営業が終わると、やつらは〈ブレーク・フォー・ザ・ボーダー〉へ出かけた。その店は大混雑のナンパスポットで、バーには男ばかり10人の行列ができ、男たちは大音量の音楽のなかで女を口説いていた。そこで、殴りあいのケンカが起こった。結局、シェフのひとりは腕を骨折、ほかのシェフたちも傷だらけの血まみれ、歩くのもやっとだった。私が厨房に着いたとき、やつらは救急救命室で治療を受け、傷を縫われ、鎮痛剤を処方されていたのだろう。その日、メイン料理が出てくるまで長いこと待たされた客には申し訳ないが、悪いのはぜんぶ、ブレーク・フォー・ザ・ボーダーのラガーだ。


1998年1月、オーク・ルームの開店から4カ月ちょっとして、ミシュランガイドが刊行された。オーク・ルームは三つ星を維持し、5本の赤いナイフとフォークも獲得した。それだけではない。フランスの有力なレストラン・ガイド『ゴー・ミヨ』で20点満点中19点を獲得した（それまで、20点を獲得した店はなかった）。また、『エゴン・ロネイ・ガイド』では三つ星（最高評価）、『グッド・フード・ガイド』では10点満点中10点、AAガイドでは5ロゼット（最高評価）を獲得した。1年間でこれだけの名誉を獲得したイギリスのレストランは、前にもあとにも1軒もない。オーク・ルームは、イギリス美食界のグランドスラムを達成した。世界最高峰の山の頂上に立った気分だった。もう、これ以上はのぼれない。

22

あの日の空

そんなか、私の人生にもうひとつ、大きな変化が起きていた。その知らせは電話で届いた。ある日の午前9時半を回ったころ、兄のクライヴから急に電話がかかってきた。

「オヤジが脳卒中で倒れた」

危篤らしい。マティと私は、すぐにふたりの坊主を車に乗せ、M1号線を北上し、リーズ、そしてリングフィールド・マウント22番地へと向かった。それは1997年9月12日金曜日、〈オーク・ルーム〉の開店から数週間後のことだった。当然、店を開いた達成感は、喪失感によって一瞬のうちにかき消された。

父は居間に敷かれたソファーベッドに横たわり、意識と無意識のあいだをさまよっていた。おそらくいちどは病院に行ったのだろうが、最期はこの自宅、寝室がふたつある二軒長屋で迎えたいという父のかねてからの希望もあって、退院が認められたのだろう。部屋には父の妻のヘイゼル、私の兄のグレアムとクライヴ、そして医師がいた。すると、クライヴが言った。

「朝食のすぐあとだった」

ルチアーノが父のもとへ歩み寄り、頬にキスをして言った。

するとと、意識朦朧としていた父が目を開き、3歳の孫にささやいた。

「じいじ、大好き」

「じいじもだよ」

父はもう1日だけ生きたが、それが私の聞いた父の最後の言葉だった。私たちはリーズの中心街へと車を走らせ、父が若いころにシェフの修業を積んだ〈クイーンズ・ホテル〉にチェックインした。その建物に足を踏み入れるのは、それが初めてだった（2回目、そして最後に足を踏み入れるのは、グラナダにホテルを案内してもらったときだ）。翌朝、土曜日、私はなんとか気をまぎらわせたかった。そこで、新聞を買うため、ルチアーノを街の中心部まで散歩に連れていくことにした。ホテルから路上に出て、ふと頭上を見上げた。胸がすくような青空。燦々（さんさん）と輝く太陽。その瞬間、1968年2月のあの日、最後に母を見た日のことを思い出した。あの日も土曜だった。きっと、今日が父の人生最期の日になるだろう。

ルチアーノを連れて、黄色い石畳の上を歩いていると、子どものころの想い出がふと頭によみがえってきた。土曜日の朝、父はよくリーズの市場まで買い物に連れていってくれた。昼食にポークパイとマッシーピーズを買うと、パイの蓋を切り取り、ミント・ソースを少しだけ中に入れて、また蓋を戻した。途中で、父の知りあいにばったりと出くわし、お小遣いをもらうこともあった。10ペンス玉を差し出され、私が困っていると、父が受け取るよう催促し、いつもながらの朴訥（ぼくとつ）とした口調で言った。

「もじもじするな。母さんはそんな人間じゃなかったぞ」

ムーア・アラートンまで車を走らせた。父と会うのは、これが最後になるだろう。父と同じ立場にいる人なら、心地よい枕か、静かな音楽を求めたかもしれないが、父がいちばんホッとするのは競馬だろうと思い、テレビのスイッチを入れ、ドンカスター競馬場で開かれていたその日のビッグレース、セントレジャー・ステークスの生中継にチャンネルを合わせた。

私が子どものころ、父は競馬番組「ＩＴＶセブン」を観ながら、テレビの前でうずくまり、馬たちがゴールラインに向かって疾走しはじめると、丸めた新聞紙をむち代わりにして自分の体を叩いていた。でも今は、馬が画面上で疾走するあいだ、全員がソファーベッドに横たわる父のまわりに立っていた。私はレースよりも父の顔を見ていた。まるで、ドラマチックな実況が耳に届いたかのように、父の目に生気がみなぎった。

「よし、がんばれ、がんばれ！」

勝ったのは、なんと、シルバー・パトリアーク（銀毛の家長）という名前の馬だった。

医師は父に最後のモルヒネを投与すると、こう言った。

「残念ですが、もって2時間でしょう」

さあ、リーズを出る時間だ。私は坊主たちとマティをロンドンに連れて帰り、父をヘイゼルとふたりきりにしてあげたかった。ヘイゼルが父の最期を看取れるように……。私が父にしてあげられることは、何もない。別れを言い、ロンドンへ向かってＭ1号線を走っているとき、携帯電話が鳴った。ヘイゼルからだ。父が亡くなったという。享年70歳。がんと診断され、医師に余命半年と告げられてから、26年がたっていた。

ロンドンに戻ってくると、マティに〈ハイド・パーク・ホテル〉で降ろしてほしいと頼んだ。コーヒーを飲み、一服し、頭のなかを整理したかった。そこに座っているとき、１９９５年1月のハイド・パークでの出来事を思い出した。その夜、マイケル・ウィナーが数人のジャーナリスト仲間を連れて夕食にやってきた。そのなかには、『ニュース・オブ・ザ・ワールド』や『ザ・サン』の編集を手がけることになるレベッカ・ウェイド、当時の『ニュース・オブ・ザ・ワールド』の編集者で、新聞業界でもっとも有名な異端児となりつつあったピアーズ・モーガンもいた。私は初対面のピアーズからこう訊かれた。

「息子が三つ星を取ったことを、オヤジさんはどう思っているだろうね？」

「よくわかっていないさ。オヤジにとっちゃ、ミシュランはただのタイヤメーカーだろうよ」

ピアーズの編集している新聞が、実は父の愛読紙なのだと伝えると、彼は特集記事のライターをよこして、マティと私のインタビュー記事を書かせたいと言った。次の日曜日、中央見開きページを独占している息子の記事を見るなり（それも、犯罪やスキャンダルではなくまともな内容で）、父は大喜びした。父からすれば、『ニュース・オブ・ザ・ワールド』の2ページを独占するほうが、ミシュランガイドで三つ星を獲得するよりも、よっぽど価値があった。「息子はすごいやつにちがいない」と思っただろう。

私たちの父子関係は、ずっとぐらぐらだったと思う。私が家を出て、父が再婚したあと、10年以上も音信不通の時期があった。でも、ルチアーノが生まれると、関係は修復した。父はまちがいなく、最高の祖父だった。

父は孫たちを溺愛し、折に触れてカードやおもちゃを送ってきた。ときどき、家族でリーズに帰郷り、父を1日連れ出すこともあった。ブリドリントンへ行くと、父はよく港の波打ち際を散歩し、地平線を眺め、海辺の空気を吸いこんでいた。私はよくお土産にニシンの燻製や新鮮な蟹を買ってあげた。あるとき、父がポツリとこんなことを言った。

「あと10年は生きないとな。孫たちの成長を見届けるためにも」

日帰り旅行を終え、ロンドンに戻る前、私はいつもヘイゼルが部屋からいなくなるタイミングを見計らって、父に500ポンドを手渡した。それより少ないとけちくさいし、それより多いとびっくりさせてしまう。お金はまっすぐに父の後ろのポケットに入った。父はヘイゼルを呼んで、「おーい、こいつをティーポットにでもしまっておいてくれ」とは決して言わなかった。まったく、面白いオヤジだったよ。自分では気づいていないみたいだったけれど……。

父の死から2、3日後、賭けがしたい気分になった。父と同じ名前のフランクという馬が、父の住んでいた通りの名前と同じリングフィールド競馬場で出走することになっていた。ところが、その日に賭けるのは1回だけと決めていて、すでに別のレースに出走するクラウディ・ベイという馬に賭けていたので、フランクには賭けなかった。なんてバカなんだ。もし賭けていれば、私が大金持ちになった理由をここに書けたのに。そう、大穴のフランクは、ぶっちぎりでゴールラインを横切ったのだ。

コラム7

料理人は、発明ではなく改良の世界に住んでいる。少なくとも、私はそう考えている。すばらしい料理を発明したと主張するやつらは、そう思いこんでいるにすぎない。必ず前に同じことをした人間がいる。店の客や評論家たちは、ハーヴェイズの料理、牡蠣とキャビアのタリアテッレをすばらしい〝発明〟だと思い、絶賛した。しかし、私が発明したわけではない。私たちが生まれる数世紀前から、貝を使ったパスタは食べられていたよね？　私がつくったのは、コンセプトにすぎない。ル・マノワールに、ザリガニのタリアテッレという料理があった。こんもりと盛ったパスタの上にザリガニを乗せ、上から魚のソースをかけ、仕上げに少量のチャービルで風味づけをする。この料理を見ていて、牡蠣の殻のなかにパスタ、牡蠣、キュウリ、キャビアを入れて、少量のシャンパンバター・ソースをかければ、すばらしい一品になると思った。すべての食感を一口でいちどに味わえるからだ。それを殻ではなく皿に盛りつけたら、口のなかがパスタだらけで牡蠣がまったくない、なんてことになるだろう。私は食べるときに皿の上がぐちゃぐちゃにならない料理をつくりたかった。この料理はその好例だ。牡蠣を食べても、見栄えが崩れない。もうひとつ、風味や食感の問題もある。すべての食材の風味や食感が、口のなかで融合するのだ。

それから、鳩のヴェッシー包み（鳩をブタの膀胱に包んで調理したもの）はどうだろう。１９８０年代終盤のハーヴェイズの客たちにとっては、目新しい料理だったかもしれないが、40～50年代にかけて、シェフのフェルナン・ポワンは自身のフランス料理店〈ラ・ピラミッド〉で、ブタの膀胱に包んだ鶏をふるまっていた。

そして、ル・ガヴローシュがポワンの古典料理の独自版をつくりあげた。

ハーヴェイズで人気の豚足料理も、私のラ・タント・クレール時代の元ボス、ピエール・コフマンの似たような料理から発想を得た。そして、ピエールの豚足料理もまた、フランス人シェフのシャルル・バリエの料理に独自の工夫を加えたものだ。つまり、私はピエール、ピエールはシャルル、そしてシャルルもまちがいなく誰かのアイデアを盗んだといえる。

ピエールの豚足料理では、豚足に鶏もも肉と胸腺肉をつめてから、熱湯に入れた。私は鶏肉がより高価な胸腺肉を水増しするために使われていると思ったので、鶏肉を使用しなかった。豚足は24時間、水にひたし、柔らかくしてから、骨を抜き取る。女性からタイツを脱がすようにして。次に、豚足に胸腺肉、モリーユ茸、玉ネギをつめ、鶏のクネルでつなぐ。それをアルミホイルで巻き、85度のお湯で10分間、弱火で茹で、寝かせたあと、ジャガイモのピュレとトリュフ・ソースとともに提供する。一方、ピエールの手法では、豚足の調理時間が2倍になる。個人的には、私の手法のほうがジューシーな味わいになると思う。

ハーヴェイズでは、初日から豚足の煮こみ、ピエール・コフマン風を提供した。ピエールの豚足料理を私なりにアレンジしたうえで、彼への賛辞をこめてそう名づけた。この料理は、私が引退するまでの12年間、行く先々のレストランでメニューに残りつづけた。でも、牡蠣とキャビアのタリアテッレと同様、私はこの豚足料理を発明したわけではない。改良しただけなのだ。

23 荒海

厨房の混沌から逃れるため、レストランのオーナーになりたいと考えるシェフもいる。私はちがう。むしろ、監督する店が増えれば増えるほど、昔ながらの遊びや楽しみの機会が広がった。たとえば、私の新しい店〈クオ・ヴァディス〉を例に取ろう。そこはソーホーのディーン・ストリート沿いにある全１２０席の繁盛店で、80年代中盤、長髪の私を不思議な目で見ていたイタリア人シェフ、シニョール・ズッコーニのもとで働いていた店だ。私はＰＲ担当のジョナサン・ケネディ、ＰＲの第一人者のマシュー・フロイド、そして芸術家のダミアン・ハーストとパートナーを組むことになった。

つまり、ワイルドでロックンロールな生活を送るロックスター芸術家のダミアンと、短気で有名なロックスター・シェフの私が一緒になった。最初から、ニトログリセリンの香りがぷんぷんただよっていた。しかし、ふたりにはひとつの大きなちがいがあった。私は料理界のやんちゃ坊主（アンファン・テリブル）と呼ばれていたが、感情に突き動かされていた。何か効果を狙っているわけではなく、ただ感情に従い、自分の人間性をそのまま表現しているだけだった。しかし、芸術界のやんちゃ坊主と呼ばれていたダミアンは、何をするにも効果を狙っていた。相手にショックを与えることだけを狙って、発言や行動をするのだ。いずれにしても、私が加わらなければ、ダミアンは契約に応じなかったといっても過言ではないと思う。そして、実際にそのとおりになった。私たちにはやんちゃ坊主という呼び名以外にも、多くの共通点があった。ダミアンは私の数歳年下だったが、私と同じリーズ出身で、兄たちと同じ学校に通っていた。

私たちはダミアンの絵画を壁にかけ、クオ・ヴァディスは彼の代名詞ともいえる芸術スタイルの拠点となった。たとえば、皮膚をはいでホルマリン漬けにした2頭の雄牛の頭部がその典型だ。開店して間もないある日、マシュー・フロイドから電話がかかってきた。

「マルコ、たいへんなことになった。こっちへ来てくれ」

店に着くと、200人の動物愛護活動家が、ダミアン、雄牛の頭部の展示、店に対するデモを繰り広げていた。群衆をかき分けて店に入ろうとすると、活動家のひとりが叫んだ。

「マルコが来たぞ」

活動家たちが私に向かってつばを吐きはじめた。雄牛はダミアンが作品にするずっと前から死んでいたというのに……。頭部をホルマリン漬けにするのと、肉を皿の上に並べるのとで、何がちがうのだろう？　内心そう思ったが、この点について言い争うのはやめておいた。

店内に入ると、マシューと私は店のスタッフと並んで立ち、路上のデモをじっと見つめた。私はこの先どうなるのかわからず、こう言った。

「コーヒーでも飲ませて、少し落ち着かせたらどうだろう？」

私はうんざりしてきたので、つばを吐く活動家たちをかき分け、その場を去った。それからすぐ、活動家たちが店になだれこんできた。メートル・ドテルは殴られ、フロント係は襲われ、本格的な乱闘が始まった。活動家にまぎれていた3、4人の覆面警察官も、拳を振りあげながら騒ぎに加わった。家具は蹴り倒され、電話のコードは差しこみ口から引き抜かれた。こうして、5人の活動家がマールボロ・ストリートにある治安判事裁判所へと連行されていった。すると、逮捕されたひとりの少女の母親から電話がかかってきて、娘はうつ状態で投薬中なので告訴を取り下げてくれないかと頼まれた。私は喜んで告訴を取り下げるつもりだったが、活動家を一種のテロリスト集団とみなしていた警察は、それを認めなかった。まさに混乱の極みだった。

ダミアンの作品はさらなる問題を起こし、最終的には、ダミアンと私とのあいだの訴訟騒ぎにまで発展した。クオ・ヴァディスは、店内の壁にダミアンの絵画をかける契約を彼と結んだ。契約では、彼が店内にある絵画を下ろすことを希望する場合には、そのスペースを別の絵画で穴埋めしなければならないことになっていた。作品のローテーションというやつだ。私は絵画に賃料を支払うという考えが気に食わなかった。なんとなくしっくり来なかったのだ。あるとき、ダミアンはダブリンの自宅に飾ると言って、いくつかの絵画を壁から下ろしはじめた。たとえば、2・4メートル×1・8メートルの絵画を取りはずすと、30センチ×30センチくらいの絵画と交換したのだ。それはおかしい。似たような大きさの絵画と交換するというのが、ローテーションの主旨だ。でなければ、間が抜けてしまう。

絵画を提供し、一定の賃貸料を受け取る契約を結んだなら、その契約を尊重するのが筋だ。ダミアンは契約の精神を無視していた。ダミアンが契約を逆手に取ったのか、それともそれがダミアンのやり方だったのかはわからないが、黙って見過ごすわけにはいかなかった。私はダミアンに全作品の撤去を求めたが、特に諍いは起きなかった。こうして、彼の作品の穴を埋める必要が生じたのだが、こうなったら自分でいくつか絵を描いてやろうと私は思った。もともとはお遊びの勝負のつもりだったのだが、あるときから弁護士が入ってきて、盗作騒ぎへと発展した。私にとってみれば、すべてはちょっとした遊び心だった。私は田舎に出かけ、コンセプチュアル・アートを楽しんだ。キャンバスを真っ黒に塗り、若いおんどりの羽を突き刺し、「油まみれ」というおかしなタイトルをつけた。時間はかかったが、それくらいは朝飯前だ。

私はキャンバスを用意してもらい、正方形の巨大なキャンバスに、黒いアクリル絵の具を塗り、グレーズし、羽をつけた。正直いうと、最高の出来だった。最高の料理をつくるほうがよっぽど難しい。

また、水玉模様の絵画にも少しだけ手を出した。私はそれを切り裂き、「離婚」と名づけた。遊び心満点だった。ダミアンが有名なDNA模型をつくっていたので、私は雄牛の目で模型をつくり、「BSE」と名づけた。メディアは、私がコンセプチュアル・アートの世界に進出したことをこぞって取りあげた。紙の上に落書きをし、額縁をつけ、壁に飾れば、アートになる。ほとんどの人は私の言いたいことを理解してくれたようだ。ダミアンと私は、格闘ごっこをする子どものようなものだったが、突然、弁護士が割りこんできて、収拾がつかなくなった。ひどいだろう？　私たちはふたりの10歳児ではなく、ふたりの成人男性になっていた。

そもそも、なぜコンセプチュアル・アートに手を出そうと思ったのか？　ある日、ふたりがまだ仲良かったころ、私は目の前に座っているダミアンに言った。

「昔を覚えているかい？　決まって、暖炉の上には偽物の『モナ・リザ』、後ろの壁には3羽の鴨が飾ってあったよな？　ヒルダ・オグデンの家みたいに。その本格的なバージョンをつくってみたらどうだい。後ろの壁に、ホルマリン漬けの3羽の鴨を飛ばせるのさ」

3カ月後、『テレグラフ』紙を手に取ると、そのとおりのものが写っていた。後ろの壁に3羽の鴨。なるほど、簡単じゃないか。

とはいえ、ダミアンは数々の称賛に値するまぎれもない天才だ。心の底からそう思う。やつの蝶の絵は天才的だし、水玉模様（スポット・ペインティング）の絵はすばらしい。やつの実績を貶めることなんて、誰にもできない。ただ、彼は私の遊び心を読みちがえただけなのだ。

ダミアンのすばらしいところは、アルコールや薬物の問題を抱えながらも、愛する母親と良好な関係を保ちつづけたことだ。ふたりはよく、私のレストランに昼食や夕食をとりにやってきた。ダミアンの母は、息子をとても誇らしく思っているようだった。ダミアンは自分の夢を叶え、彼の母はそれを見届けた。でも、私の母は、息子が夢を叶えるのを見届けないまま、この世を去った。ふたりが店に来るたび、そんなことを考えずにはいられなかった。

人は誰でも、失敗を犯す。多くの場合、失敗は成功の第一歩だ。世界最高のレストランだって失敗は犯す。ソムリエがうっかりワインボトルを倒し、ワインをあなたの連れにひっかけてしまう。牛肉やラム肉の焼き加減が注文とちがう。こういうことは、一流レストランでは起きてはならないが、必ず起きる。だが、次の行動次第で、失敗を成功にだって変えられる。

メートル・ドテルが何もしなければ、失敗は失敗のままだ。しかし、あなたがムッとしていることを察し、心から心配そうな表情を浮かべてあなたの席へと駆け寄れば、まず失敗に気づいたことになる。そして、お酒や食事の代金を無料にし、出口まであなたにつき添い、もういちど謝罪する。すると突然、あなたは「すばらしい店だ。また来よう」と考えはじめる。

これは、レストラン業界で失敗を成功に変えるひとつの方法にすぎない。これを念頭に置いて、私への中傷的なコメントを載せてしまった『ニューヨーク・タイムズ』の対応を見てみよう。そのコメントはわずか数単語だったが、それでも中傷に変わりなかった。私が「酒と薬物に溺れていたことは有名な話」と書かれていたのだ。まったくのデタラメだったので、私は怒り、謝罪を求めた。そのとき、すぐに謝れば、失敗を成功に変えることができただろう。私は立派な行動だと感心さえしただろう。しかし、謝らなかった。およそ2年後、私はロンドンの王立裁判所に立っていた。イギリスでアメリカの新聞が名誉毀損で訴えられるという歴史的な事件で、私の代理人を務めたのは、勅選弁護士のジョージ・カーマンだった。

最初から話そう。ある日、フローレンス・ファブリカントというアメリカ人ジャーナリストから電話がかかってきた。権威ある有力新聞『ニューヨーク・タイムズ』に、私の紹介記事を載せたいという話だった。私はよい話だと思い、会うことを提案した。1998年2月13日、彼女は〈オーク・ルーム〉まで昼食をとりにやってきた。彼女と一緒に来た夫は、私のもてなしを楽しんでいたが、デザートが出るころには、時差ぼけを訴えて帰っていった。私はフローレンスとコーヒーを飲みながら会話を続け、私の人生に話がおよぶと、料理、レストラン、個人的な生い立ちについて話した。酒や薬物については1回も訊かれなかったし、もし訊いてくれれば、酒はほとんど飲まないし、違法薬物にはいちども手を出したことがない、ときっぱり答えられただろう。

1998年5月13日、インタビューのちょうど3カ月後、友人から電話がかかってきた。

「たいへんだ。『ニューヨーク・タイムズ』を読んだか?」

新聞を手に取るなり、ゾッとした。ふたりの会話が歪曲されていたばかりか、「酒と薬物に溺れていたことは有名な話」というとどめの1行まであった。私はシリング・アンド・ロム・アンド・パートナーズの弁護士に連絡を取り、即時の撤回と謝罪を求めた。アメリカ人の客も多かったので、この記事はまちがいなく損害を及ぼすだろう。『ニューヨーク・タイムズ』からの返答はなかった。すると、状況はさらに悪化した。数日後、姉妹紙の『インターナショナル・ヘラルド・トリビューン』に、まったく同じ記事で、私に大きな損害を与える虚偽の主張が掲載されたのだ。

イギリスの名誉毀損訴訟は、裁判が始まるまで少し時間がかかることもあるのだが、そのあいだに、『ニューヨーク・タイムズ』は自社のデタラメな主張を証明しようと考え、私立探偵まで雇い、醜聞（しゅうぶん）を掘り出そうとした。当時、すでに一流のシェフおよびレストラン経営者になっていたゴードン・ラムゼイは、『ニューヨーク・タイムズ』の記者を名乗る女性から電話を受けた。ゴードンは、私のもとで働いていた〈ハーヴエイズ〉時代のことを、その記者から根掘り葉掘り訊かれたらしい。「マルコに荒れていた時期はなかったか？」とかそういう内容だ。話が「セックス、ドラッグ、ロックンロール」におよぶと、彼は電話を切った。ほかにも、電話がかかってきた人が何人かいた。

裁判が始まる数週間前、両紙は主張がまちがっていたことを認めた。だが、私は和解する気にはなれなかった。審理が近づくと、両紙は弁護の方針を見直し、記事自体は正確でないが、私の評判には悪影響を及ぼしていない、と主張することに決めた。

ふつうならうんざりするような経験にも、ひとつだけ楽しいことがあった。私の案件を担当する勅選弁護士のジョージ・カーマンと出会ったことだ。ジョージとの出会いは、人生でいちばん勉強になった出来事のひとつだ。絶大な影響力に、たぐいまれなる知性と直感。ジョージは抜群の頭脳だけでなく、聞く人、そして陪審員たちをうっとりとさせる話術も持ちあわせていた。

２０００年4月3日、『ニューヨーク・タイムズ』の不愉快な記事が出てから2年後、私たちは高等法院に集まった。そして、初日に、私は証言台に立った。慣習では、被告側の勅選弁護士がねちねちとした反対尋問を行なう前に、原告側の勅選弁護士がリラックスしたムードで原告に質問するのがふつうだ。だから、肩慣らしをし、私の緊張を解くのがジョージの役目だった。

しかし、開口一番、彼はこんな質問をしてきた。

ジョージ「育ったのはリーズの公営住宅だそうで？」

私「そうです」

ジョージ「6歳で母親を亡くした？」

私「そうです」

ジョージ「こんどは父親が肺がんになり、余命数カ月と宣告されたとか？」

ジョージは、貧しい家庭に生まれ育ち、何を手に入れるにも必死で戦い、労働者階級の英雄にまでのぼりつめた少年を、『ニューヨーク・タイムズ』がこき下ろそうとしている、という構図をつくりあげようとしていた。それでも、私は打ちのめされた。ジェフリー・ロバートソン勅選弁護士の反対尋問を受けるよりも、ジョージの質問に答えるほうがよっぽどつらかった。

ジェフリー・ロバートソンは、私を動揺させようとしたが、私は「質問の意味がわからない」「もういちど言ってもらえるかい？」などと繰り返した。陪審員たちはショーを楽しんでいる様子だった。私はときどき「水をもらえないか？」などと茶々を入れた。すると、私が喉を潤しているあいだ、質疑が中断した。私がものすごく小声で質問に答えると、ジェフリーは「なんだって？」と訊き返した。明らかにいらついている様子だった。

「あなたは一時(いっとき)、アーガ界のミック・ジャガーと呼ばれていたようだが……」

「アーガ？」

すると、ジェフリーはアーガの意味を説明しはじめた。

「アーガくらい知ってるさ。家にアーガのオーブンがあったからね。アーガの後はなんて言った？」

裁判官と陪審員から笑いが起こった。

ほかにも、滑稽な場面はあった。ある日の午前、ジェフリー・ロバートソンが私を引き止めて言った。

「昨夜、君のレストラン、クオ・ヴァディスで食事をしたけど、人生最高のリゾットだったよ」

なんて答えればいいのか、わからなかった。

ジョージの最終弁論は、「天才的」の一言に尽きた。彼は演説の達人として知られていた。背は低かったが、息子のドミニクは、2001年1月の彼の死後、こう話した。

「法廷という舞台、そして陪審員という観衆の前では、父はひときわ巨人だった」

法廷は静まり返り、陪審員たちはまちがいなく何が起こるのかとワクワクしていた。さあ、ポップコーンを持って着席だ。照明が暗くなり、大作映画が始まる……。


陪審員のみなさま、昔、昔、あるところに、それは悪い悪い厨房の問題児がおりました。その悪い悪い問題児は、生意気なことに、ふたつの国際的な大手新聞を訴えたそうな。ひとつは『ニューヨーク・タイムズ』、もうひとつは『インターナショナル・ヘラルド・トリビューン』。もちろん、それはただの言いがかりでした。名誉毀損などはじめからなく、新聞社には謝る筋合いも、支払うべき賠償金も、及ぼした損害も、何ひとつありませんでした。人の気持ちを傷つけてなどいないし、逆に、いいことをしてやったくらいです。私立探偵を雇い、友人知人に根掘り葉掘り話を聞いて回り、本当に違法薬物を摂取したことがあるかどうかを調べてやったのですから……。

もちろん、これはおとぎ話です。ただ、まちがいなく、『ニューヨーク・タイムズ』と『インターナショナル・ヘラルド・トリビューン』が今回の事件について発表したがっているストーリーでしょう。しかし、現実の世界と現実の事件に話を戻しましょう。

……私は「厨房の問題児」というおとぎ話から話を始めました。そもそもなぜ、ロバートソン氏はこの表現を持ち出したのでしょうか？「あなたは悪い悪い厨房の問題児という評判を得ています」と氏は言いました。この言葉は、賠償金の額を少しでも減らすための印象操作でしょうか？　単に「悪い」ではなくて「悪い悪い」と繰り返したのはどういう意味でしょう？　まるで幼い子どもに、「ほんとに悪い悪い子ね」と言うようなものです。すべては、マルコ・ピエール・ホワイトのことです。彼が「早く料理を客席へ持っていけ」とスタッフに怒鳴りつけたのはまちがいなく事実でしょう。6人の客が大金を払って夕食を食べに来ているのに、「申し訳ないけれど、料理を集めて、あちらの客席に丁寧に置いてきてもらえないだろうか？　職務をきちんと遂行してもらえると助かるのだが」なんて言っている暇があるでしょうか？　もちろん、ありません。当然、「さあ、急げ。そいつを客席へ持っていけ」とかなんとか叫ぶでしょう。感情的な言葉が出ることもあるはずです。明確な指示を出し、スタッフに規律を守らせられなければ、彼は今のような一流シェフにはなっていないでしょう。厨房、とりわけ一流の厨房には、厳しい規律が必要なのです。


少し間を置いて、こんどはジェフリー・ロバートソンが反論を始めた。彼は、たとえ記事に誤りがあったとしても、私の名声は傷つけられていないと主張した。

「この記事を読んだからといって、ホワイト氏の料理やレストランを拒絶する人がいるとは思えません。勘定に対して尻込みすることはあっても、ホワイト氏本人に対して尻込みしたりはしないでしょう」

ジェフリーは、イギリスの法廷で認められる賠償額の目安を、陪審員たちに理解させようとした。

もし、ファブリカント氏がホワイト氏と会話している最中にカッとなり、彼の手を切断してしまったらどうでしょう。ホワイト氏に猛烈な怒りと苦痛を与え、一生傷跡を残すことになります。当然、賠償金が認められますが、現行の基準では4万5000ポンド前後が相場といったところです。もうひとつ、シェフにとって致命的ともいえる人身傷害について考えてみましょう。もし、ファブリカント氏がナイフかフォークを振り回し、まちがって彼の鼻や舌を突き刺してしまい、嗅覚や味覚を破壊してしまったらどうでしょうか。この場合、9000ポンドから1万2000ポンドの賠償金が相場です。

4月5日水曜日、陪審員たちは別室に移ると、ほどなくして戻ってきた。協議の結果、ジョージのメッセージを大西洋の反対側にいる両紙の編集者に届けることが決まった。賠償額は、『ニューヨーク・タイムズ』が1万5000ポンド、『インターナショナル・ヘラルド・トリビューン』が6万ポンドの合計7万5000ポンド。ロバートソン氏の弾き出した数字に従うなら、両紙の賠償額は、ファブリカントが私の片手をまるまる切断し、なおかつもう片方の手の親指と別の指を切り落としたに等しかった。そうそう、それからもちろん、50万ポンド近い訴訟費用もお忘れなく。

24

名声をなげうって

ここにいる奴隷は、21年間も奴隷を続けてきた。料理のしかたを自問することはあっても、料理する理由を自問したことはいちどたりとてなかった。ただ、無心で料理していた。しかし、ついに自由の身になると、料理界から去ることを決意すると、鎖はあっという間に解かれた。引退については、しばらく前から考えていた。昼夜、ストーヴやデシャップ台の前で過ごしながらも、引退の時期について思考を巡らせていた。

エプロンを脱ぐことを決めた理由はいくつかある。ひとつに、外の世界と接触を断ち、厨房にこもるために、あらゆるものを犠牲にしていたことにふと気づいたからだ。明らかに、マティや子どもたちにもっと時間を捧げる必要があった。私から唯一、引退の相談を持ちかけられたマティは、ほとんど夫に会えない妻なら当然かもしれないが、私の決断を支持してくれた。厨房では3つの星を抱えていた私だが、家庭でも、マティ、ルチアーノ、マルコという3つの星を抱えていた。私が帰宅するころには、3人はもうぐっすり眠っていた。3人と会えるのは、ランチ営業の前、マティが子どもたちを厨房に連れてきて、デシャップ台に座らせる15分間だけ。まともな家庭生活や夫婦関係の土台を築く暇もなかった。マティと私は、つきあいはじめてから2年半足らずで、勢い任せでふたりの子どもをもうけた。ほとんどの若者と同じように、パーティーに出かけたり遊び回ったりすることもなかった。ひたすら仕事、仕事、仕事で、休みの日には寝だめをする生活。そして明くる日、マティがふらりと店にやってくる。それが私たちの生活のすべてであり、私はそんな毎日を疑問にすら思わなかった。仕事に取り憑かれるあまり、視野が狭くなり、それ以外のことが何も見えなくなっていたのだ。でも、そろそろマティや坊主たちに恩返しをしなければ……。私はそう思いはじめていた。

一方で、三つ星を獲得して以来、アルベール・ルーとの関係に少しヒビが入っていた。親愛なるアルベール。〈ル・ガヴローシュ〉の総料理長にして、よき友人。ロンドンにやってきて最初のボスであり、大の恩人。そして、2回目の結婚式の付添人でもある。でも、最近は業界のゴシップを仕入れるために電話をかけてくるくらいで、彼との友情に疑問が芽生えはじめていた。そこである日、〈ザ・コノート〉で彼と昼食をとっていたとき、ちょっとした探りを入れてみた。彼が私のよく知る話題についてたずねてきたので、知っていることを洗いざらい話す代わりに、本当のことを少しと、いくつかささいなウソを教えた。すると、翌日、記者から電話がかかってきた。私がアルベールにしゃべった内容を、ウソの部分まで含めてみんな知っている様子だった。もちろん、アルベールが誰かにしゃべり、そいつが記者に漏らしたという可能性もないではないけれど、その一件以来、なんとなくアルベールのことが信用できなくなった。

まちがいなく、アルベールはこの業界のドンであり、美食の世界を変革し、前進させた男だ。料理界で多大な尊敬を集めているし、その影響力は計り知れない。ただ、私はずっとアルベールのすぐ身近にいて、彼の裏の顔を見た。

私は地方にあるアルベールの家をよく訪れていて、ある年のクリスマスを彼と妻のモニークと一緒に過ごした。アルベールと鯉を釣っていたとき、彼が急にこちらを向いて言った。

「マルコ、飲食業界の10人に9人はクソ野郎だって、知っていたかい？」

びっくりした。料理界の長老、私がずっと崇拝してきた男が、人格者らしい風貌の内側に秘めていた一面をさらけ出すなんて。

私たちの友情がとうとう終わりを迎えたのは、90年代終盤、アルベールが『ケータラー&ホテルキーパー』主催の毎年恒例の式典「ケイティー賞」の審査員に選ばれたときだ。私が〈ミラベル〉で働いていたとき、『ケータラー&ホテルキーパー』誌に友人を持つゴードン・ラムゼイから電話がかかってきた。

「『ケータラー』のやつらにはほんとうんざりだ」

「どうした？」

「シェフ・オブ・ザ・イヤーの審査があって、マルコが受賞する予定だったんだけど、アルベールが猛反対してね。〝マルコ・ピエール・ホワイトにはあげられない。あいつをシェフ・オブ・ザ・イヤーに選べば、料理界に悪影響を及ぼす〟とか言って。だから、マルコの受賞はなしになった」

長年、アルベールのシェフ批判をさんざん聞かされてきたが、とうとう私にまで批判の矛先が向けられるとは……。

そこで、アルベールに電話をかけて確かめた。

「昨日、あなたがケイティー賞のシェフ・オブ・ザ・イヤーの審査をして、マルコ・ピエール・ホワイトに賞を与えるのはまちがっているとおっしゃったそうですね。マルコ・ピエール・ホワイトは料理界に悪影響を及ぼすから、と。アルベール、本当ですか？」

「あいにく、秘密保持契約に署名しているものでね」

「そんなことは訊いていない。本当にそんなことを言ったのかと訊いているんです」

「マルコ、君とこういう会話はしたくない」

アルベールと最後に会ったのは数年前だ。会合のため、ロンドンの〈ソフィテル・ホテル〉に到着すると、ロビーで彼と鉢合わせした。目が合った。

「おはようございます」と私は言った。

アルベールは凍りつき、一言も発しなかった。すると、彼はドアをまっすぐに見つめ、颯爽と立ち去った。彼は料理界に多大な貢献をしたし、その点で非難されるいわれはまったくない。それに、私にもとてもよくしてくれた。あんな終わり方になったことは、残念でしかたがない。

一方で、私はミシュランへの尊敬をすっかり失っていた。今にして思えばたわいもないことだけれど、当時は深刻にとらえていた出来事があった。前にも触れたとおり、デレク・ブラウンがミシュランを去ると、彼の右腕のデレク・バルマーが主任調査員の職を引き継ぎ、ある日、私に会いに来た。私は彼と握手して言った。

「こんにちは、ミスター・バルマー」

すると、驚きの返事が返ってきた。

「デレクと呼んでくれ」

彼は愛嬌のある男で、たぶん友好の証としてそんなことを言ったのだろうが、彼のことをファーストネームで呼ぶのを想像しただけで身震いした。生徒と校長が仲良くするようなものだ。どうもしっくりと来ない。いや、私から見れば、完全にまちがっていた。その瞬間、尊敬の念が吹っ飛んでしまった。私は、自分より物知らずなレストラン調査員やグルメ評論家の評価を勝ち取るために、人生をまるまる捧げてきたってのか？　傲慢な物言いなのはわかっている。ただ、言いたいことはわかってくれるよね。

ほかにも、エプロンを脱ごうと思った理由はある。ひたすら料理を改良し、完璧を追求するという絶え間ないプロセスに、すっかり疲れ切っていた。もう、気力の限界だった。三つ星を獲得したとしても、常にもっと上を目指さなければならない。一流シェフとみなされるようになると、それだけみんなの期待も大きくなり、絶えず限界まで自分を奮い立たせる必要がある。キリがない。

加えて、私の料理人たちが次々と私のもとを巣立ち、別の店で料理長になっていった。そして、その代わりに料理の現場へとやってくる新人シェフたちの風貌も、気に食わなかった。若者たちは、料理するためではなく、有名になるために料理の世界へやってきた。彼らの目的は、シェフではなく有名シェフになることだった。ダジャレじゃないが、やつらにはハングリー精神がなかった。エネルギーや情熱がなかった。そんな状況のなかで、果たして新しいチームを築きたいだろうか？　そう自問するたび、幻滅が湧きあがった。

今日の有名シェフの多くは、やつれた風貌をしていない。それだけ働いていないからだ。ピチピチとして健康そうな肌。血色のよい頬。やけどの痕や切り傷ひとつない手首や手。

私のもとで働く料理人たちは、ほとんどが27歳か28歳で、しかも優秀なシェフばかりだった。その全員が今すぐにでも料理長になろうと思えばなれたし、自分の店を開いてオーナー・シェフになるだけの知識を身につけた者も多かった。大規模な厨房を見れば、たいていふたりや3人、時には4人のベテラン料理人がいるものだが、その多くが独立の話をするようになった。若くして私のところへやってきた料理人たちが、もうすぐ巣立とうとしていた。そんなやつらに私の店で働いてもらえたことは、幸運としか言いようがないが、やつらもそろそろ前に進む頃合いだった。

最近の多くのシェフたちと同じ行動を取ることもできたと思う。もう料理をやめたのに、まだストーヴの前に立ち、料理をしているふりを続けるのだ。でも、それは詐欺も同然じゃないか？　本当はカメラの前にいるくせに、ストーヴの前にいるふりをするわけだから。そいつがカメラの前にいるとしたら、誰がストーヴの前に立つんだ？

一流シェフが経営するレストランに行けば、誰だって、店のドアの上に名前の出ているシェフが厨房に立っていると思うだろう。いや、もしかすると、私の考えが古いのかもしれない。ただ、ひとつだけ確信しているのは、三つ星を獲得したシェフは、私と同じように幻滅するということだ。三つ星を取ることそのものがひとつの生き方になり、いったんそれ以上は進めないと感じると、自分のしていることが単なる仕事にしか思えなくなる。ボクサーと同じだ。世界タイトルを獲得した瞬間、燃え尽きてしまう。シェフも何がちがうだろう？

私はすっかり情熱を失ってしまったので、厨房に立ちつづけるのは、自分にウソをついているも同然だった。ミシュランガイドから私の名前が消えれば、お客は私がもう料理をつくっていないとわかるだろう。私はすっかり方向感覚を失っていた。どうにかしなければ。

そんなとき、ミシュランに星を返すよう提案してくれたのがマティだった。ある日の夜遅く、車で〈ハイド・パーク・ホテル〉の前を通りかかったとき、私が仕事のたいへんさに愚痴をこぼすと、マティが言った。

「それなら、星を返せばいいじゃない」

私が困惑した表情でマティを見つめていると、彼女が続けた。

「あなた、しばらく前からずっとつまらなそうにしているもの。それが星を維持するプレッシャーのせいなら、星なんて捨てちゃえばいい。ノー・スター、ノー・プレッシャーよ」

今まで星を返上したシェフはいるのか？

「もちろん、いないさ」

「あなたは三つ星を獲得したイギリス人史上初のシェフになったのよね？　次は、三つ星を返上したイギリス人史上初のシェフになるってのはどうかしら？」

それから数週間、マティの意見について考えた。そしてある朝、一気に決意が固まった。その日、私は釣り療法を受けるため、厨房を離れ、テスト川の川岸へとやってきていた。

ペットワース・エステート内にあるテスト・ウッド漁場は、絶好の釣りスポットのひとつで、イングランド南海岸で最高の鮭の溜まり場といってもいいかもしれない。サウサンプトンの荒れ果てた公営住宅地を通り過ぎ、私道を入り、突き当たりまで走ると、突然、ひっそりとした小さな楽園が目の前に現われる。そこは、90年代に芸術家で友人のジョニー・ヨーから教えてもらった場所で、今でも私の隠れ場所のひとつになっている。その釣り場の常連はほかにもふたりいる。ひとりはジャンボ、もうひとりは元狩猟番のトードだ。私たちはよく一緒に座って、釣り、物思い、おしゃべりにふける。昼時になると、ジャンボが新鮮な蟹や海老、持参のポテトサラダで、昼食をつくるのが定番になっている。

1999年9月のある日の夜明け、私はミスター・イシイにレンジローバーで迎えにきてもらい、釣り竿を乗せてロンドンからテスト・ウッドへと向かった。その日、ジャンボとトードは来ておらず、私は数時間、友人でペットワース・エステートの主任管理人であるビリー・ウェブと釣りを楽しんだ。2尾の鮭を釣ると、いったん釣り竿を置き、休憩のために近くの芝生まで歩いていった。紅茶とマルボロで一息ついていたとき、ふとこんな考えが頭に浮かんだ。

「もうシェフなんてまっぴらだ。人生は料理だけじゃない」

胴長靴を穿いて立ち、穏やかな水面（みなも）へと目を戻すと、私はその場で引退の日を決めた。12月23日。それがプロのシェフとして厨房に立つ最後の日だ。それは〈オーク・ルーム〉が2週間のクリスマス休暇に入る日だったので、最高のタイミングに思えた。シェフを辞めると決めた以上、ミシュランの星を持っておくわけにはいかない。必死で手に入れた大事な星だが、返上するより選択肢はなかった。マティの言うとおりだ。これでプレッシャーから解放される。私は紅茶を飲み干し、携帯電話を手に取ると、ミシュランUKのデレク・バルマーに電話をかけた。

「ミスター・バルマー、マルコ・ピエール・ホワイトです」

「やあ」

彼は気さくにそう答えた。そのあとに待っている言葉など、知る由もなかった。

私は近況や天気の話題はすっ飛ばして、いきなり本題に入った。

「ちょっと知らせておきたいことがあって。12月23日でシェフを引退します。次のミシュランガイドには載せていただかなくて結構」

沈黙が続いた。料理人たちはミシュランガイドに名前を載せるために、人生をかける。その小さなバイブルには、ストーヴの奴隷に栄光を授けるだけの魔力があった。それなのに、私は一生をかけて勝ち取ったその名誉を、いわば自分からなげうとうとしていた。この20年間、私はミシュランの夢に操られてきた。これからは、自分で自分を操る。

数秒間、沈黙したあと、バルマー氏はようやく一言だけ言葉を発した。

「はあ」

そして、また沈黙。バルマー氏は、私が続けて事情を説明すると思ったのだろう。きっと、引退の理由を聞きたかったにちがいないが、彼は何もたずねなかった。私はとても明るい声で、一言だけこう言った。

「お元気で、ミスター・バルマー」

通話終了のボタンを押す間際、また「はあ」という声が聞こえた。それでおしまいだ。業務連絡終了。たぶん、それはミシュラン史上最短の通話だっただろう。これで、ゆっくりと釣りが楽しめる。私は携帯電話をポケットにしまい、「やっと終わった」と思った。安堵と幸福感が体じゅうを駆け巡った。ようやく苦しみから解放された、と言うと少し大げさに聞こえるかもしれないけれど、私はそれだけ苦しんでいたのだと思う。そのバルマー氏への電話は、それまでの人生でいちばん素直な行動だった。言うならば、人生のひとつの章が幕を下ろしたのだ。

コラム8

改良、改良、また改良。いったいいつになったら、料理の改良に終わりがやってくるのだろう? オーク・ルームでは、そんな境地まで達した。そして、もちろん、完璧の追求に終わりなんてない。

たとえば、オーク・ルームの厨房では、毎朝、肉を食べるのではなく、ジュ(肉汁)を取るためだけに36羽の鶏をローストしていた。

鶏をローストし、オーブンから取り出し、水切り用のボウルにあげ、ギュッと押して肉汁を搾り出し、その下の缶に集める。次に、鶏を鍋に戻し、全体(鶏と鍋)をラップで覆う。こうすると、調理した鶏から生じる蒸気によって、さらにジュが出てくる。

鶏本来のジュを一滴残らず回収したら、ローストに使ったトレイをデグラッセする。まずは少量のマデイラワイン、次に水を加えて、トレイの底にこびりついた焼き汁を溶かすのだ。そうしたら、鶏をつぶして抽出したジュをフライパンに入れ、風味ではなくコクを出すため、仔牛の出汁を小さじ1杯だけ加える。

押しつぶされた36羽の鶏は、すっかり干からびているので、もちろん料理として提供することはできない。ゴミ箱行きになるか、スタッフのまかない料理になる。もったいないと思うかもしれないが、客たちはその純粋な鶏のジュを味わうために、高いお金を払っているのだ。36羽の鶏から、新たに調理した30食ぶんの鶏に使うジュがつくれる。つまり、ひとりぶんの料理に、まるまる1羽以上の鶏のジュが使われるわけだ。仔羊の肩肉についても同じ。仔羊の肩肉をじっくりとローストして焼き汁をつくり、次に肉をギュッと押してジュを抽出する。

すべてが極端だった。改良の一環として、私はジュ・ブロン（黄金色の出汁）やジュ・ド・ヴォライユ（鶏の出汁）といったソースに仔牛の出汁を使うのをほとんどやめた。仔牛の出汁はあまりにもコクがあって濃厚なので、ほかのすべてのものを支配してしまう気がしたからだ。

25 支柱なき人生

本書の執筆を通じて、思っていた以上に自分自身のことを再発見させられた。記憶の扉をこじ開けるのは、時につらい作業で、正直いうと、涙を流したこともいちどや二度ではない。いくつかのエピソードを読んでショックを受けた読者の方々もおられるだろう（ここでもういちど、言葉遣いの悪さについて謝りたい）。でも、それはあなただけではない。私自身、「うわあ、こんなことが起きるなんて信じられない」と思いながら、これまで生きてきた。今、私はロンドンの超高級地区セント・ジェームズにある私のレストラン〈ルチアーノ〉に座りながら、引退後の人生を振り返っている。いくつかの関係が途絶えた。クリスマスカードの宛名リストに載らなくなった旧友も何人かいる。その一方で、かけがえのない関係もいくつか芽生えた。

マティと私は8年前に知りあい、ふたりの息子、ルチアーノとマルコをもうけた。それでも、結婚について真剣に話しあったことはなかった。人生ずっと仕事、仕事、仕事だったからね。でも、厨房を去った今、ようやく結婚する自由を手に入れた。ある夜、私たちが映画監督のマイケル・ウィナーと〈ミラベル〉で夕食をとっていたとき、彼がその話題を持ち出した。私が厨房から引退したひとつの理由は、マティや子どもたちと一緒に過ごすためで、そうなると、結婚するのが自然な成り行きに思えた。ミラベルという最高にロマンチックな舞台で、マイケルがキューピッドの矢を放ってくれた。食事の終わり、私はマティに結婚を申しこんだ。

２０００年4月7日、ロンドン西部のホランド・パークにある私のレストラン〈ベルヴェデーレ〉で、私たちは結婚した。そこは美しい場所で、カップルが敷地内で式をあげることができた。内容は1行たりとも思い出せないが、付添人のマイケルは爆笑もののスピーチをしてくれた。付添人選びは難しかった。どうすれば、誰も傷つけることなく付添人を選べるだろう？　誰かを付添人に選べば、別の誰かの気持ちを傷つけてしまうかもしれない。私はほかの友人たちを傷つけないよう、マイケルを選んだ。彼は私にとって大の親友だったが、私のお決まりの友人グループには入っていなかった。たぶん、彼らとはウマが合わないだろうから。だから、マイケルのことは誰にも紹介せず、彼と会うときはふたりきりで会った。

１７０人の招待客のなかには、名誉毀損訴訟で私の弁護を引き受けてくれたジョージ・カーマンや、ピアーズ・モーガン、ロッコ・フォルテ、フェイ・マシュラーと夫のレグといった面々がいた。ゴードン・ラムゼイと妻のタナ、キングス・ロード時代の友人のピアーズ・アダムもいたし、コールリッジ男爵やオンズロー伯爵といった貴族たちも何人かいた。

マティはアラン・クロンプトン＝バットや友人たちの手を借り、席順を決めた。

「貴族の方々はどうするのが慣例なのかしら？」

「簡単さ。各テーブルにふたりずつ配置すればいい」とアランは答えた。

40分後、席順が決まると、アランは立ちあがり、手を叩いて言った。

「さあ、みんな出ていってくれ。これから花嫁の付添人と一発やらなきゃいけないから」

ところが、「各テーブルに貴族をふたりずつ」というアランのルールは、オンズローとコールリッジにとっては最悪だった。ふたりが名門イートン校に通っていたころ、オンズローが自分の飼っている黄色いカナリアでバドミントンをしただろうと言ってコールリッジを責め立てたらしい。コールリッジがそんなに意地悪なことをするわけがないと思うのだが……。いずれにしても、ふたりは数十年前のその日からいちどもしゃべっていなかった。そんなふたりが、同じテーブルに向かいあわせで座ることになったのだから、さあたいへんだ。オンズローの頭に、イートン校時代の不愉快な想い出がどっとよみがえってきた。オンズロー伯爵といえば、彼と狩猟に出かけたときのことをよく覚えている。昼食のあと、彼が突然こう言った。

「もよおした」

彼は芝生のほうへと10歩ほど下がると、べろんと一物を出し、芝生のど真ん中で林に向かって用を足しはじめた。見事なくらいの変わり者なのだ。私は内心思った。あれと同じことを、林ではなく狩猟仲間のほうを向いてできる勇気が、私にあれば……。

結婚式は大成功に終わり、その後、マティと私は新婚旅行でヴェネツィアへと飛んだ。世界的に有名な〈チプリアーニ・ホテル〉に到着し、荷物を解いていると、部屋の電話が鳴った。フロントからだった。

「マイケル・ウィナーという方が、フロントでお客様をお待ちです」

びっくりした。付添人が新婚旅行中のラブラブな夫婦のところへ押しかけるというのは、ふつうはありえない。なんて迷惑なやつなんだと呆れる人もいるだろうが、私たちはマイケルがサプライズでわざわざヴェネツィアまで駆けつけてくれたことに感動した。当然、それは彼が善意でしてくれたことだった。彼は2日間滞在し、私たちを観光スポットや、〈ハリーズ・バー〉のような歴史的な名所へと案内してくれた。マイケルは48時間のヴェネツィア観光ツアーを終えるといなくなり、残りの5、6日間、マティと私をふたりきりにしてくれた。

ホテルの宿泊料は、ぜんぶで数千ポンドになったはずだが、支払いの段になると、ホテルの支配人にこう言われた。

「ホワイト様からはいっさいお代を頂戴しないよう、ウィナー様よりきつく言いつけられております」

マイケルが勘定をすべて持ってくれたらしい。

「せめて、食事代だけでも払わせてほしい」

「いっさい無用とのことです」

「じゃあ、シャンパン代だけでも……」

「無用です」

「タバコ代は?」

何も知らずに、ぷかぷかとタバコを吸ってしまっていた。でも、支配人の答えは同じだった。

「無用です」

なんて太っ腹なのだろう。

悲しいことに、そのほっこりとした気持ちも、長くは続かなかった。なぜ、結婚式が終わると、花婿と付添人は仲違いすることが多いのだろう? 実に不思議だ。マイケルはとてもお茶目で、話がうまく、優しい人物なのだが、少し癇癪持ちなところがある。2002年からマイケルと私が会話をしなくなったのも、それが原因だと思う。

ピアーズ・アダムと私で〈ドローンズ・クラブ〉を開店したとき、ピアーズがパーティーを開くことにした。それは彼のパーティーだと思ったので、私はひとりも招待しなかった。開店準備が終わっていなかったので、パーティーを開くにはまだ早すぎると思ったのだ。だが、ピアーズがパーティーを開くのは自由だ。

私自身はまたあとで新しくパーティーを開けばいい。さて、パーティー当日の夜、私はポント・ストリートにある私の別のレストラン〈ドローンズ〉で、マイケルと夕食をとる予定になっていた。だから、ピアーズのパーティーに顔を出すことすら考えていなかった。すると、マイケルが激怒した様子で電話をかけてきて、罵り言葉を浴びせてきた。

「どうしてパーティーに呼んでくれなかったんだ?」

マイケルはそう叫んだ（言葉遣いはだいぶ修正させてもらったけれど）。さんざん罵倒が続いたあと、突然電話が切れた。向こうから電話を切ったのだ。

すぐに、電話を折り返した。

「マイケル、切れてしまったみたいだ」

でも、マイケルはまだわめき散らしていた。私は家に帰ると、マイケルとの奇妙な会話をマティに打ち明けた。猛烈に腹が立った。マイケルはなんでもないことで大騒ぎしていた。いや、私にとってはなんでもないことだったが、彼にとっては一大事だったのだろう。すると、マティがマイケルに手紙を書くと言ってくれた。内容はこうだ。

「マイケル様へ。あれはマルコのパーティーではなかったんです。マルコはまだ開店準備が整っていないと思ったので、来週あなたをパーティーに招くつもりでした。すべてはつまらない誤解が原因で――」

マイケルはすぐ近くに住んでいたので、マティはルチアーノを連れて手紙を届けに行った。返事はなかった。その日から、マイケルとは二度と口を利かないと決めた。以来、いちども会っていない。

ゴードン・ラムゼイとは、数年前に縁を切った。電話に折り返すのをやめたのだ。私の〈ハーヴェイズ〉

時代の弟子だった彼は、いつでも働き者で、私からどんなに叱責を受けても、驚くほどケロッとしていた。たぶん、ゴードン・ラムゼイという怪物をつくりあげてしまったのは、この私自身だろう。結局、やつはテレビタレントになり、『ヘルズ・キッチン』で参加者たちを罵倒し、私から受けたのと同じ仕打ちを彼らにするようになった。

だが、あるときから、ゴードンとの友情に疑問が芽生えはじめた。ある新聞のインタビューで、私はシェフをサッカー選手にたとえ、「優秀なサッカー選手は優秀な監督になれるか？」と問いかけた。つまり、優秀なシェフはレストラン経営者として成功できるのか？　ゴードンはその後のインタビューで、まったく同じ比喩を、私に対して批判的な意味で使った。つまり、私は厨房では一流だが、レストラン経営者としては疑問符がつく、というようなことを言ったのだ。私が不快感をあらわにすると、記者に発言を誤解されたと言われた。でも、前にもやつが同じことを言ったのを聞いた覚えがある。誤解の回数にも、限度というものがあるはずだ。

こんなこともあった。あるとき、ゴードンと私がスピード違反で車を停められると、その話がいろいろな新聞に載った。ゴードンのPR担当者が新聞社に話を漏らしたのだろうと彼は言っていたが、私としては愉快じゃなかった。きっと、ゴードンは我慢できずにまた同じことをやると思う。

もうひとつ、イライラする出来事があった。ゴードンが私の結婚式にテレビの撮影クルーをこっそりと忍びこませていたのを、あとでたまたま知ったのだ。クルーはゴードンのテレビ番組「ボイリング・ポイント」の撮影のため、茂みに隠れていた。そのことを知ったのは、8カ月後、制作側からそのシーンを収めたビデオテープが送られてきたときだ。私がマティと一緒に楽しくそのテープを観ていると、突然、結婚式の衣装に身を包んだ私たちふたりが画面に登場し、ゴードンがカメラに向かってウィンクした。

これ以上ゴードンと会わないほうが、人生は豊かになると判断した。もう二度と、親しくなることはないだろう。切るときは切る。それが私の流儀だ。

2001年、マティはチェルシーのスローン・スクエアにあるピーター・ジョーンズ百貨店で買い物をしているとき、ゴードンの妻のタナに出くわした。ふたりとも妊娠中だったので、自然と赤ん坊の話になった。タナは6週間後に出産の予定で、マティが子どもの性別を訊くと、タナはわからないと答えた。マティはそのとき女の子を身ごもっていて、すでに名前は考えてあることを伝えた。マティにちなんでマティルダだ。

「すてきな名前ね」

そうして、ふたりは別れた。

1カ月と少したったころ、タナが女の子を出産し、ふたりが娘をマティルダと名づけたことを知った。当然ながら、マティは別の名前を選ぶことにした。マティが赤ちゃんの名前事典をこちらにポンと放ると、私はMで始まる名前のページを開いた。すると、プラムの品種のひとつである「ミラベル」という名前が目に留まった。

「ミラベルなんてどうだい？　同じ名前の店も持っているし」

最初、マティは反対した。しかし、出産の直後、ふたりで一緒に映画を観ていると、ミラベルというフランス人の少女が登場した。マティは神様のお告げだと思った。こうして、娘はミラベルと名づけられた。まったく、ゴードンのおかげだ。

ヘストン・ブルメンタールいわく、私は友情に関してあまりにも敏感すぎるきらいがあるそうだ。そのとおりかもしれない。ある日曜日、マティと私は、弟子のフィリップ・ハワード、それからマティの愛すべき両親、ペドロとラリを連れて、ブレイにあるヘストンのレストラン〈ファット・ダック〉を訪れた。すでに、ゴードンとは口も利かない仲になっていたが、偶然にも、彼が同じ日に来店した。やつはタナと一緒に来店すると、ヘストンに挨拶した。

「昼食の席、空いていたりしないかな?」

ヘストンは私たちが口も利かない関係だとはつゆ知らず、陽気に答えた。

「今日は、マルコも来るんだ」

ゴードンは私たちが仲違いしたことを言わず、ただ私の予約している席をたずねた。

「庭のほうだけど」

「じゃあ、屋内の席を頼む」

30分後、私たちが到着した。私はゴードンを見かけるなり、ヘストンに言った。

「なんであいつがいるんだ?」

ヘストンは困惑していた。

「あいつって、ゴードンのことですか? たまたま昼食に来たんですよ」

「帰ってもらえ」

お人好しのフィリップ・ハワードは、足をもぞもぞと動かしながら言った。

「こいつはたいへんだ」

ヘストンは、ゴードンを席から呼び寄せた。

「ゴードン、君がいるなら帰るとマルコが言っている。話をつけてきてくれないか」

それだけ言うと、ヘストンはそそくさとキッチンに逃げ帰り、メートル・ドテルに状況を伝えるよう頼んだ。

ゴードンが庭へ出てきて言った。

「マルコ、どうもありがとう。楽しい1日をぶち壊しにしてくれて」

「私を訴えたらどうだね？」

「このブタ野郎。いちどそう呼んでみたかったんだ」

「言いたいのはそれだけか？」

ゴードンは帰っていった。庭じゅうがシーンと静まり返った。ほかのテーブルの客たちは、その光景に釘づけになっていた。それは、スタンディング・オベーションにふさわしい余興だった。


厨房を去ったあと、私は方向を見失った。厨房が与えてくれるアドレナリンの虜になっていた私にとって、その習慣を捨て去るのはとても難しかった。１９９９年12月23日にエプロンを脱ぎ、シェフを引退するまでは問題なかった。ところが、翌朝、起きてみてハッと気づいた。今日から無職だ。信じられないかもしれないが、そのとき初めて、する仕事がないということに気づいたのだ。もちろん、ミラベル、ベルヴェデーレ、ドローンズ、クオ・ヴァディス、クライテリオンなど、いくつかのレストランの所有権を持っていたので、収入には困らなかったのだが、１日じゅう出っぱなしだったアドレナリンを奪われ、憂鬱な気分になった。今までの生活の構造が一瞬で消えてしまった。

それは、いわばアドレナリン中毒の治療期間だった。母が亡くなった直後、釣りや狩猟に没頭したのと同じように、私は少しだけ現実逃避をした。丸1日、仲のよい友だちと田舎へ引っこみ、思索にふけった。幸せになるために料理をやめたはずなのに、なぜか気分があがらない。まったくおかしな話だ。これからはシェフとしてではなく人間として成長しよう、と自分自身に言い聞かせつづけた。そうするうち、三つ星を獲得したときと同じエネルギーや知識がみなぎってくるのを感じた。その知識や技術を使って、もっと前に進みたい。そのために必要なのは、方向性だけだった。

２００４年春のある夜、マティと私は、マネジャーのピーター・バレルと夕食に出かけた。ピーターは騎手のフランキー・デットーリの代理人でもあり、フランキーを私に紹介したがっていたので、私は彼と妻のキャサリンも夕食に誘うよう提案した。こうして、５人で私の店ドローンズで食事をすることになった。すぐに、フランキーと意気投合した。彼が前菜のカルパッチョについて不満をこぼすと、私は言った。

「フランキー、食べ物には詳しいのか？」

「ああ、それなりにね。騎手にとっては体重管理が命だから、どうしても食べるものにはうるさくなるんだ」

なるほど。

すると、フランキーが私にアドバイスを求めてきた。

「キャサリンと子どもたちを連れていけるようなレストランを知らないかな？　大人も子どもも両方、おいしいと思えるレストランを」

フランキーが探していたのは、ファストフード店ではなかった。私はじっくりと考えてみたが、彼の質問に答えられなかった。彼の条件に合うレストランがひとつも思い浮かばなかった。

「すまない、お手上げだ」

「じゃあ、一緒にそういう店をつくるってのはどうだい？」

一晩じっくり考えてみると約束した。そして、１日後か２日後、フランキーに電話をかけた。

「よし、乗った」

4カ月後の2004年9月、私たちはナイツブリッジのヨーマンズ・ロウに〈フランキーズ〉を開店した。店名の由来になった騎手のフランキーとはちがって、フランキーズのほうはどんどん膨らみつづけている。ナイツブリッジの1号店に続いて、チジックに2号店がオープンした。パトニーにもフランキーズができ、ピカデリー・サーカスにある巨大レストラン〈クライテリオン〉は、名称を変更し、フランキーズの旗艦店になった。

ストーヴの前から離れて、むしろ食べ物への理解ははるかに深まった。不思議な話だが、料理に熱中していると、目の前の作業だけに入りこんでしまう。1日17時間や18時間も厨房に立っていると、社会的な面だけでなく料理の面でも成長が止まってしまう。ひたすら、仕事、仕事、仕事。お決まりの日課。基準、基準、基準。視野がものすごく狭くなる。プレッシャーから解放されて初めて、ひとつの料理をじっくりと見つめ、頭のなかで分析し、当時よりもはるかに改良できるようになったし、腰を落ち着け、今までよりもラクに問題を解決できるようになった。深く内省し、物事を単純化したり、コンセプトや食材を理解したりするのがうまくなった。

若いシェフは、必死になりすぎる傾向がある。自分の料理や腕を信じられるようになるためには、大きな自信が必要だからだ。でも、そこまで必死になる必要はないのだと気づいた。たとえば、昔は、舌ビラメ料理ひとつつくるのにも、ものすごい労力をそそいでいた。でも、厨房を離れてみると、シンプルにつくればよかったのだと気づく。少量のレモン汁とオリーブオイルだけでも、十分においしい。私はもう、複雑な料理はつくりたくない。明日、また厨房に立つとしたら、シンプルな料理をつくると思う。自分の食べたいと思うものを。ばい貝なら、少量のモルトヴィネガーと白コショウで。新鮮な蟹なら、味つけをしたあと、少量のオリーブオイルとホットトーストで。ヒメジなら、ヴィエルジュ・ソース（オリーブオイル、レモングラスの種、トマト、バジル）で。最高品質のミディアムレア・ステーキなら、28〜30日間吊して熟成させ、フライパンで焼き、しっかりと味つけをし、絶品サラダを添えて。近ごろの多くのシェフの問題は、古典料理の基礎ができていないという点だ。食材がすばらしければ、そこまで手を加える必要はないのだ。

もちろん、私だってたまには贅沢して、こってりとした料理を食べたくなる。古典的な料理は大好きだし、大きなお碗に盛ったシュークルートや牛肉のドーブは最高だ。２００５年夏、私はバークシャーのハイクレア城に程近いパブ〈ユー・ツリー・イン〉を購入した。暖炉では薪が燃え、天井は低く、４世紀前の木製の梁が今でも残っている。この雰囲気に魅了され、家に帰りたくなくなったお客のために、６つの寝室も用意されている。メニューも上質だ。たとえば、鹿肉（私自身が狩ってきたもの）は、ほどよく熟成・調理したのち、ローストラムと同じ食感を出すため、薄切りにする。メニューは日替わりだ。地元産ザリガニのリゾット、ブリクサム産ムール貝、ヒラメや牛フィレ肉のロースト。しかし、メニューには、一流シェフのミシェル・ブルダンが２００1年に引退するまでの26年間、〈ザ・コノート〉で提供していた料理も、ひとつやふたつあった。

ミシェルは、ザ・コノートにやってくる資産家の常連客たちに、ウズラの卵のマントノン風という名物料理をふるまっていた。この料理をユー・ツリーのメニューに載せた理由は３つある。ひとつ目に、絶品だから。生地の器の上に、ソテーしたマッシュルームとエシャロットのデュクセル（みじん切りにして混ぜたもの）を乗せ、その上に真ん中がトロトロのウズラの半熟卵を５つ乗せて、オランデーズ・ソースをかければできあがり。ふたつ目に、50年代と60年代、ミシェルが渡英する前に修業していたパリのレストランでふるまわれていたミシュラン基準の料理を味わえるからだ。この料理を食べると、どこか懐かしい気持ちになる。料理を口に運んだとたん、エスコフィエの料理スタイルが大流行した美食の黄金時代へとタイムスリップする。

もちろん、ダイエットには不向きだが、おいしいものをたらふく食べたいなら、この料理が欲求を満たしてくれる。3つ目に、ミシェルへのちょっとした賛辞を示すためだ。ミシェルのもとで働いた経験こそなかったが、彼のことは尊敬してやまなかった。彼は自分のルーツを忘れなかったし、料理への情熱が生まれた場所も忘れなかった。彼の料理をメニューに載せたのは、彼と同じように、私も自分がどういう世界からやってきたのかを決して忘れていない、ということを私なりの方法で示すためだったのだ。

マティは、頂点を極めるという私の夢を分かちあってくれた。私は結婚生活を危険にさらしてその夢を追いかけたが、ひとたび夢が叶うと、マティがどれだけ支えになっていたかを痛感した。ときどき思うのだが、私の人生は迷走していてもおかしくなかった。私がハーヴェイズを切り盛りしていた時代は、80年代の不況の真っ只中だった。レストラン業界は苦境にあえいでいたが、私のライバルたちは、厳しい不況に私とはまるきりちがう方法で対処した。値下げだ。料理の値段を下げれば、客が増えると考えたのだろう。その作戦が失敗すると、もっと値段を下げた。やつらは、お客の心をくすぐる適正価格を必死で探そうとしていた。私はといえば、逆に値段を上げた。その理由は単純だった。外食する人が減っているのは事実だ。受け入れるしかない。だが、それでも外食するような人は、今以上にお金を支払う余裕があるはずだ。結局、ライバルたちは沈んだ。キリのない値下げ競争で、赤字は膨らむ一方だった。店は次々とつぶれ、シェフたちは業界を去っていった。一方、私は持ちこたえ、不況を乗り切った。その後、昔からの夢を叶え、さらに30軒以上のレストランを開店した。

しかし、不況を乗り切ったことだけが、成功の要因ではない。たとえば、マティがついていなければ、人生どうなっていたかわからなかった。私はずっと、三つ星を母に捧げると言ってきたが、果たして、父がいなければ三つ星を獲得できただろうか？　まちがいなく、成功は父のおかげでもある。私を常に努力しつづける情熱的な人間に育ててくれたのは、ほかでもない父だ。ギャンブラーの父は、息子を見事サラブレッドへと育てあげたのだ。

もうふたり、私の人生で大きな役割を果たした男がいる。ひとりは、本書を書きはじめるほんの数カ月前にこの世を去った私のPR担当者、アラン・クロンプトン＝バット。もうひとりは、私の初の料理本『ホワイト・ヒート』のために抜群の写真を撮ってくれた写真家のボブ・カルロス・クラーク。ボブもまた、私が本書の最後の数ページを書いているあいだに亡くなった。アランとボブは、つらい時期に私を支えてくれた支柱のような存在だった。

ボブは、いつも連絡を取りあう友人というよりは、思い出したころにひょっこりと現われるタイプの友人だ。たとえ半年ぶりに会ったとしても、すぐに前回の続きから話を始められる。ファッション業界の人々の多くは、やつを厄介者扱いしていたようだが、私はいちどもやつと問題を起こしたことがない。やつが亡くなる直前も、しょっちゅう会って、ルチアーノでおいしい昼食を楽しんだ。すると突然、やつが亡くなったという一報が入った。重度のうつ状態になり、走ってくる列車に身を投げたとのことだった。

ボブは私の人生の大きな一部だったが、私のキャリアを後押ししてくれたもうひとりの恩人、アラン・クロンプトン＝バットとはいちども会わなかったと思う。もし、ふたりを引きあわせたとしても、ウマが合ったかどうかはわからない。

２００４年秋、アランは南アフリカの友人を訪ねた際、肺炎にかかって亡くなった。母の死以来、誰かの死であれほど泣いたことはない。

そうして、この本が出た。

それまでほんの数分間も集中できなかった男にとって、1年半の内省期間は、そう悪いものじゃない。もちろん、幼少期や2回の離婚など、つらい時期を振り返らなければならないこともたくさんあったが、ルー、コフマン、ブランが私に与えてくれたもの、教えてくれたことを回想するのは、至福の一時で、つい笑みがこぼれた。

今、私は人生でいちばん幸せだ。それだけは、自信を持って言える。10代のころ、私は〈ボックス・ツリー〉の厨房で汗水垂らして働きながら、スイングドアが開く瞬間を待ちわびた。ドアが開くたび、その隙間から、食堂の柔らかな照明のなかで笑い、グラスを合わせ、ワインや食事を楽しむ幸せそうな客たちの姿がちらりと見えた。今、私はそちら側にいる。おっと、いけない、そろそろ行かないと。これから、長い長い昼食を楽しむことになっているから。

謝辞

まず、私の夢を叶える後押しをしてくれた何千という人たちに、深くお礼を言いたい。店の料理人たち、接客チーム、クロークルーム・アテンダント。それから、毎日毎日お皿を洗いつづけても感謝ひとつされないキッチン・ポーター。みんながいなければ、私は料理の世界で成功しなかっただろうし、当然、この自伝も世に出なかった。妻のマティは、私にとって人生の伴侶であり、君がいなければ、何もないも同然だ。

また、マルコム・リード、コリン・ロング、マイケル・ローソン、ニコ・ラデニス、アルベール・ルー、レイモン・ブラン、ピエール・コフマンにも、本当にお世話になった。長年、私の右腕になってくれたロバート・リードや、リー・バンティング、ティエリー・ビュセ、ティム・ペイン、ロジャー・パイジーにも感謝している。

この自伝を書くにあたって、いろいろなエピソードを思い出させてくれた人たちもいる。ピアーズ・アダム、ヘストン・ブルメンタール、ピエール・ボルデッリ、マーティン・ブルーノス、ピーター・バレル、エリック・シャヴォ、キース・フロイド、ミスター・イシイ、ニッキー&ジュアニータ・カーマン、バーナード・ローソン、ニック・ムニエ、ジャン＝クリストフ・ノヴェリ、アンドリュー・リーガン、モーファド・リチャーズ、エゴン・ロネイ、ジャン＝クリストフ・スローイク（「ルール1、ボスは常に正しい。ルール2、ボスが間違っている場合、ルール1に戻れ」とスタッフに教えていた私のメートル・ドテル）、本当にありがとう。チャーリー・デイ＝ウィリアムズには、いつか昼食でもおごらないとね。

　カーティス・ブラウン社の担当エージェント、ジョナサン・ロイドには、ここに名前を挙げるだけでは足りないくらいお世話になった。私を出版社のブルームズベリーと結びつけてくれたアメリカのエージェント、インクウェル・マネジメント社のキム・ウィザースプーンとエレナー・ジャクソンにも、心から感謝したい。ブルームズベリーのニック・トラウトワインは、どこまでも注意深く、我慢強い人物で、原稿をよりよい方向へと導いてくれた。編集者のモーリーン・クライヤーは、私の名誉を守ってくれた。名誉毀損訴訟の弁護士のアラン・J・カウフマンは、アスピリンを傍らに置きながら、時間をかけて膨大な量の資料に目を通してくれた。速記会社のビバリー・ナナリーは、『ニューヨーク・タイムズ』と『インターナショナル・ヘラルド・トリビューン』に対する私の高等法院訴訟の文字起こしを掲載する許可を与えてくれた。

　とりわけ、カレン・リナルディにはとても感謝している。彼女は私という複雑怪奇な人間がアメリカでも受け入れられると確信し、応援してくれた。私の夢を信じ、本書の物語を絶賛してくれた。

　そして、ゴーストライターのジェームズ・スティーンには、本当なら１００万回くらいお礼を言いたい。でも、たぶん、もう私の声は聞き飽きているだろうから、これくらいで我慢しておこう。ありがとう、ありがとう、ありがとう。

レシピ集

これからご紹介するのは、私が長い料理人生のなかでコツコツと貯めてきたお気に入りのレシピ集だ。ここに挙げられている料理は、どれも私が突然のひらめきで味つけしたり、改良を重ねて完成させたりしたものばかりだ。

私のイチオシは豚足の煮こみだ。ピエール・コフマンがパレットナイフでシェフたちのお尻を引っぱたく合間に、私に伝授してくれたのがこの料理だ。私のお気に入りのデザートは、なんといってもハーヴェイズ風レモンタルトだろう。豚足と同じく、私の多くのレストランのメニューに長年載っていた料理だ。このタルトを食べれば、誰もが笑顔になることまちがいなし。きっと友だちや大切な人をあっと言わせられると思う。

私は今まで、最高に軽くておいしいデザートをつくるために血と汗と涙、そして純粋な熱意を捧げてきたシェフや、たったひとつのサンドイッチをつくるために何十年ぶんもの知識をつぎこんできた聡明なシェフたちと一緒に働いてきた。その経験のなかから、えりすぐりのものを、みなさんにお届けしたいと思う。

蟹とトマトのクラブサンドイッチ

材料

ヴィネグレット・ソース 白ワインヴィネガー 大さじ5 ピーナッツオイル 1／2カップ（120㎖） オリーブオイル 1／2カップ（120㎖） 塩 適量 挽きたての白コショウ 適量

マヨネーズ・ソース 卵黄 2個ぶん ディジョンマスタード 大さじ1 白ワインヴィネガー 大さじ2 塩 小さじ1 タバスコ 少量 ピーナッツオイル 2カップ強（500㎖）

トマトクーリ ミニトマト（良質で完熟のもの。粗く切っておく） 200グラム 赤ワインヴィネガー 大さじ3 トマトピュレ 大さじ2 トマトケチャップ 少量 タバスコ 少量 エクストラバージン・オリーブオイル 大さじ3 塩 適量 挽きたてのコショウ 適量

サンドイッチ ビーフステーキトマト（同じ大きさのもの。皮を剥く） 20個 アイスバーグレタス 1玉 クレソン（葉） 1束 ヴィネグレット・ソース 小さじ4 リンゴ（ゴールデンデリシャス） 2個 アボカド 1個 レモン汁 大さじ約2 蟹の身 230グラム マヨネーズ・ソース 大さじ3 トマトクーリ 1／2カップ（120㎖） チャービルの葉 8枚

つくり方

ヴィネグレット・ソース　白ワインヴィネガーをボウルに入れ、塩・コショウをひとつまみずつ加え、よくかき混ぜて溶かす。ピーナッツオイルとオリーブオイルを加え、乳化するまでかき混ぜる。味見をし、必要に応じて味を整えれば完成。冷蔵庫で最長1週間は保存可能。使う前にはよくかき混ぜること。

マヨネーズ・ソース　卵黄、ディジョンマスタード、白ワインヴィネガー、塩、タバスコをボウルに入れ、かき混ぜる。初めは、卵黄にピーナッツオイルがよく吸収されるよう、かき混ぜながら1滴ずつピーナッツオイルを加えていく。ピーナッツオイルを半分ほど入れ終わったら、続けてかき混ぜながら、少しずつ加える量を増やしていく。全量を加え終わり、ソースが濃厚でクリーミーになり、少し固まれば完成。しっかり密封すれば、冷蔵庫で最長1週間は保存可能。

トマトクーリ　オリーブオイル以外の材料をすべてフードプロセッサーに入れ、ピュレ状になるまで攪拌する。オリーブオイルを加え、もう30秒間、攪拌する。目の細かいこし器で3回こせば、なめらかなクーリができあがる。味見をし、味を整えれば完成。

サンドイッチにする

①トマトのへた側を薄く切り落とし、切った面を下にして置く。トマトの端の部分を垂直に切り落として、直方体にし、種を取り出して、平らにスライスする（合計20個つくる）。これがサンドイッチの層になる。

大きさが均一になるよう注意すること。必要に応じて、ナイフで形を整える。

②レタスの葉をむしる。何枚かを一緒に丸めて葉巻形にし、切れ味のよいナイフで細い帯状に切る（これを「シフォナード」という）。クレソンの葉も同様。レタスとクレソンは別々にし、それぞれ少量のヴィネグレット・ソースであえる。

③リンゴは皮を剝いて芯を取り、3ミリ角に切る。アボカドも同様。リンゴとアボカドは別々にし、変色を防ぐためになるべく早めにレモン汁を振りかける。

④蟹の身をほぐし、マヨネーズ・ソース、②で千切りにしたレタスとあえる。別のボウルに、クレソン、角切りのリンゴとアボカドを入れる。

⑤まな板の上に四角いトマトスライスの土台を敷き、蟹とレタスをあえたものを少し乗せ、トマトスライスではさむ。また蟹とレタスを少し乗せ、トマトスライスではさむ。その上に、クレソン、リンゴ、アボカドをあえたものを敷きつめ、最後にトマトスライスではさむ。

⑥切れ味のよいナイフを使い、⑤でつくったものを斜めに切り、三角形をふたつにする。

⑦皿の中央にトマトクーリを少量垂らし、⑥でつくったクラブサンドイッチを中央に盛りつけ、最後にチャービルの葉で飾りつければ完成。

シェフから一言

ナイフの扱いにあまり自信がない人は、クラブサンドイッチを切る際、切れ味のよいピザカッターなどを使ってもよい。

ホワイトアスパラガス、トリュフのヴィネグレット

材料

トリュフのヴィネグレット　シェリーヴィネガー　大さじ3・5　トリュフのエキス（トリュフの瓶詰めに入っている汁）1／3カップ（80㎖）　オリーブオイル　1／3カップ（80㎖）　ヘビークリーム　1カップ（240㎖）　小さめのトリュフ（粗切り）1個

茹でアスパラガス　ホワイトアスパラガス（中サイズ）24本　塩　適量　レモン汁　少量　チャービル　数枝

つくり方

トリュフのヴィネグレット　材料をすべて混ぜあわせれば完成。

茹でアスパラガス

①アスパラガスの根元の固い部分を折る。力を入れれば、自然と根元の固くて食べられない部分がポキンと折れるので簡単。お湯を沸騰させ、少量の塩とレモン汁を加え、4〜6分間、少し歯ごたえが残る程度の柔らかさまでアスパラガスを茹でる。

②お皿を6枚、温めておく。アスパラガスをお湯からあげて水気を切り、それぞれの皿に6本ずつ盛る。アスパラガスにトリュフのヴィネグレットをかけ、新鮮なチャービルで飾りつければ完成。

オマール海老のグリル、ヴィエルジュ・ソース

材料

出汁　ニンジン（皮を剝いて乱切り）1本　玉ネギ（ざく切り）1個　セロリの茎（ざく切り）1本　ローリエ 1枚　タイム 1枝　パセリの茎 ひとつまみ　白コショウの実 20粒　白ワイン 2カップ（480㎖）白ワインヴィネガー 2カップ（480㎖）海塩 適量

オマール海老　オマール海老（できれば活きている550グラム前後のもの）4尾　ヴィエルジュ・ソース 適量　チャービル 数枝

ヴィエルジュ・ソース　オリーブオイル 1／3カップ（80㎖）レモン汁 大さじ2　コリアンダーシード（粉末）小さじ1　バジルの葉（細い千切りにする）8枚　トマト（皮を剝き、種を取り、角切りにする）2個

つくり方

出汁　材料をすべて大鍋に入れ、10ℓの水を加えて煮こむ。すべての野菜からうま味が出てきたら、火を止め、1時間ほど置いておく。目の細かいこし器でこし、新しい鍋へと移し替え、味見をしながら塩で味を調えればできあがり。

ヴィエルジュ・ソース　小さめのフライパンにオリーブオイルを弱火で熱し、レモン汁を加え、火を止める。コリアンダーとバジルを加えて、数分間、温かいオリーブオイルに風味をしみこませる。角切りのトマトを加え、すぐに料理にかける。

オマール海老

①料理用の温度計で温度を測りながら、先ほどつくった出汁を80℃まで熱する。注意しながら、海老のはさみに巻かれているバンドを取りはずし、出汁の鍋に入れて3分半ほど煮る。海老を鍋からあげ、1尾ずつラップで包み、暖かい場所に45分間置く。こうすると、海老の肉汁が落ち着き、再び全体と調和する。

②海老のはさみを取り、割って開き、身を慎重に丸ごと取り出す。関節部分についても同様。切れ味のよい包丁で、殻をつぶさないよう注意しながら、海老を頭から尾まで縦半分に割り、身を取り出す。頭の先にある砂袋を取り除く。海老の殻をきれいに洗う。

③胴体と尾の身をそれぞれ3、4個に切り、身の赤い部分が見えるように、殻のなかに盛りつける。関節とはさみの身は頭の空洞に入れる。最後に、上からヴィエルジュ・ソースを軽くかける。

④皿に盛りつけ、パセリまたはチャービルで飾りつければ完成。

舌ビラメのグリル、ニース風

材料

舌ビラメ（450グラム前後。皮をはがした骨つきのもの）4尾　海塩 適量　挽きたての白コショウ 適量　エシャロット（みじん切り）小さじ1　ニンニク（細かくクラッシュしたもの）小さじ1／4　エクストラバージン・オリーブオイル 大さじ5＋グリル用に少々　完熟トマト（中サイズ、角切り）8個　ブラックオリーブ 12個　缶詰のアンチョビ（特大、汁を捨てて流水ですすぐ）8切れ　レモン（半分に切ったもの）1個　コリアンダー ひとつかみ

つくり方

①舌ビラメを片面3分～3分半、合計6～7分、少量のオリーブオイルで焼く（場合によっては、何回かに分けて）。適宜、塩と白コショウで味つけする。フライパンから取り出し、冷めないようにしておく。

②舌ビラメを焼いているあいだに、エシャロットとニンニクをソースパンに入れ、大さじ1杯のオリーブオイルで色づかない程度に弱火で炒める。トマトを加え、トマトの水分がすべて蒸発するまで2分ほど炒める。火からおろし、冷めないようにしておく。

③切れ味のよい小型ナイフを使って、ブラックオリーブの両側を種に沿って花びらの形になるよう切り落とす。これで、24個の小さな楕円形のブラックオリーブができあがる。アンチョビをそれぞれ斜めに4分の1に切る。

盛りつけ方

温めておいた皿に舌ビラメを盛りつける。舌ビラメの頭から尾まで、中央の背骨に沿って、トマトのドレッシングを広げる。その上に、また頭から尾へと、アンチョビを斜めに交差するように乗せていく。アンチョビの交わる部分に花びら形のブラックオリーブを乗せる。コリアンダーは格子状に。オリーブオイルを皿の上、舌ビラメの両側に大さじ1杯ほど垂らし、最後にレモンを軽く絞れば完成。

豚足の煮こみ、ピエール・コフマン風（6人ぶん）

材料

仔牛の出汁　仔牛の関節の骨　2・7キログラム　オリーブオイル　1／2カップ（120㎖）　玉ネギ（ざく切り）1個　ニンジン（乱切り）3本　セロリ（ざく切り）3本　ニンニク　半玉　トマトピュレ　大さじ4　マッシュルーム　450グラム　マデイラワイン　ボトル半分　湯　10ℓ　タイム　1枝　ローリエ　1枚

豚足　豚足（後ろ足のみ。後ろ足のほうが大きいため）6本　オリーブオイル　適量　ニンジン（皮を剝いて角切り）2本　セロ

リ（角切り）1本　玉ネギ（角切り）1個　白ワイン（辛口）1／2カップ（120㎖）　仔牛の出汁 3カップ（720㎖）
タイム 1枝　ローリエ 半枚　塩 適量　挽きたての白コショウ 適量

鶏のムース　鶏のむね肉（皮、骨、腱を含まない）230グラム　挽いたメース ひとつまみ　タラゴン（みじん切り）大さじ1　卵 1個　塩 大さじ2　ヘビークリーム 1カップ（240㎖）

詰め物　乾燥モリーユ茸 40グラム　仔牛の胸腺肉 680グラム　玉ネギ（角切り）半個

ソース　鶏のもも肉2本　詰め物をつくるときに出た胸腺肉の余分な部分　マッシュルーム（スライス）100グラム　エシャロット（みじん切り）100グラム　ニンニク（1片ずつ横半分に切る）半玉　タイム 1枝　ローリエ 半枚　シェリーヴィネガー 大さじ1・5　コニャック 大さじ1・5　マデイラワイン 1と3／4カップ（420㎖）　仔牛の出汁 2と1／2カップ（600㎖）　鶏の出汁 1カップ（240㎖）　乾燥モリーユ茸 4個　レモン汁 適量　ヘビークリーム 数滴

つけあわせ　新鮮な野生の茸 72個　バター 大さじ2

シェフから一言

十分な時間、豚足を水にひたすため、少なくとも前日から調理しはじめること。各種の出汁やソースは事前につくっておくのがオススメ。

オススメのつけあわせ

基本のマッシュドポテト、小玉ネギのロースト（レシピは後述）

つくり方

仔牛の出汁

①大きめのダッチオーブンに、大さじ4杯のオリーブオイルを入れ、仔牛の関節の骨をときどきかき混ぜたりひっくり返したりしながら、焼き色がつくまで焼く。

②並行して、別のフライパンに大さじ2杯のオリーブオイルを入れ、玉ネギ、ニンジン、セロリ、ニンニクを焼き色がつかない程度に柔らかくなるまで炒める。

③炒めた野菜にトマトピュレを加えてかき混ぜ、うっすらと色づくまで弱火で火を通す。焦がさないよう注意。

④別のフライパンで、残りのオリーブオイルを使ってマッシュルームを炒め、マデイラワインでデグラッセする（フライパンの底にこびりついた焼き汁を溶かす）。液体がほとんどなくなるまで煮詰めたら、柔らかくなったマッシュルームを③の野菜に加える。

⑤仔牛の骨に焼き色がついたら、大きなスープ鍋に入れ、お湯をひたひたになる程度に加える。④までつくった野菜とハーブ類を加えて、沸騰させる。あくを取り、火を弱め、8〜12時間、とろとろと煮こむ。様子を見ながら、骨が隠れる程度まで水を加えつづける。

⑥こうしてできた出汁を目の細かいこし器でこし、別の鍋に移し替え（できれば深いもの）、半分になるまで煮詰める。終わったら、冷まして保管する。冷蔵なら1週間、冷凍なら3カ月間は保存可能。

豚足

①豚足を24時間、冷水にひたしたあと、水を捨て、キッチンペーパーなどで水気を取る。残っている毛（特に足先）を火であぶる。毛の焼き痕や残りの毛を、切れ味のよいナイフで削り取る。

②足首側から始めて、豚足の下側に縦に切れ目を入れる。主要な腱を切り、皮の周囲、骨に近い部分を切れ味のよいナイフで削ぐようにして、皮をはがしていく。豚足の皮は、あとでソーセージの皮のような役割を果たすので、破けないよう注意すること。皮を引き下げ、最初のひづめの部分で指の関節を切り落とす。引き続き、最後のひづめの関節まで皮を引き下げていく。骨をひねり取り、捨てる。

③前もってオーブンを220℃に温めておく。

④重みのあるキャセロール鍋に大さじ1杯のオリーブオイルを熱し、ニンジン、セロリ、玉ネギを中火で2分間ほど炒める。皮を下にして豚足を入れ、白ワインを加えて、ワインの量が半分になるくらいまで煮る。

⑤仔牛の出汁、タイム、ローリエを加える。再び沸騰させ、鍋に蓋をし、オーブンで3時間ほど調理する。そのあいだ、豚足が鍋底にくっつかないよう、ときどき鍋を揺する。豚足を鍋からあげ、冷ます。おいしそうな焼き色がついていればＯＫ。

鶏のムース

①鶏のむね肉を適当な大きさに切る。むね肉、メース、タラゴンをミキサーに入れ、1分間、またはなめらかになるまで攪拌する。次に、卵、塩を加えてもう1分間攪拌する。終わったら、10～15分間冷ます（これにより、あとで分離しなくてすむ）。

②クリームを加え、こし器に通す。こうすると、口当たりがまろやかになる。味見をしながら、適宜、味を

調える。ラップをかけ、使うときまで冷蔵庫に保存する。

詰め物

①乾燥モリーユ茸を10分間、水にひたす。水を切り、流水ですすぐ。同じ作業をもういちど繰り返す。

②胸腺肉から筋や薄膜を取り除く（ソースづくりのために捨てないでとっておく）。胸腺肉を角切りにし、大きめのフライパンに入れ、高温に熱した少量のオリーブオイルで、焼き色がつきコリッとした食感になるまで炒める。

③水で戻したモリーユ茸と玉ネギを加えて、1分間だけ炒める（豚足の詰め物として使うときにもういちど火を通すのでご心配なく）。塩と白コショウで味を調える。ざるにあげて完全に水分を切り、冷ます。

④冷めたら、材料どうしをつなぐのに十分な量だけ、鶏のムースを加えてかき混ぜる。味見をしながら、適宜、味を調えれば完成。

ソース

①大きめのフライパンにオリーブオイルを少々入れ、中火で熱し、鶏もも肉と、胸腺肉の余分な部分を焼き色がつくまで炒める（ただし、完全には火を通さないこと）。

②マッシュルーム、エシャロット、ニンニク、タイム、ローリエを加えて、よくかき混ぜる。シェリーヴィネガーでデグラッセしたあと、酸味を取り除くためにひと煮立ちさせる。こんどはコニャックで同じようにデグラッセしたあと、マデイラワインを加えて、キャラメル状になるまで煮詰める。仔牛の出汁と鶏の出汁をそそぎ、もも肉や野菜がひたる程度の水（約120㎖）を加える。乾燥モリーユ茸を入れて、20分間ことこと煮こむ。

③できあがったソースをこし、さらに目の細かいこし器やこし布に何度か通す。モリーユ茸は、マッシュドポテトのつけあわせ用に取っておいてもOK。料理を提供する直前、このソースを少しだけ煮詰め、薄めのクリーム程度のとろみをつける。最後に、味見をしながら、バター、数滴のレモン汁、1、2滴のクリーム、挽きたてのコショウを加えて、お好みの味に整えれば完成。

豚足の仕上げ

①詰め物をした豚足を包んで密封できるくらいの大きさのキッチンホイルを6枚用意する。ホイルの片面にバターを塗り、その上に皮を下にして豚足を1本ずつ置く。皮の内側に残っている油のかたまりを取り除く。

②詰め物を同じ量ずつ均等に豚足へとつめていく。豚足が元の足の形になるよう、十分な量の詰め物を用意しておくのがコツ。ホイルを豚足にぎゅっと巻き、ソーセージ形にし、両端をひねってしっかりと密封する。冷蔵庫に15分ほど置いておく。

③大きめの鍋に湯を沸騰させ、豚足をホイルに包んだまま1、2分ほど茹でる。

④そのあいだ、つけあわせを用意する。大きめのフライパンに大さじ1のバターを溶かし、水分が出てくるまで、野生の茸を強火で炒める。そうしたら、いったんこし器で水分を切り、再び大さじ1のバターで1、2分間炒める。できあがったら、冷めないようにしておく。

盛りつけ方

豚足を湯から取り出し、ホイルを開き、温めておいた皿に、切れ目の入っていないほうの皮を上向きにして1本ずつ置く。小玉ネギのローストを使う場合には、小玉ネギを豚足の上下に並べる。豚足の上に野生の茸を散らす。次に、豚足と縦横だいたい同じ大きさになるように、マッシュドポテトを豚足と並べて置き、ソースづくりの際に取っておいたモリーユ茸のスライスをマッシュドポテトの上からまぶす。ソースを豚足全体にかけ、皿の上にもスプーンで点々と垂らせば完成。

基本のマッシュドポテト（4〜6人ぶん）

材料

ジャガイモ（デザレイ・ポテト）900グラム　塩 大さじ半分　無塩バター 200グラム　ヘビークリーム 大さじ6

つくり方

ジャガイモは皮を剥いて2・5センチ角に。鍋に1ℓの水を入れ、ジャガイモ、塩を加えて沸騰させ、4、

5分茹でる。よく水を切り、キッチンペーパーで水気を取る。ジャガイモをフードプロセッサーでピュレ状にし、バターとクリームを加えれば完成。熱々のまま食卓へ。

小玉ネギのロースト（8人ぶん）

材料

小玉ネギ 48個　バター 大さじ7　塩 適量　挽きたてのコショウ 適量

つくり方

①前もってオーブンを220℃に温めておく。

②小玉ネギの両側の先端を切る。塩を入れた熱湯で3分間、湯通しする。水を切り、冷水にひたして冷ます。小玉ネギを皮からつるんと押し出す。

③小さい耐熱性の厚底鍋にバターを中火で溶かし、小玉ネギを加えて味つけし、3分間ソテーする。バターを塗ったクッキングペーパーをかぶせ、小玉ネギがアメ色になるまで、5分間ローストする。熱々のまま食卓へ。

ハーヴェイズ風レモンタルト

材料

タルト生地　中力粉　500グラム　粉糖　170グラム　無塩バター（室温）250グラム　レモンの皮のすりおろし　1個ぶん　バニラビーンズのさや（開いたもの）1本　溶き卵　1個半

タルトの中身　卵　9個　上白糖　400グラム　レモンの皮のすりおろし　2個ぶん　レモン汁　5個ぶん　ヘビークリーム　1カップ（240㎖）

デコレーション　粉糖　70グラム　ミント　1枝

つくり方

タルト生地

①中力粉と粉糖をふるい、バターとよく混ぜあわせる。中央にくぼみをつくり、レモンの皮と、バニラビーンズのさやからこすり取った種を加える。卵を加え、なめらかな生地ができあがるまで、なるべく速く指で練る。ラップに包み、30分以上、冷蔵庫で寝かせる。

②前もってオーブンを180℃に温めておく。

③底取れ式のタルト型（直径20センチ、深さ1センチ半程度のもの）に油を塗る。軽く打ち粉をした台の上で、

生地を延ばし、型の直径＋深さよりもひと回り大きい程度の円盤をつくる。できあがったら、生地をそっと型に敷きこむ。

④生地の内側に耐油性のクッキングペーパーを敷きつめ、乾燥した豆などを入れて、生地の側面や底にしっかりと重しをする。10分間焼く。重しとクッキングペーパーを取り除き、生地のはみ出た部分を切り取り、再びオーブンで10分間焼けば完成。

タルトの中身　卵、上白糖、レモンの皮のすりおろしを大きめのボウルに入れて、なめらかになるまでかき混ぜる。レモン汁を混ぜ加え、最後にヘビークリームを加える。すべての材料が完璧に混ざるまで、かき混ぜつづける。表面の泡をすくい取ればできあがり。

仕上げ

①オーブンの温度を120℃まで下げる。冷たいタルトの中身を熱々の生地に流しこむ（こうすることで、生地がしっかりと密封される）。30分間焼く。オーブンから取り出して冷まし、1時間ほど寝かせる。

②食べる直前、グリルを高温に予熱する。粉糖をタルトの上からふるい、グリルで粉糖をキャラメリゼする（焦げ色をつける）。または、キャラメリゼせずにタルトの上から粉糖をまぶすだけでもOK。タルトを切り分け、ミントの枝で飾りつければ完成。

シェフから一言

生地は軽くてサクサク、中身は爽やかで歯ごたえがある、というのが絶品レモンタルトをつくるコツ。焼いてすぐに切り分けるのではなく、最低でも1時間、冷まして寝かせておくのが大事。そうしないと、タルトの中身がドロドロとした食感になってしまう。

洋梨のタルトタタン

材料

パイ生地　強力粉　450グラム　塩　大さじ1　無塩バター（少し柔らかくなったもの）450グラム　水　3／4カップ（180㎖）　白ワインヴィネガー　小さじ2

タルト　無塩バター　100グラム　上白糖　90グラム　シナモンパウダー　ひとつまみ　洋梨（皮を剝き、芯を取り、半分に）2個　シナモンスティック　1本　パイ生地　100グラム

つくり方

パイ生地

①強力粉をボウルにふるい入れる。中央にくぼみをつくり、塩、60グラムのバター、水、白ワインヴィネガーを加え、生地がなめらかでもちもちとしてくるまで練る。生地を丸め、上にナイフで軽く十字の切れ目を入れる。生地を布で覆い、涼しい場所で1時間ほど休ませる。

②軽く打ち粉をした調理台の上で、一辺が20センチ程度の四角いシート状になるまで延ばす。四隅は中央よりも少しだけ薄く延ばす。

③残りのバターを生地の中央にかたまりのまま置く。ふろしきを包むように、生地の四隅をバターの上へと持ってくる。

④それを25×10センチ程度の四角形になるよう延ばす。3つ折りにし、90度回転させる。これが「1回転」。

⑤折り目と垂直にめん棒を当て、生地を再び④と同じ大きさまで延ばす。同じく3つ折りにし、④と同じ方向に90度回転させる。これで2回転。生地を布で覆い、冷蔵庫で1時間休ませる。

⑥同じ手順でもう2回転させ、また冷蔵庫で1時間休ませる。

⑦同じ手順でもう2回転。これで合計6回転したことになる。冷蔵庫で1時間休ませれば、準備完了。生地は冷蔵庫で1、2日は保存可能。冷凍も可。

タルト

①前もってオーブンを180℃に温めておく。

②直径15センチの銅製のフライパンの底にバターを塗り、上白糖とシナモンパウダーを均等にまぶす。半分に切った洋梨を、丸くなったほうを下にして、フライパンに対称に並べる。シナモンスティックを中央に斜めに置く。
③パイ生地を直径18センチの円盤状に延ばす。端の部分をきれいに切り取り、生地を洋梨の上からかぶせて、生地の端の部分を洋梨とフライパンのあいだにたくしこむ。
④フライパンをコンロの上に乗せ、注意深く様子を見ながら、バターと砂糖が黄金色のキャラメルになるまで中火にかける。フライパンの端で泡立つバターと砂糖を見ながら判断する。ここまで数分。
⑤フライパンをオーブンに移し、生地に焼き色がつくまで30分間焼く。

盛りつけ方

キャラメルが再び泡立つまで、フライパンを中火にかける。フライパンを揺らし、お皿の上にひっくり返す。ホイップクリームを乗せれば完成。

シェフから一言

このタルトタタンは、リンゴと洋梨、どちらでつくっても同じくらいおいしい。オススメのリンゴの品種はイギリスの「コックス・オレンジ・ピピン」。おいしいうえに実がしっかりとしているので、調理中に形が崩れることもないし、香りもすばらしい。

著者略歴

(Marco Pierre White)

1961年イギリス・リーズ生まれ．フランス料理のシェフ．高校中退後，レストランを転々としたのちに24歳で〈ハーヴェイズ〉を開店して，イギリス人で初めてミシュランの三つ星を取得する．1999年に引退後，イギリス，アメリカ，中国，ジャマイカなどでレストラン・ホテルを運営．

(James Steen)

イギリスのジャーナリスト．雑誌，新聞などへの寄稿多数．

訳者略歴

千葉敏生〈ちば・としお〉翻訳家．訳書 マッカスキル『〈効果的な利他主義〉宣言！』（みすず書房，2018）クレオン『クリエイティブと日課』（実務教育出版，2019）バーネット＆エヴァンス『スタンフォード式　人生デザイン講座』（早川書房，2019）ほか．

マルコ・ピエール・ホワイト／ジェームズ・スティーン
キッチンの悪魔
三つ星を越えた男
千葉敏生訳

2019年11月18日　第1刷発行

発行所 株式会社 みすず書房
〒113-0033 東京都文京区本郷2丁目20-7
電話 03-3814-0131(営業) 03-3815-9181(編集)
www.msz.co.jp

本文組版 キャップス
本文印刷所 萩原印刷
扉・表紙・カバー印刷所 リヒトプランニング
製本所 東京美術紙工

ISBN 978-4-622-08856-1
[キッチンのあくま]